EL TATUADOR DE

Planeta Internacional

HEATHER MORRIS

EL TATUADOR DE AUSCHWITZ

Traducción de Julio Sierra

Obra editada en colaboración con Grupo Planeta – Argentina

Para más fuentes, información, fotografías y documentos,
visitar el sitio web de Heather Morris: heathermorris.com.au.

Título original: *The Tattooist of Auschwitz*

Diseño de portada: Nick Stearn
Fotografías de portada: © Shutterstock / Jacob Lund (manos) y Anastasia Petrova
(Auschwitz)

© Heather Morris 2018, originally published in the English Language
as The Tattooist of Auschwitz by Zaffre, an imprint of Bonnier Zaffre,
London and Echo, an imprint of Bonnier Publishing, Sydney
Traducción: Julio Sierra

© 2018, Grupo Editorial Planeta S.A.I.C.- Buenos Aires, Argentina

Derechos reservados

© 2018, Editorial Planeta Mexicana, S.A. de C.V.
Bajo el sello editorial PLANETA M.R.
Avenida Presidente Masarik núm. 111, Piso 2
Polanco V Sección, Miguel Hidalgo
C.P. 11560, Ciudad de México
www.planetadelibros.com.mx

Primera edición impresa en Argentina: septiembre de 2018
ISBN: 978-950-04-3935-0

Primera edición en formato epub en México: septiembre de 2018
ISBN: 978-607-07-5242-1

Primera edición impresa en México: septiembre de 2018
Décima primera reimpresión en México: mayo de 2022
ISBN: 978-607-07-5244-5

Impreso en los talleres de Impresora Tauro, S.A. de C.V.
Av. Año de Juárez 343, Colonia Granjas San Antonio, Iztapalapa
C.P. 09070, Ciudad de México.
Impreso en México –*Printed in Mexico*

A la memoria de Lale Sokolov.
Gracias por dejar que yo cuente tu historia y la de Gita.

Prólogo

Lale trata de no levantar la vista. Extiende la mano para tomar el pedazo de papel que alguien le entrega. Debe transferir esos cinco dígitos a la piel de la jovencita que se lo da. Ya hay un número allí, pero se ha desvanecido. Introduce la aguja en el brazo izquierdo de ella y dibuja un 3, tratando de ser suave. Sale sangre. Pero la aguja no ha entrado lo suficiente y tiene que dibujar de nuevo el número. Ella no se estremece por el dolor que Lale sabe le está infligiendo. «Se les ha advertido: no digan nada, no hagan nada.»

Él limpia la sangre y frota tinta verde en la herida.

—¡Apresúrate! —susurra Pepan.

Lale tarda demasiado. Tatuar los brazos de los hombres es una cosa; profanar los cuerpos de aquellas jovencitas es horrible. Al levantar la vista, Lale ve a un hombre de bata blanca que camina lentamente recorriendo la fila de las jóvenes. Cada tanto se detiene para inspeccionar la cara y el cuerpo de alguna joven aterrorizada. Finalmente llega adonde está Lale. Mientras Lale sostiene el brazo de la muchacha lo más suavemente que puede, el hombre le toma la cara con la mano y la mueve bruscamente de un lado a otro. Lale levanta la vista hacia aquellos ojos asustados.

Los labios de ella se mueven dispuestos a hablar. Lale le aprieta con fuerza el brazo para detenerla. Ella lo mira y él mueve la boca: «Shh». El hombre de la bata blanca le suelta la cara y se aleja.

—Bien hecho —susurra él mientras se pone a tatuar los cuatro dígitos restantes: 4 9 0 2. Cuando termina le retiene el brazo por un momento más de lo necesario, y vuelve a mirarla a los ojos. Fuerza una ligera sonrisa. Ella le devuelve una más ligera todavía. Sus ojos, sin embargo, bailan ante él. Al mirarlos, el corazón de él parece simultáneamente detenerse y comenzar a latir por primera vez, golpeando, casi amenazando con estallar y salirse del pecho. Él dirige su mirada al suelo y este se mueve debajo de él. Le acercan otro pedazo de papel.

—¡Apresúrate, Lale! —susurra Pepan con urgencia.

Cuando vuelve a levantar la vista, ella ya se ha ido.

CAPÍTULO 1

Abril de 1942

Lale atraviesa la campiña y a pesar del traqueteo mantiene la cabeza erguida. Se concentra en sí mismo. Tiene 24 años y no le ve ningún sentido a prestar atención al hombre a su lado, quien ocasionalmente dormita y apoya la cabeza sobre su hombro; Lale no lo aparta. Es solo uno entre un sinnúmero de jóvenes amontonados en vagones de transporte de ganado. Como no se le informó acerca de adónde se dirigían, Lale se vistió con su ropa habitual: un traje bien planchado, camisa blanca limpia y corbata. «Vístete siempre bien para impresionar bien».

Trata de calcular las dimensiones de su confinamiento. El vagón tiene unos dos metros y medio de ancho. Pero no puede ver el final para medir su longitud. Intenta contar el número de hombres en este viaje con él. Pero con tantas cabezas moviéndose, subiendo y bajando, al final se da por vencido. No sabe cuántos vagones hay. Le duelen la espalda y las piernas. Le pica la cara. La barba crecida le recuerda que no se baña ni se afeita desde que subió al tren hace dos días. Se siente cada vez menos como él mismo.

Cuando los hombres tratan de entablar conversación con él, responde con palabras de aliento, tratando de convertir su miedo en esperanza. «Estamos parados en la mierda, pero no nos ahoguemos en ella». Se murmuran comentarios insultantes hacia él por su apariencia y sus modales. Se lo acusa de provenir de una clase alta.

—Y mira ahora dónde has terminado.

Trata de ignorar las palabras y recibe las miradas con sonrisas. «¿A quién estoy tratando de engañar? Estoy tan asustado como todos los demás».

Un joven mira a Lale a los ojos y se abre paso hacia él por entre el montón de cuerpos. Algunos hombres lo empujan mientras avanza. «Solo es tu propio espacio si lo haces tuyo».

—¿Cómo puedes estar tan tranquilo? —le dice el joven—. Ellos tenían rifles. Los bastardos nos apuntaron con rifles y nos obligaron a subir a este... este tren de ganado.

Lale le sonríe.

—No era lo que yo esperaba, tampoco.

—¿Adónde crees que vamos?

—No importa. Solo recuerda que estamos aquí para mantener seguras a nuestras familias en casa.

—Pero, ¿y si...?

—Nada de «y si». Yo no lo sé; tú no lo sabes; ninguno de nosotros lo sabe. Solo hagamos lo que nos dicen.

—¿Deberíamos intentar atacarlos cuando nos detengamos, ya que somos muchos más que ellos? —La cara pálida del joven está llena de confusa agresión. Sus puños apretados se mueven patéticamente delante de él.

—Nosotros tenemos puños; ellos tienen rifles... ¿quién crees que va a ganar esa pelea?

El joven vuelve a su silencio. Tiene el hombro apoyado en el pecho de Lale, quien puede oler en su pelo el sudor y el fijador de cabello. Deja caer las manos, que quedan colgando flácidas a los lados.

—Me llamo Aron —se presenta.

—Lale.

Otros alrededor de ellos escuchan esta conversación, levantan sus cabezas hacia los dos hombres antes de volver a sus ensoñaciones silenciosas, para hundirse profundamente en sus propios pensamientos. Lo que todos comparten es el miedo. Y la juventud. Y la religión. Lale trata de mantener su mente alejada de las teorías sobre lo que podría esperarles. Le han dicho que lo llevan a trabajar para los alemanes, y eso es lo que planea hacer. Piensa en su familia, allá en su casa. «A salvo». Él ha hecho el sacrificio, no lo lamenta. Lo haría una y otra vez con tal de mantener a su amada familia en casa, todos juntos.

Más o menos cada hora, según parece, la gente le hace preguntas similares. Cansado, Lale comienza a responder:

—Esperemos a ver.

Se siente perplejo por el hecho de que las preguntas se las dirijan a él, que no tiene ningún conocimiento especial. Sí, lleva traje y corbata, pero esa es la única diferencia visible entre él y los hombres a su lado. «Estamos todos en el mismo sucio bote».

En el atestado vagón no pueden sentarse, y mucho menos acostarse. Dos cubos cumplen funciones de inodoros. Cuando se llenan, estalla una pelea mientras los hombres tratan de alejarse del hedor. Los cubos son derribados y se derrama su contenido. Lale se aferra a su maleta, con la esperanza de que con el dinero y la ropa que tiene podrá arreglárselas para salir de donde sea que se dirijan, o por lo menos para obtener un trabajo seguro. «Tal vez haya algún trabajo donde pueda usar los idiomas que hablo».

Se siente afortunado de haber encontrado el modo de llegar a un costado del vagón. Las pequeñas rendijas entre las tablas le permiten ver retazos de la campiña por la que pasan. Las robadas oleadas de aire fresco mantienen a raya la creciente marea de náuseas. Por más que sea primavera, los días están llenos de lluvia y pesadas nubes. De vez en cuando pasan por campos llenos de flores de primavera y Lale sonríe para sí. Flores. Aprendió desde muy joven, gracias a su madre, que a las mujeres les encantan las flores. ¿Cuándo sería la próxima vez que pudiera regalarle flores a una chica? Las observa, sus deslumbrantes colores brillan ante sus ojos, campos enteros de amapolas que bailan en la brisa, una masa escarlata. Jura que las siguientes flores que le regale a alguien las cortará él mismo. Nunca se le había ocurrido pensar que crecían silvestres en tanto número. Su madre tenía algunas en su jardín, pero nunca las recogía para llevarlas adentro. Comienza una lista en su cabeza de cosas para hacer «cuando llegue a casa...»

Comienza otra riña. Pelea. Gritos. Lale no puede ver lo que está ocurriendo, pero siente los movimientos y los empujones de los cuerpos. Luego se produce un silencio. Y de la penumbra salen las palabras:

—Lo mataste.

—Afortunado bastardo —murmura alguien.

«Pobre bastardo».

«Mi vida es demasiado buena como para acabar en este agujero hediondo».

* * *

Hay muchas paradas en el viaje; algunas duran unos minutos, otras, horas, siempre cerca de una ciudad o un pueblo. De vez en cuando Lale puede ver los nombres de las estaciones por las que pasan: Ostrava, una ciudad que él sabe que está cerca de la frontera de Checoslovaquia y Polonia; Pszczyna, confirma que están entonces efectivamente en Polonia. La pregunta desconocida: ¿dónde se van a detener? Lale pasa la mayor parte del tiempo del viaje perdido en pensamientos sobre su vida en Bratislava: su trabajo, su departamento, sus amigos... en particular sus amigas.

El tren se detiene de nuevo. Está totalmente oscuro; las nubes bloquean por completo la luna y las estrellas. ¿La oscuridad presagia su futuro? «Las cosas son lo que son. Lo que puedo ver, sentir, escuchar y oler ahora mismo». Solo ve hombres como él, jóvenes y en un viaje hacia lo desconocido. Escucha los ruidos de los estómagos vacíos y la aspereza de las gargantas secas. Siente el olor a meada y a mierda, y el olor de los cuerpos demasiado tiempo sin lavar. Los hombres aprovechan que nadie los lleva de un lado a otro para descansar sin necesidad de presionar y empujar por un pedazo de suelo. Más de una cabeza en ese momento descansa sobre Lale.

Desde unos cuantos vagones más atrás llegan fuertes ruidos que se van acercando poco a poco. Los hombres allí se han hartado y van a intentar una fuga. Los ruidos de los hombres arrojándose contra los lados de madera del vagón y los golpes de lo que debe ser uno de los cubos de mierda estimulan a todos. En poco tiempo todos los vagones se rebelan, y atacan desde adentro.

—Ayúdanos o apártate de mi camino —le grita a Lale un hombre de gran tamaño mientras se lanza contra un costado.

—No desperdicies tu energía —le responde Lale—. Si estas paredes pudieran romperse, ¿no crees que una vaca ya lo habría hecho?

Varios hombres detienen sus esfuerzos, volviéndose enojados hacia él.

Procesan su comentario. El tren se sacude hacia adelante. Tal vez los que están a cargo han decidido que el movimiento detendrá los disturbios. Los vagones se estabilizan. Lale cierra los ojos.

* * *

Lale ha regresado a la casa de sus padres, en Krompachy, Eslovaquia, tras la noticia de que los judíos de las pequeñas ciudades estaban siendo detenidos y transportados para llevarlos a trabajar para los alemanes. Sabía que a los judíos ya no se les permitía trabajar y que sus empresas habían sido confiscadas. Durante casi cuatro semanas ayudó en tareas para la casa, arreglando cosas con su padre y su hermano, construyendo nuevas camas para sus sobrinos pequeños que ya no cabían en sus cunas. Su hermana era el único miembro de la familia que tenía un ingreso, como costurera. Tenía que viajar ida y vuelta del trabajo en secreto, antes del amanecer y cuando ya había oscurecido. Su patrona estaba dispuesta a asumir el riesgo por su mejor empleada.

Una noche ella regresó a casa con un cartel que le habían pedido a su patrona que pusiera en la vidriera de la tienda. Se exigía que cada familia judía entregara un hijo de dieciocho años o más para trabajar para el gobierno alemán. Los susurros, los rumores sobre lo que había estado sucediendo en otras ciudades, finalmente llegaron a Krompachy. Parecía que el gobierno eslovaco estaba obedeciendo cada vez más a Hitler, concediéndole lo que quisiera. El cartel advertía, en letras destacadas, que si alguna familia tenía un hijo de esas características y no lo entregaba, toda la familia sería llevada a un campo de concentración. Max, el hermano mayor de Lale, inmediatamente dijo que iría, pero Lale no quiso saber nada. Max tenía esposa y dos hijos pequeños. Lo necesitaban en su casa.

Lale se dirigió al departamento del gobierno local de Krompachy y se ofreció para ser trasladado. Los funcionarios con los que trató habían sido sus amigos; habían ido a la escuela juntos y sus familias se conocían. A Lale le dijeron que fuera a Praga a informar a las autoridades competentes y que esperara nuevas instrucciones.

* * *

Después de dos días, el tren de ganado se detiene de nuevo. Esta vez hay una gran conmoción. Los perros ladran, se gritan órdenes en alemán, se corren cerrojos, las puertas de los vagones se abren ruidosas.

—¡Bajen del tren, dejen sus posesiones! —gritan los soldados—. ¡Rápido, rápido, apresúrense! Dejen sus cosas en el suelo. —Como está en el fondo del vagón, Lale es uno de los últimos en bajar. Al acercarse a la puerta, ve el cuerpo del hombre muerto en la pelea. Cierra por un momento los ojos, y eleva una rápida oración. Luego abandona el vagón, pero lleva consigo el hedor que cubre su ropa, su piel, cada fibra de su ser. Cae al suelo con las rodillas dobladas, pone las manos sobre la grava y se queda agachado por unos momentos. Jadea, agotado, dolorosamente sediento. Se levanta lentamente, mira a su alrededor a los cientos de hombres que tratan de comprender la escena delante de ellos. Los perros les ladran y muerden a los que son lentos para moverse. Muchos trastabillan, los músculos de sus piernas se niegan a trabajar después de tantos días sin uso. Las maletas, los paquetes de libros, esas escasas posesiones les son arrebatadas a los que no quieren entregarlas o simplemente no entienden las órdenes. Luego son golpeados por un rifle o por un puño. Lale estudia a los hombres de uniforme negro y amenazante. Los rayos gemelos en el cuello de sus chaquetas le dicen a Lale con quiénes está tratando. Las SS. En otras circunstancias podría apreciar la confección, la finura de la tela, la precisión del corte.

Coloca su maleta en el suelo. «¿Cómo van a saber ellos que esta es mía?» Con un escalofrío, se da cuenta de que es poco probable que vuelva a ver la valija o su contenido. Apoya la mano sobre su corazón, sobre el dinero escondido en el bolsillo de su chaqueta. Mira al cielo, respira el aire puro y fresco, y se recuerda a sí mismo que al menos está al aire libre.

Se oye un disparo y Lale da un salto. Ante él se alza un oficial de las SS, con el arma apuntando al cielo.

—¡Muévete! —Lale mira hacia atrás, al tren vacío. La ropa vuela y los libros se abren al caer. Llegan algunos camiones de los que salen muchachos pequeños. Toman las pertenencias abandonadas y las arrojan a los camiones. Un peso se asienta entre los omóplatos de Lale. «Lo siento, mamá, ellos se llevan tus libros».

Los hombres se dirigen pesadamente hacia los edificios de ladrillos color rosa sucio, con grandes ventanales. Los árboles flanquean la entrada, cubierta con los nuevos brotes de primavera. Cuando Lale atraviesa los portones de hierro, levanta la vista hacia las palabras en alemán forjadas en hierro.

ARBEIT MACHT FREI

«El trabajo os hará libres»

No sabe dónde está, ni qué trabajo se espera que haga, pero la idea de que lo hará libre tiene el sabor de una broma perversa.

SS, rifles, perros, el despojo de sus pertenencias... le había sido imposible imaginar tales cosas.

—¿Dónde estamos?

Lale se vuelve para ver a Aron a su lado.

—Al final de las vías del tren, yo diría.

El rostro de Aron se desmorona.

—Haz lo que te digan y estarás bien. —Lale sabe que no suena demasiado convincente. Le dirige a Aron una rápida sonrisa, que es correspondida. En silencio, Lale se dice a sí mismo que debe seguir su propio consejo: «Haz lo que te digan. Y siempre observa».

Una vez dentro del complejo, los hombres son obligados a formar filas indias. Delante de la fila de Lale hay un recluso con el rostro abatido, sentado en una mesa pequeña. Lleva un saco y pantalones de rayas verticales azules y blancas, con un triángulo de color verde en el pecho. Detrás de él se encuentra un oficial SS, con el rifle listo para ser usado.

Las nubes se amontonan. Se oye un trueno a lo lejos. Los hombres esperan.

Un oficial superior, acompañado por una escolta de soldados, llega al frente del grupo. Tiene la mandíbula cuadrada, labios delgados y ojos cubiertos por frondosas cejas negras. Su uniforme es simple en comparación con los que lo rodean. No lleva los rayos gemelos. Su actitud demuestra claramente que él es el hombre a cargo de todo.

–Bienvenidos a Auschwitz.

Lale oye las palabras, que salen de una boca que apenas se mueve, sin poder creer en ellas. Después de haber sido forzado a abandonar su casa y transportado como un animal, en ese momento rodeado por SS fuertemente armados, le estaban dando la bienvenida… ¡la bienvenida!

–Soy el comandante Rudolf Hoess. Estoy a cargo aquí, en Auschwitz. Las puertas por las que ustedes acaban de pasar dicen: «El trabajo os hará libres». Esta es su primera lección, su única lección. Trabajo duro. Hagan lo que les digan y serán libres. Si desobedecen, habrá consecuencias. Serán procesados aquí, y luego serán llevados a su nuevo hogar: Auschwitz Dos-Birkenau.

El comandante observa sus rostros. Comienza a decir algo más, pero es interrumpido por el ruido de un gran trueno. Mira al cielo, murmura unas palabras entre dientes, mueve una mano con un gesto despectivo y se da vuelta para alejarse. La actuación ha terminado. Su escolta de seguridad se apresura a seguirlo. Una exhibición torpe, pero aun así, intimidante.

Comienza el trámite. Lale observa mientas los primeros prisioneros son empujados hacia adelante, hacia las mesas. Está demasiado lejos como para oír los breves intercambios de palabras, solo pueden ver que los hombres sentados y en pijama anotan los detalles y le entregan a cada preso un pequeño recibo. Finalmente es el turno de Lale. Tiene que dar su nombre, dirección, ocupación y los nombres de sus padres. El gastado prisionero junto a la mesa escribe las respuestas de Lale con prolijas y ordenadas letras de imprenta y le entrega un pedazo de papel con un número escrito. En ningún momento el hombre levanta la cabeza y se encuentra con los ojos de Lale.

Lale mira el número: 32407.

Avanza junto con el flujo de hombres hacia otro grupo de mesas, donde hay otros presos con trajes rayados que llevan el triángulo verde, y más SS custodiándolos. Su deseo de beber agua es acuciante. Sediento y agotado, se sorprende cuando el pedazo de papel le es sacado de la mano. Un oficial SS le quita el abrigo, arranca la manga de la camisa y empuja el antebrazo izquierdo sobre la mesa. Mira sin poder creer lo que ve mientras los números 32407 son inscriptos en su piel, uno después del otro, por el prisionero. El pedazo de madera con una aguja incrustada se mueve rápida y dolorosamente. Luego, el hombre toma un trapo sumergido en tinta verde y lo frota bruscamente sobre la herida.

El tatuaje ha tardado solo unos segundos, pero el shock de Lale hace que el tiempo se detenga. Se agarra el brazo, con la mirada fija en el número. «¿Cómo puede alguien hacerle esto a otro ser humano?» Se pregunta si por el resto de su vida, sea corta o larga, él será definido por este momento, por este número irregular: 32407.

Un empujón con la culata de un rifle rompe el trance en el que está Lale. Recoge el abrigo del suelo y trastabilla hacia adelante, siguiendo a los hombres que lo anteceden hacia un gran edificio de ladrillos con bancos para sentarse a lo largo de las paredes. Le recuerda el gimnasio en la escuela de Praga donde durmió cinco días antes de comenzar su viaje aquí.

—Desnudarse.

—Más rápido, más rápido.

Los SS gritan órdenes que la mayoría de los hombres no entienden. Lale traduce para los que están cerca, quienes a su vez lo van repitiendo para los demás.

—Dejen la ropa en el banco. Estará allí después de pasar por la ducha.

Pronto todos en el grupo se están quitando los pantalones, las camisas, las cazadoras y los zapatos, doblando su ropa mugrienta y colocándola ordenadamente sobre los bancos.

Lale se anima un poco ante la perspectiva del agua, pero sabe que probablemente no volverá a ver su ropa, ni el dinero dentro de ella.

Se quita sus ropas y las coloca en el banco, pero la indignación que siente amenaza con desbordar. Del bolsillo de su pantalón saca un delgado paquete de fósforos, recuerdo de pasados placeres, y echa una fugaz mirada al oficial más cercano. El hombre está mirando hacia otro lado. Lale raspa una cerilla. Este podría ser el último acto que realice por voluntad propia. Apoya el fósforo sobre el forro de su chaqueta, la cubre con los pantalones y se apresura a unirse a la línea de hombres en las duchas. Detrás de él, en cuestión de segundos, escucha gritos de:

—¡Fuego!

Lale mira hacia atrás. Ve hombres desnudos que empujan y se abren camino a la fuerza para escapar mientras un oficial de las SS intenta apagar las llamas dando golpes.

Todavía no ha llegado a las duchas pero está temblando «¿Qué he hecho?» Acaba de pasar varios días diciéndoles a todos a su alrededor que mantengan la cabeza baja, que no antagonicen con nadie, y en ese momento ha iniciado un incendio dentro de un edificio. Tiene pocas dudas en cuanto a qué le podría suceder si alguien lo señalara como el incendiario. «Estúpido. Estúpido.»

En el sector de las duchas, se tranquiliza, respira profundamente. Cientos de hombres temblorosos están hombro con hombro bajo los chorros de agua fría que caen sobre ellos. Inclinan la cabeza hacia atrás y beben con desesperación, a pesar de su olor rancio. Muchos tratan de disminuir su vergüenza y se cubren los genitales con las manos. Lale se lava el sudor, la suciedad y el hedor de su cuerpo y su cabello. El agua silba a través de las tuberías y golpea el suelo. Cuando deja de caer, las puertas del vestuario vuelven a abrirse, y sin orden alguno regresan a lo que ha sustituido a sus ropas: viejos uniformes de preso y botas del ejército ruso.

—Antes de vestirse deben visitar al peluquero —les dice a los hombres un oficial de las SS con gesto de superioridad—. Afuera... rápido.

Una vez más, los hombres se ponen en filas. Avanzan hacia el prisionero que espera listo con una navaja en la mano. Cuando le toca el turno a Lale, se sienta en la silla con la espalda recta y la cabeza bien erguida. Observa a los oficiales SS que recorren la fila, golpeando a los prisioneros desnudos con los extremos de sus armas, insultándolos y lanzando crueles risotadas. Lale se endereza en su asiento, levanta más la cabeza a medida que esta va quedando rapada, y ni se mueve cuando la navaja le lastima el cuero cabelludo.

Un empujón en la espalda propinado por un oficial le indica que está listo. Sigue la fila que regresa al sector de las duchas, donde se suma a los que buscan ropa y zapatos de madera del tamaño adecuado. Lo que hay está sucio y con manchas, pero se las arregla para encontrar zapatos que más o menos le queden bien y espera que el uniforme ruso que tomó le sirva. Una vez vestido, sale del edificio, tal como le han ordenado.

Está oscureciendo. Camina en la lluvia, un hombre entre muchos otros, por lo que le parece bastante tiempo. El barro cada vez más espeso hace que le resulte difícil levantar los pies, pero sigue caminando con firmeza. A algunos de los hombres les cuesta más moverse o caen sobre manos y rodillas y los golpean para que vuelvan a levantarse. Si no lo hacen, les disparan.

Lale trata de separar el uniforme pesado y empapado de su piel. Le raspa e irrita, y el olor de la lana mojada y la suciedad lo llevan de vuelta al tren de ganado. Lale mira al cielo tratando de tragar tanta lluvia como pueda. El sabor dulce es lo mejor que ha recibido en mucho tiempo, lo único que ha tenido en días. La sed agravada por su debilidad le borronea la visión. Traga el agua. Ahueca las manos y sorbe salvajemente. A la distancia ve reflectores que rodean un amplio espacio. En su estado de semidelirio le parece ver faros que centellean y bailan en la lluvia y le señalan el camino a casa. Lo llaman. «Ven a mí. Te daré refugio, calor y alimento. Sigue caminando». Pero cuando atraviesa los portones sin ningún mensaje, sin ofrecer trato alguno, sin ninguna promesa de libertad a cambio de trabajo, Lale se da cuenta de que el centelleante espejismo ha desaparecido. Está en otra prisión.

Más allá de este patio, perdiéndose en la oscuridad, siguen las instalaciones. La parte de arriba de las cercas está coronada con alambre de púas. Arriba en los puestos de vigilancia Lale ve rifles de las SS que apuntan en su dirección. Un rayo golpea una cerca cercana. «Están electrificadas». El trueno no es lo suficientemente fuerte como para ahogar el ruido de un disparo: otro hombre caído.

—Llegamos.

Lale se vuelve para ver a Aron abriéndose paso a empujones para acercársele. Empapado y embarrado, pero vivo.

—Sí, parece que estamos en casa. Lindo aspecto tienes.

—No te has visto a ti. Imagina que soy tu espejo.

—No, gracias.

—¿Qué pasa ahora? —quiere saber Aron. Suena como un niño.

* * *

Sigue el flujo constante de hombres y cada uno muestra su brazo tatuado a un oficial de las SS de pie fuera de un edificio, quien registra cada número en una planilla. Después de un fuerte empujón en la espalda, Lale y Aron se encuentran dentro del Bloque 7, un gran barracón con literas triples a lo largo de una pared. Docenas de hombres son obligados a entrar en el edificio. Se amontonan y empujan unos a otros para abrirse camino y reclamar un espacio para sí. Si tienen suerte o son suficientemente agresivos podrían llegar a compartir el lugar solo con uno o dos más. La suerte no está del lado de Lale. Él y Aron suben a una litera de nivel superior, ya ocupada por otros dos prisioneros. Después de no haber comido nada durante días, no les queda mucha fuerza para pelear. Lo mejor que puede, Lale se acurruca sobre la bolsa rellena de paja que pasa por colchón. Aprieta las manos contra su estómago en un intento de calmar los calambres que invaden sus tripas. Varios hombres les gritan a los guardias:

—Necesitamos comida.

Llega la respuesta:

–Se les dará algo mañana por la mañana.

–Todos estaremos muertos de hambre por la mañana –replica alguien en la parte trasera del bloque.

–Y en paz –añade una voz hueca.

–Estos colchones están llenos de heno –sugiere alguien más–. Tal vez deberíamos seguir actuando como ganado y comernos eso.

Retazos de risa silenciosa. Ninguna respuesta del oficial.

Y luego, desde el fondo del dormitorio, se oye un vacilante:

–Muuuuuu.

Risas. Silenciosas, pero reales. El oficial, presente pero invisible, no interrumpe, hasta que finalmente los hombres se quedan dormidos, con sus estómagos haciendo ruido.

* * *

Todavía está oscuro cuando Lale se despierta, con necesidad de orinar. Pasa por encima de sus compañeros dormidos, baja al suelo, y camina tanteando hasta la parte posterior del bloque, pensando que podría ser el lugar más seguro para orinar. Al acercarse, escucha voces: eslovaco y alemán. Se siente aliviado al ver que allí hay instalaciones, aunque rústicas, para que puedan defecar. Zanjas largas se extienden detrás del edificio con tablas de madera colocadas sobre ellas. Tres prisioneros están sentados sobre la zanja, defecando y charlando tranquilamente entre ellos. En el otro extremo del edificio Lale ve a dos SS que se acercan en la semioscuridad, fumando, riendo, con los rifles colgando sueltos en la espalda. Los parpadeantes reflectores perimetrales producen perturbadoras sombras de ellos y Lale no puede distinguir lo que están diciendo. Su vejiga está llena, pero vacila.

A la vez, los oficiales hacen girar sus cigarrillos en el aire, toman rápidamente los rifles y disparan. Los cuerpos de los tres que estaban defecando son arrojados de espaldas a la zanja. Lale contiene la respiración en su garganta. Apoya con fuerza la espalda contra el edificio mientras los oficiales pasan junto a él. Puede ver el perfil de uno de ellos: un jovencito, solo un maldito muchacho.

Cuando desaparecen en la oscuridad, Lale se hace un juramento. «Voy a vivir para dejar este lugar. Saldré para ser un hombre libre. Si hay un infierno, veré a estos asesinos ardiendo en él». Piensa en su familia, allá en Krompachy, y espera que su presencia en ese lugar sirva al menos para salvarlos de un destino similar.

Luego orina y vuelve a su litera.

—Los disparos —dice Aron—, ¿qué eran?

—No vi nada.

Aron balancea su pierna por sobre Lale en su camino hacia el suelo.

—¿Adónde vas?

—A mear.

Lale se inclina sobre un lado de la cama, agarra la mano de Aron.

—Espera.

—¿Por qué?

—Ya oíste los disparos —explica Lale—. Solo aguanta hasta mañana.

Aron no dice nada mientras regresa a la cama y se tumba, sus dos puños apretados contra la entrepierna atemorizado y desafiante.

* * *

Su padre había ido a recibir a un cliente en la estación del tren. El señor Sheinberg se preparó para subir elegantemente al carruaje mientras el padre de Lale ponía su equipaje de cuero fino en el asiento de adelante. ¿Desde dónde había viajado? ¿Praga? ¿Bratislava? ¿Viena quizás? Vestido con un costoso traje de lana y los zapatos recién lustrados, sonrió y habló brevemente al padre mientras subía adelante. Su padre hizo que el caballo se pusiera en marcha. Como la mayoría de los hombres que el padre de Lale llevaba de un lado a otro con su servicio de taxis, el señor Sheinberg regresaba a casa de un viaje de negocios importantes. Lale quería ser como él y no como su padre.

La esposa del señor Sheinberg no estaba con él ese día. A Lale le encantaba observar a la señora Sheinberg y a las otras mujeres que viajaban en los carruajes de su padre, sus pequeñas manos con guantes blancos, sus elegantes pendientes de perlas haciendo juego con los collares. Adoraba a las hermosas mujeres bien vestidas y con elegantes joyas que a veces acompañaban a los hombres importantes. La única ventaja de ayudar a su padre era la de abrir la puerta del carruaje para ellas, tomándoles la mano para ayudarlas a bajar, inhalando su perfume, soñando con las vidas que ellas llevaban.

CAPÍTULO 2

—¡Fuera! ¡Todo el mundo afuera!

Suenan los silbatos y ladran los perros. La luz del sol de la clara mañana entra por la puerta del Bloque 7. Los hombres se desenredan unos de otros, bajan de sus literas y salen arrastrando los pies. Apenas fuera del barracón, se detienen. Nadie está dispuesto a ir demasiado lejos. Esperan. Y esperan. Los que estaban gritando y haciendo sonar los silbatos han desaparecido. Los hombres van y vienen sin alejarse demasiado, dirigen susurros a la persona que tienen más cerca. Al mirar hacia los otros barracones, ven la misma escena. ¿Ahora qué? Esperar.

Finalmente, un oficial de las SS y un prisionero se acercan al Bloque 7, que queda en silencio. No se hacen presentaciones. El prisionero lee algunos números en una planilla. El oficial de la SS permanece a su lado, dando golpes de impaciencia con el pie, golpeándose el muslo con el bastón de mando. Pasa un momento hasta que los prisioneros se dan cuenta de que aquellos números se refieren a los tatuajes que cada uno lleva en el brazo izquierdo. La lista se termina. Dos números no han recibido ninguna respuesta.

—Tú —el hombre que leyó los números llama al prisionero al final de la fila—, vuelve adentro y fíjate si hay alguien todavía allí.

El hombre lo mira con expresión de no saber de qué se trata. No ha entendido una palabra. El hombre a su lado le explica la orden y el otro se apresura a entrar. Unos momentos después, regresa, levanta la mano derecha y extiende el índice y el dedo medio: dos muertos.

El oficial SS se adelanta. Habla en alemán. Los prisioneros ya han aprendido a mantener la boca cerrada y a esperar obedientemente con la esperanza de que algunos de ellos puedan traducir. Lale lo entiende todo.

—Recibirán dos comidas al día. Una por la mañana y otra a la noche. Si sobreviven hasta la noche. —Hace una pausa, con una sonrisa sombría en el rostro—. Después de la comida de la mañana, van a trabajar hasta que les digamos que dejen de hacerlo. Continuarán con la construcción de este campo. Tenemos que transportar a muchas más personas a este lugar. —Su sonrisa se convierte en un gesto de orgullo—. Obedezcan las instrucciones de su *kapo* y de los encargados del programa de construcción y verán la puesta del sol.

Se oyen ruidos de objetos de metal que chocan entre sí y los prisioneros se vuelven para ver a un grupo de hombres que se acerca. Llevan dos ollas y un montón de pequeños jarros metálicos. Desayuno. Algunos presos empiezan a dirigirse hacia el grupo más pequeño, en actitud de ofrecer su ayuda.

—Si alguien se mueve, le disparo —grita el oficial de las SS, y levanta su rifle—. No habrá segundas oportunidades.

El oficial se marcha y el prisionero que leyó la lista de números se dirige al grupo.

—Ya lo oyeron —dice el hombre, en alemán con acento polaco—. Yo soy su *kapo*, su jefe. Deberán formar dos filas para recibir la comida. Cualquiera que se queje sufrirá las consecuencias.

Los hombres corren para tener una buena posición en la fila y varios comienzan a susurrar entre ellos, preguntando si alguien ha entendido lo que dijo «el alemán». Lale traduce para aquellos que están más cerca de él y les pide que lo hagan circular. Va a traducir todo lo que pueda.

Al llegar al frente de la fila, acepta con gratitud un pequeño jarro de hojalata, cuyo contenido salpica las manos ásperas que se lo entregan. Se aparta y examina su comida. Es marrón, no contiene nada sólido y tiene un olor que no puede identificar. No es ni té, ni café, ni sopa. Teme que, si lo bebe lentamente, termine vomitando ese líquido asqueroso. Entonces, cierra los ojos, se tapa la nariz con los dedos y lo traga. Otros no tienen tanta suerte.

Aron, que está cerca de él, levanta su jarro en un simulacro de brindis.

—A mí me tocó un pedazo de papa, ¿y a ti?

—La mejor comida que he probado en años.

—¿Siempre eres tan optimista?

—Vuelve a preguntarme al final del día —responde Lale con un guiño. Al devolverle el jarro vacío al prisionero que se la entregó, Lale le agradece con un rápido movimiento de cabeza y una media sonrisa.

—¡Cuando ustedes, bastardos perezosos, hayan terminado su comida —grita el *kapo*—, vuelvan a la fila! ¡Hay trabajo que hacer!

Lale traduce la instrucción.

–Me seguirán a mí –grita el *kapo*–, y obedecerán las instrucciones del capataz. Yo me entero de inmediato de cualquier holgazanería.

* * *

Lale y los demás se encuentran frente a un edificio a medio terminar, una réplica de su propio bloque. Ya hay allí otros prisioneros: carpinteros y albañiles, todos trabajando en silencio al ritmo establecido de personas acostumbradas a trabajar juntas.

–Tú. Sí, tú. Sube al techo. Puedes trabajar allí.

La orden está dirigida a Lale. Mira a su alrededor, y ve una escalera que sube al techo. Dos prisioneros esperan allí en cuclillas para recibir las tejas que les van alcanzando. Ambos hombres se apartan cuando Lale sube. El techo consiste solo en vigas de madera donde se apoyan las tejas.

–Ten cuidado –le advierte uno de los obreros–. Sube un poco más por el techo y obsérvanos. No es difícil... lo vas a aprender rápido. –El hombre es ruso.

–Me llamo Lale.

–Las presentaciones las haremos más tarde, ¿de acuerdo? –Ambos hombres intercambian una mirada–. ¿Me entiendes?

–Sí –responde Lale en ruso. Los hombres sonríen.

Lale observa mientras reciben las pesadas tejas de arcilla del par de manos que aparecen en el borde del techo, gatea hasta donde se colocaron las últimas tejas y cuidadosamente las superpone, antes de volver a la escalera para recibir la siguiente. El ruso tenía razón, no es un trabajo difícil y no pasa mucho tiempo antes de que Lale se una a ellos para recibir y colocar las tejas. En el tibio día de primavera solo los dolores y los calambres del hambre le impiden ponerse a la altura de los trabajadores más experimentados.

Pasan unas cuantas horas antes de que se les permita hacer un descanso. Lale se dirige hacia la escalera, pero el ruso lo detiene.

—Es más seguro quedarse aquí y descansar. Nadie puede vernos bien en esta altura.

Lale sigue a los hombres, que obviamente saben cuál es el mejor lugar para sentarse y estirarse: el rincón donde se usó madera más fuerte para reforzar el techo.

—¿Cuánto tiempo has estado aquí? —pregunta Lale apenas terminan de acomodarse.

—Unos dos meses, creo. Es difícil precisarlo después de un tiempo.

—¿De dónde vienes? Quiero decir, ¿cómo fue que terminaste aquí? ¿Eres judío?

—Una pregunta a la vez. —El ruso se ríe entre dientes y el obrero más joven, más corpulento, pone los ojos en blanco ante la ignorancia del recién llegado, que todavía tiene que conocer su lugar en el campo de concentración.

—No somos judíos. Somos soldados rusos. Quedamos separados de nuestra unidad y los malditos alemanes nos atraparon y nos pusieron a trabajar. ¿Y tú? ¿Eres judío?

—Sí. Soy parte de un grupo grande que llegó ayer de Eslovaquia… todos judíos.

Los rusos intercambian una mirada. El hombre mayor gira la cabeza hacia otro lado y cierra los ojos, levanta el rostro hacia el sol y deja que su compañero continúe la conversación.

—Mira alrededor. Puedes ver desde aquí arriba cuántos bloques se están construyendo y cuánto terreno tienen que seguir limpiando.

Lale se apoya sobre los codos y observa la vasta superficie contenida dentro de la cerca electrificada. Barracones como el que está ayudando a construir se multiplican en la distancia. Experimenta una sacudida de horror ante lo que ese lugar podría llegar a ser. No sabe muy bien qué decir a continuación, ya que no quiere expresar su angustia. Vuelve a reclinarse, y aparta la mirada de sus compañeros, tratando desesperadamente de controlar sus emociones. No debe confiar en nadie, debe revelar poco sobre sí mismo, debe ser cauteloso...

El hombre lo observa de cerca. Y dice:

—He oído a los SS alardeando acerca de que este va a ser el campo de concentración más grande de todos.

—¿Y eso es así? —dice Lale, forzando su voz por encima de un susurro—. Bueno, si lo vamos a construir juntos, bien podrías decirme cómo te llamas.

—Andor —dijo—. Y este patán grandote a mi lado es Boris. No es de hablar mucho.

—Aquí, hablar puede hacer que te maten —murmura Boris cuando le da la mano a Lale.

—¿Qué más me puedes decir sobre la gente aquí? —quiere saber Lale—. ¿Y quién diablos son estos *kapos*?

—Díselo tú —sugiere Boris bostezando.

—Bueno, hay otros soldados rusos como nosotros, pero no son muchos, y luego están todos esos triángulos diferentes.

—¿Como el triángulo verde que lleva mi *kapo*? —dice Lale.

Andor se ríe.

—Oh, los verdes son los peores. Son criminales: asesinos, violadores, ese tipo de gente. Se convierten en buenos guardias porque son gente terrible. —Continúa—: Otros están aquí por sus opiniones políticas antialemanas. Estos usan un triángulo rojo. También verás algunos, no muchos, con un triángulo negro. Esos son unos bastardos perezosos y no duran mucho tiempo. Y finalmente están tú y tus amigos.

—Llevamos la estrella amarilla.

—Sí, llevas la estrella. Tu crimen es ser judío.

—¿Por qué tú no tienes color? —pregunta Lale.

Andor se encoge de hombros.

—Somos simplemente el enemigo.

Boris se ríe.

—Nos insultan compartiendo nuestros uniformes con el resto de ustedes. No pueden hacer mucho más daño que ese.

Suena un silbato y los tres hombres vuelven a trabajar.

* * *

Esa noche, los hombres del Bloque 7 se reúnen en pequeños grupos para hablar, para compartir lo que han aprendido, y para hacerse preguntas. Varios se trasladan al extremo más alejado del edificio donde ofrecen oraciones a su Dios. Estas se mezclan y se convierten en algo ininteligible. «¿Son plegarias en busca de guía, de venganza, de aceptación?» A Lale le parece que sin un rabino para guiarlos, cada hombre ora por lo que es más importante para sí. Y decide que así es como debe ser. Se mueve entre los grupos de hombres, escuchando, pero sin intervenir en ninguno.

* * *

Al final de su primer día, Lale ha agotado los conocimientos de sus dos compañeros rusos. Durante el resto de la semana sigue su propio consejo: mantiene la cabeza baja, hace lo que se le pide, nunca discute. Al mismo tiempo, observa a todos y todo lo que sucede a su alrededor. Le resulta claro, al observar el diseño de los nuevos edificios, que los alemanes carecen de inteligencia arquitectónica. Cada vez que se le presenta la oportunidad, escucha las charlas y los chismes de los SS, que no saben que él entiende lo que dicen. Le proporcionan la única munición disponible para él, conocimiento, que él almacena para más adelante. Los SS andan por ahí la mayor parte del día, apoyados contra las paredes, fumando, vigilando todo con un solo ojo. Escucha a escondidas y gracias a eso se entera de que el comandante del campo, Hoess, es un bastardo perezoso que casi nunca muestra la cara, y que el alojamiento para los alemanes en Auschwitz es superior al de Birkenau, que no tiene acceso a cigarrillos ni cerveza.

Un grupo de trabajadores se destaca en las observaciones de Lale. Solo se comunican entre ellos, visten ropas civiles y hablan con los SS sin temer por su seguridad. Lale decide averiguar quiénes son estos hombres. Otros prisioneros nunca toman un trozo de madera ni una teja, sino que caminan tranquilamente por todo el campo ocupándose de lo suyo. Su *kapo* es uno de esos. «¿Cómo conseguir un trabajo así?» Una posición como esa le podría permitir una mejor oportunidad para descubrir lo que ocurre en el campo, cuáles son los planes para Birkenau y, más importante todavía, los planes para él.

* * *

Lale está en el techo, poniendo tejas al sol, cuando ve a su *kapo* que avanza en dirección a ellos.

—Vamos, bastardos perezosos, trabajen más rápido —grita Lale—. ¡Tenemos que terminar un bloque!

Sigue gritando órdenes cuando el *kapo* aparece abajo. Lale ha hecho un hábito de saludarlo con un respetuoso movimiento de cabeza. En una ocasión recibió un breve movimiento de cabeza como respuesta. Le ha hablado en polaco. Por lo menos, su *kapo* lo ha aceptado como un prisionero obediente que no va a causar problemas.

Con una media sonrisa el *kapo* hace contacto visual con Lale y le hace señas para que baje del techo. Lale se acerca a él con la cabeza agachada.

—¿Te gusta lo que estás haciendo, en el tejado? —pregunta el *kapo*.

—Haré todo lo que me digan que haga —responde Lale.

—Pero todos quieren una vida más fácil, ¿verdad?

Lale no dice nada.

—Necesito un asistente —dice el *kapo*, jugando con el borde deshilachado de su camisa del ejército ruso. Es demasiado grande para él, elegida para hacer que ese hombre pequeño parezca más grande y más poderoso que aquellos a los que debe controlar. De su boca muy abierta y con pocos dientes Lale percibe el olor penetrante de la carne parcialmente digerida.

—Harás todo lo que te pida. Traerme la comida, limpiarme las botas, y debes estar a mi lado siempre que yo lo desee. Haz esto y yo puedo hacer que tu vida sea más fácil; si me fallas, habrá consecuencias.

Lale se coloca junto a su *kapo*, como respuesta a la oferta de trabajo. Se pregunta si al pasar de ser albañil a ser un asistente personal no estará haciendo un trato con el diablo.

* * *

Un hermoso día de primavera, no demasiado caluroso, Lale observa que un camión grande, cerrado, sigue más allá del punto habitual para la descarga de materiales de construcción. Da la vuelta por la parte de atrás del edificio de la administración. Lale sabe que la cerca que limita el lugar no se encuentra mucho más allá y nunca se atrevió a entrar en esa área, pero en ese momento la curiosidad puede más que él. Sigue al camión y camina tras él con aire de «Yo soy de aquí, puedo ir donde me da la gana».

Espía desde una esquina de la parte de atrás del edificio. El camión se detiene junto a un extraño autobús. Ha sido adaptado para ser una especie de búnker, con placas de acero clavadas sobre los marcos de las ventanillas. Lale observa mientras docenas de hombres desnudos salen del camión para ser conducidos al autobús. Algunos entran voluntariamente. Los que se resisten son golpeados con la culata de algún fusil. Sus compañeros de prisión arrastran a los rebeldes semiconscientes hacia su destino.

El autobús está tan lleno que los últimos hombres en subir se apoyan en el escalón con las puntas de los pies, y sus traseros desnudos sobresalen por la puerta. Algunos oficiales recurren a todo su peso para empujar esos cuerpos. Luego las puertas se cierran de golpe. Un oficial camina alrededor del autobús y golpea las hojas de metal, revisando que todo esté seguro. Un oficial ágil trepa al techo con una lata en la mano. Sin poder moverse de su lugar, Lale ve que abre una pequeña escotilla en el techo del autobús y da vuelta el recipiente. Luego cierra la escotilla y la asegura. Mientras el guardia se desliza hacia abajo, el autobús se sacude violentamente y se oyen gritos amortiguados.

Lale cae de rodillas, vomitando. Permanece allí, descompuesto en el suelo, mientras los gritos se desvanecen.

Cuando el autobús queda inmóvil y en silencio, las puertas se abren. Los hombres muertos caen como bloques de piedra.

Un grupo de prisioneros aparece por la otra esquina del edificio. El camión retrocede y los hombres empiezan a trasladar los cuerpos del autobús al camión. Trastabillan bajo el peso mientras tratan de ocultar su angustia. Lale ha sido testigo de un acto inimaginable. Se pone de pie tambaleando, en el umbral del infierno; dentro de él se mueve un torbellino de sentimientos de furia.

A la mañana siguiente no puede levantarse. Está ardiendo.

* * *

Lale tarda siete días en recuperar la conciencia. Alguien le está echando agua suavemente en la boca. Se da cuenta de que tiene un trapo húmedo y fresco en la frente.

—Tranquilo, muchacho —dice una voz—. Tómalo con calma.

Lale abre los ojos y ve a un extraño, un hombre mayor que lo mira dulcemente a la cara. Se yergue un poco sobre los codos y el extraño lo ayuda a sentarse. Mira alrededor, confuso. ¿Qué día es? ¿Dónde está?

—El aire fresco te hará bien —le dice el hombre mientras lo toma por el codo.

Lo llevan afuera. Es un día soleado, uno que parece hecho para la alegría, y él se estremece con el recuerdo del último día como este. Su mundo gira y él se tambalea. El extraño lo sostiene y lo conduce hasta una pila de maderas cerca de ellos.

Levanta la manga de Lale y señala el número tatuado.

—Me llamo Pepan. Yo soy el *Tätowierer*. ¿Qué te parece mi obra?

—¿*Tätowierer*? —pregunta Lale—. ¿Quieres decir que tú me hiciste esto?

Pepan encoge los hombros y mira a Lale directamente a los ojos.

—No me dieron a elegir.

Lale sacude la cabeza.

—Este número no habría sido lo que yo hubiera elegido para un tatuaje.

—¿Qué habrías preferido? —pregunta Pepan.

Lale muestra una sonrisa pícara.

—¿Cómo se llama ella?

—¿Mi novia? No lo sé. Todavía no nos conocemos.

Pepan se ríe entre dientes. Ambos hombres permanecen sentados en silenciosa compañía. Lale pasa un dedo sobre sus números.

—¿De dónde es tu acento? —quiere saber Lale.

—Soy francés.

—¿Y qué fue lo que me pasó? —pregunta finalmente Lale.

—Tifus. Estabas destinado a una tumba temprana.

Lale se estremece.

—Entonces, ¿por qué estoy aquí sentado contigo?

—Yo pasaba por tu bloque justo cuando tu cuerpo era arrojado al carro para los muertos y los moribundos. Un joven le estaba suplicando al SS que te dejaran. Le decía que él se iba a ocupar de ti. Cuando entraron en el siguiente bloque te empujó fuera del carro y comenzó a arrastrarte de nuevo hacia adentro. Yo fui y lo ayudé.

—¿Hace cuánto tiempo de eso?

—Siete, ocho días. Desde entonces, los hombres de tu bloque te han cuidado durante la noche. Yo he pasado tanto tiempo como he podido durante el día para cuidarte. ¿Cómo te sientes?

—Me siento bien. No sé qué decir, cómo darte las gracias.

—Dale las gracias al hombre que te sacó del carro. Fue su coraje lo que te arrancó de las fauces de la muerte.

—Lo haré cuando averigüe quién fue. ¿Tú lo sabes?

—No. Lo siento. No nos dijimos los nombres.

Lale cierra los ojos por unos momentos, dejando que el sol le caliente la piel, dándole la energía, la voluntad, para continuar. Levanta sus hombros caídos y el valor vuelve a fundirse en él.

Sigue vivo. Se pone de pie con las piernas temblorosas, estirándose, tratando de respirar nueva vida para dar fuerza a un cuerpo enfermo que necesita descanso, nutrición e hidratación.

—Siéntate, todavía estás muy débil.

Obedece a lo que es obvio y Lale se sienta. Recién en ese momento su espalda está más recta, su voz es más firme. Le dirige una sonrisa a Pepan. El viejo Lale está de vuelta, casi tan ansioso por recibir información como lo está por recibir comida.

—Veo que llevas una estrella roja —dice.

—Ah, sí. Yo era un académico en París y era demasiado franco, para mi desgracia.

—¿Qué enseñabas?

—Ciencias económicas.

—¿Y por ser profesor de economía terminaste aquí? ¿Cómo?

—Bueno, Lale, un hombre que da clases sobre impuestos y tasas de interés no puede dejar de involucrarse en la política de su país. La política ayuda a entender el mundo hasta que uno ya no entiende nada, y entonces hace que te arrojen a un campo de prisioneros. Tanto la política como la religión.

—¿Y vas volver a esa vida cuando te vayas de aquí?

—¡Un optimista! No sé lo que me depara el futuro, ni a ti.

—Pues no hay bola de cristal.

—Efectivamente, no la hay.

Por entre los ruidos de la construcción, de los perros que ladran y de los guardias que gritan, Pepan se inclina hacia adelante y pregunta:

—¿Eres tan fuerte de carácter como lo eres físicamente?

Lale le devuelve la mirada de Pepan.

—Soy un sobreviviente.

—Tu fuerza puede ser una debilidad, dadas las circunstancias en las que nos encontramos. El encanto y una sonrisa fácil te van a meter en problemas.

—Soy un sobreviviente.

—Bueno, entonces tal vez yo pueda ayudarte a sobrevivir aquí.

—¿Tienes amigos en las altas esferas?

Pepan se ríe y palmea a Lale en la espalda.

—No. No tengo amigos en las altas esferas. Como te dije, yo soy el *Tätowierer*. Y me han dicho que el número de personas que van a venir a este lugar muy pronto va a aumentar.

Se quedan pensando un momento. Lo que hay en la mente de Lale es que, en algún lugar, alguien está tomando decisiones, arrancando números de... ¿dónde? «¿Cómo decides quién viene aquí? ¿En qué información se basan esas decisiones? ¿Carrera, religión o política?»

—Me intrigas, Lale. Me sentí atraído por ti. Tenías una fuerza que ni siquiera tu cuerpo enfermo podía esconder. Te trajo hasta este punto, sentado hoy ante mí.

Lale oye las palabras pero lucha con lo que Pepan está diciendo. Están sentados en un lugar donde la gente está muriendo cada día, cada hora, cada minuto.

—¿Quieres trabajar conmigo? —Pepan saca a Lale de la desolación—. ¿O estás feliz haciendo lo que sea que ellos te dicen que hagas?

—Hago lo que puedo para sobrevivir.

—Entonces acepta mi oferta de trabajo.

—¿Quieres que tatúe a otros hombres?

—Alguien tiene que hacerlo.

—No creo que pueda hacer eso. Dejar cicatrices en el cuerpo de alguien, producirle dolor a alguien... porque eso duele, tú lo sabes.

Pepan se arremanga para mostrar su propio número.

—Duele como el demonio. Si no aceptas el trabajo, alguien con menos alma que tú lo aceptará, y hará sufrir más a estas personas.

—Trabajar para el *kapo* no es lo mismo que herir a cientos de personas inocentes.

Se produce un largo silencio. Lale vuelve a entrar en su oscuro espacio. «Quienes toman las decisiones, ¿tienen familia, esposa, hijos, padres? No puede ser».

—Por más que te digas eso, sigues siendo un títere nazi. Ya sea conmigo o con el *kapo*, o construyendo bloques, estás siempre haciendo el trabajo sucio de ellos.

—Puestas las cosas de esa manera...

—¿Entonces?

—Entonces, sí. Si puedes arreglarlo, trabajaré para ti.

—No para mí. Conmigo. Pero debes trabajar rápido y de manera eficiente. Y no causar problemas con los SS.

—De acuerdo.

Pepan se pone de pie, dispuesto a marcharse. Lale lo agarra de la manga de la camisa.

—Pepan, ¿por qué me elegiste a mí?

—Vi a un joven medio muerto de hambre que arriesgaba su vida para salvarte. Me imaginé que debías ser alguien al que valía la pena salvar. Vendré a buscarte mañana por la mañana. Ahora trata de descansar.

* * *

Esa noche, cuando sus compañeros de bloque regresan, Lale se da cuenta de que falta Aron. Les pregunta qué ha ocurrido con él a los otros dos que comparten su cama, cuánto tiempo hace que no lo ven.

—Más o menos una semana —fue la respuesta.

El estómago de Lale se estremece.

—El *kapo* no podía encontrarte —explica el hombre—. Aron podría haberle dicho que estabas enfermo, pero temía que el *kapo* te pusiera otra vez en el carro de los muertos si se enteraba, por lo que dijo que ya habías muerto.

—¿Y el *kapo* descubrió la verdad?

—No —bosteza el hombre, exhausto por el trabajo—. Pero el *kapo* estaba tan enojado que se llevó a Aron de todos modos.

Lale se esfuerza por contener las lágrimas.

El segundo compañero de cama gira para apoyarse sobre el codo.

—Tú le pusiste grandes ideas en la cabeza. Quería salvar a «uno».

–Salvar a uno es salvar al mundo –Lale completa la frase.

Los hombres se hunden en el silencio por un tiempo. Lale mira el techo, parpadea para apartar las lágrimas. Aron no es la primera persona en morir aquí y no será la última.

–Gracias –dice.

–Tratamos de continuar lo que Aron comenzó, para ver si podíamos salvar a uno.

–Nos turnábamos –dice un joven desde abajo– para contrabandear agua y compartir nuestro pan contigo, empujándolo por tu garganta.

Otro sigue con el relato. Se levanta de la litera de abajo, demacrado, con nublados ojos azules, voz inexpresiva, pero todavía llena de la necesidad de contar su parte de la historia.

–Te cambiamos la ropa sucia. La reemplazábamos con la de alguien que hubiera muerto durante la noche.

Lale ya no puede contener las lágrimas que ruedan por sus macilentas mejillas.

–No puedo...

No puede hacer otra cosa que estar agradecido. Sabe que tiene una deuda que no puede pagar, no ahora, no aquí, y para ser realista, jamás podrá.

Se duerme con el sonido de los conmovedores cánticos hebreos de aquellos que todavía se aferran a la fe.

* * *

A la mañana siguiente Lale está en la fila para el desayuno cuando Pepan aparece a su lado, lo toma silenciosamente del brazo y lo lleva hacia el sector principal del campo. Allí los camiones hacen descender su carga humana. Se siente como si hubiera entrado a una escena de una tragedia clásica. Algunos de los actores son los mismos, la mayoría son nuevos, su parte no está escrita todavía, su papel aún no ha sido determinado. Su experiencia de vida no lo ha equipado para entender lo que está sucediendo. Tiene el recuerdo de haber estado allí antes. «Sí, no como observador, sino como participante. ¿Cuál será mi papel ahora?» Cierra los ojos e imagina que está frente a otra versión de sí mismo, mirando el brazo izquierdo. Sin número. Abre los ojos de nuevo, mira el tatuaje en su brazo izquierdo real, y luego otra vez la escena que tiene ante sí.

Observa a los centenares de nuevos prisioneros que hay reunidos allí. Muchachos, hombres jóvenes, con el terror grabado en cada uno de sus rostros. Aferrados unos a otros. Abrazándose a sí mismos. Los SS y los perros los conducen como a corderos rumbo al matadero. Ellos obedecen. Si viven o mueren este día es algo que está a punto de ser decidido. Lale deja de seguir a Pepan y se queda congelado. Pepan se da vuelta y lo guía hacia unas mesitas con el equipo para tatuar en ellas. Aquellos que pasan la selección son puestos en una fila delante de su mesa. Serán marcados. Otros recién llegados —los viejos, los enfermos, aquellos sin habilidades identificadas— son muertos vivientes.

Suena un disparo. Los hombres se estremecen. Alguien cae. Lale mira en dirección al disparo, pero Pepan le toma la cara y lo obliga a torcer la cabeza.

Un grupo de SS, en su mayoría jóvenes, caminan hacia Pepan y Lale, escoltando a un oficial de SS de cuarenta y tantos años largos, erguido en su inmaculado uniforme, la gorra puesta con precisión sobre su cabeza. Un maniquí perfecto, piensa Lale.

Los SS se detienen ante ellos. Pepan se adelanta y saluda al oficial con una inclinación de cabeza, mientras Lale observa.

—*Oberscharführer* Houstek, he reclutado a este prisionero para que me ayude —informa Pepan señalando a Lale, detrás de él.

Houstek se vuelve hacia Lale.

—Creo que aprenderá rápido —continúa Pepan.

Houstek, con mirada de acero, mira a Lale antes de mover un dedo para que dé un paso adelante. Lale obedece.

—¿Qué idiomas hablas?

—Eslovaco, alemán, ruso, francés, húngaro y un poco de polaco —contesta Lale, mirándolo a los ojos.

—Ajá. —Houstek se aleja.

Lale se inclina y le susurra a Pepan:

—Un hombre de pocas palabras. Supongo que tengo el trabajo, ¿no?

Pepan se vuelve hacia Lale, con fuego en sus ojos y en su voz, aunque habla en voz baja.

—No lo subestimes. Olvida tu bravuconería o perderás tu vida. La próxima vez que hables con él, no levantes los ojos por encima del nivel de sus botas.

—Lo siento —responde Lale—. No lo haré.

«¿Cuándo aprenderé?»

CAPÍTULO 3

Junio de 1942

Lale despierta lentamente, abrazado a un sueño que ha puesto una sonrisa en su cara. «Quiero quedarme, quiero quedarme, dejen que me quede aquí un momento más, por favor...»

A Lale le gusta conocer todo tipo de gente, pero particularmente le gusta conocer mujeres. Para él todas son bellas, más allá de su edad, su apariencia, de la manera en que se visten. Lo más destacado de su rutina diaria es caminar por la sección de mujeres donde trabaja. Allí es cuando coquetea con las mujeres jóvenes y no tan jóvenes que trabajan detrás del mostrador.

Lale escucha que se abren las puertas principales de la tienda. Levanta la vista y una mujer entra corriendo. Detrás de ella, dos soldados eslovacos se detienen en la puerta y no la siguen adentro. Se acerca presuroso a ella con una sonrisa tranquilizadora.

—Está todo bien —le dice—. Está a salvo aquí conmigo.

Ella acepta su mano y la conduce hacia un mostrador lleno de extravagantes frascos de perfume. Mira varios, se decide por uno y se lo ofrece a ella. La mujer gira el cuello de manera juguetona. Lale le rocía suavemente primero un lado del cuello y luego el otro. Sus miradas se encuentran cuando ella gira la cabeza. Adelanta las dos muñecas y cada una recibe su recompensa. Ella se lleva una muñeca a la nariz, cierra los ojos y olfatea ligeramente. Le ofrece a Lale la misma muñeca. Él le sostiene la mano con delicadeza, la acerca a su rostro mientras se inclina e inhala la embriagadora mezcla de perfume y juventud.

—Sí. Este es perfecto para usted —dice Lale.

—Me lo llevo.

Lale entrega el frasco a la asistente de la tienda, que empieza a envolverlo.

—¿Hay algo más en lo que pueda ayudarla? —pregunta.

Aparecen caras fugaces delante de él, sonrientes mujeres jóvenes que bailan alrededor de él, felices, viviendo la vida al máximo. Lale sostiene el brazo de la joven que conoció en la sección para mujeres de la tienda.

Su sueño parece acelerarse. Lale y la dama entran a un exquisito restaurante, apenas iluminado por mínimos apliques. Una vela parpadeante en cada mesa se apoya sobre pesados manteles de *jacquard*. Valiosas joyas proyectan colores sobre las paredes. El ruido de los cubiertos de plata sobre la porcelana fina es apagado por los dulces sonidos del cuarteto de cuerdas ubicado en un rincón. El recepcionista lo saluda cálidamente mientras toma el abrigo de la acompañante de Lale y los conduce a una mesa. Una vez sentados, el *maître* le muestra a Lale una botella de vino. Sin apartar los ojos de su compañera, asiente con la cabeza y la botella es descorchada para luego servir el vino. Lale y la joven toman sus copas. Con sus miradas todavía fijas en el otro, levantan las manos y beben. El sueño de Lale vuelve a saltar hacia adelante.

Está cerca de despertarse. «No». En ese momento está revisando su armario, eligiendo un traje, una camisa, evaluando y rechazando corbatas hasta que encuentra la corbata adecuada y se la pone para anudarla a la perfección. Se calza los zapatos bien lustrados. Toma las llaves y la billetera de la mesa de noche antes de agacharse y apartar un mechón de pelo de la cara de su compañera dormida, para luego besarla. Ella se estira y sonríe. Con voz áspera dice:

—Esta noche…

* * *

Los disparos afuera arrojan a Lale a la vigilia. Es empujado por sus compañeros de cama quienes a su vez buscan de dónde viene la amenaza. Con el recuerdo del cuerpo cálido de ella todavía presente, Lale se levanta lentamente y es el último en alinearse para que pasen lista. El prisionero a su lado le da un codazo al ver que no responde cuando gritan su número.

—¿Qué te pasa?

—Nada… Todo. Este lugar.

—Es el mismo de ayer. Y será el mismo mañana. Tú me enseñaste eso. ¿Qué ha cambiado para ti?

—Tienes razón… el mismo, el mismo. Es solo que, bueno, soñé con una chica que conocí en otro tiempo.

—¿Cómo se llamaba?

—No lo recuerdo. No importa.

—¿No estabas enamorado de ella entonces?

—Las amaba a todas, pero de alguna manera ninguna capturó jamás mi corazón. ¿Tiene sentido eso?

—Realmente no. Me conformaría con una chica para amar y pasar el resto de mi vida con ella.

* * *

Ha estado lloviendo durante días, pero esa mañana el sol amenaza con arrojar un poco de brillo y luz en el sombrío campo de Birkenau mientras Lale y Pepan preparan su lugar de trabajo. Tienen dos mesas, frascos de tinta, un montón de agujas.

—Prepárate, Lale, aquí vienen.

Lale levanta la vista y se sorprende al ver docenas de mujeres jóvenes que avanzan escoltadas hacia él. Sabía que había chicas en Auschwitz pero no allí, no en Birkenau, ese infierno de infiernos.

—Algo un tanto diferente hoy, Lale... Han trasladado a unas chicas de Auschwitz hasta aquí y algunas de ellas necesitan que les hagan otra vez los números.

—¿Qué?

—Sus números, se los hicieron con un sello que resultó poco eficiente. Tenemos que hacerlos adecuadamente. No hay tiempo para admirarlas, Lale. Solo haz tu trabajo.

—No puedo.

—Haz tu trabajo, Lale. No le digas ni una palabra a ninguna de ellas. No hagas ninguna estupidez.

La fila de chicas jóvenes serpentea hasta más allá de su visión.

—No puedo hacer esto. Por favor, Pepan, no podemos hacer esto.

—Sí que puedes, Lale. Debes hacerlo. Si no lo haces, otro lo hará y que yo te salvara no habrá servido para nada. Solo haz el trabajo, Lale. —Pepan le sostiene la mirada. El miedo se asienta profundamente en los huesos de Lale. Pepan tiene razón. O bien sigue las reglas o se arriesga a que lo maten.

Lale empieza «el trabajo». Trata de no levantar la vista. Extiende la mano para tomar el pedazo de papel que alguien le entrega. Debe transferir esos cinco dígitos sobre la jovencita que se lo da. Ya hay un número allí, pero se ha desvanecido. Presiona la aguja en su brazo izquierdo y dibuja un 3, tratando de ser suave. Sale sangre. Pero la aguja no ha entrado lo suficiente y tiene que dibujar de nuevo el número. Ella no se estremece por el dolor que Lale sabe que le está infligiendo. «Se les ha advertido: no digan nada, no hagan nada».

Él limpia la sangre y frota tinta verde en la herida.

—¡Apresúrate! —susurra Pepan.

Lale tarda demasiado. Tatuar los brazos de los hombres es una cosa; profanar los cuerpos de aquellas jovencitas es horrible. Al levantar la vista, ve a un hombre de bata blanca que camina lentamente recorriendo la fila de las jóvenes. Cada tanto se detiene para inspeccionar la cara y el cuerpo de alguna joven aterrorizada. Finalmente llega adonde está Lale. Mientras Lale sostiene el brazo de la muchacha lo más suavemente que puede, el hombre le toma la cara con la mano y la mueve bruscamente de un lado a otro. Lale levanta la vista hacia aquellos ojos asustados. Los labios de ella se mueven dispuestos a hablar. Lale le aprieta con fuerza el brazo para detenerla. Ella lo mira y él mueve la boca: «Shh». El hombre de la bata blanca le suelta la cara y se aleja.

—Bien hecho —susurra él mientras se pone a tatuar los cuatro dígitos restantes: 4 9 0 2. Cuando termina le retiene el brazo por un momento más de lo necesario, y vuelve a mirarla a los ojos. Fuerza una ligera sonrisa. Ella le devuelve una más ligera todavía. Sus ojos, sin embargo, bailan ante él. Al mirarlos, su corazón parece simultáneamente detenerse y comenzar a latir por primera vez, golpeando, casi amenazando con estallar para salirse del pecho. Baja la mirada al suelo y este se mueve debajo de él. Le acercan otro pedazo de papel.

—¡Apresúrate, Lale! —susurra Pepan con urgencia.

Cuando vuelve a levantar la vista, ella ya se ha ido.

* * *

Varias semanas más tarde Lale se presenta a trabajar como de costumbre. Su mesa y su equipo ya están listos y mira a su alrededor buscando ansioso a Pepan. Muchos hombres se dirigen hacia donde está él. Se sorprende al ver que el *Oberscharführer* Houstek se acerca acompañado por un joven oficial SS. Lale inclina la cabeza y recuerda las palabras de Pepan: «No lo subestimes».

—Hoy trabajarás solo —murmura Houstek.

Cuando Houstek se da vuelta para alejarse, Lale pregunta en voz baja:

—¿Dónde está Pepan?

Houstek se detiene, se vuelve y le devuelve una fría mirada. El corazón de Lale se sobresalta.

—Ahora tú eres el *Tätowierer*. —Houstek se vuelve al oficial de las SS—. Y tú eres el responsable por él.

Cuando Houstek se aleja, el oficial de las SS se pone el rifle en el hombro y le apunta a Lale. Lale le devuelve la mirada, fijándola en los ojos negros de ese muchacho delgado con una cruel sonrisa de suficiencia. Finalmente, Lale baja la mirada. «Pepan, tú dijiste que este trabajo podría ayudar a salvar mi vida. Pero, ¿qué ha pasado contigo?»

—Parece que mi destino está en tus manos —gruñe el oficial—. ¿Qué te parece eso?

—Intentaré no decepcionarlo.

—¿Intentar? Harás más que intentarlo. No me vas a decepcionar.

—Sí, señor.

—¿En qué bloque estás?

—Número 7.

—Cuando termines aquí, te mostraré tu habitación en uno de los bloques nuevos. A partir de ahora te quedarás allí.

—Estoy conforme en mi bloque, señor.

—No seas estúpido. Necesitarás protección ahora que eres el *Tätowierer*. Ahora trabajas para el Ala Política de las SS... Mierda, tal vez *yo* debería tener miedo de ti. —De nuevo muestra su sonrisa de suficiencia.

Después de sobrevivir a esta ronda de preguntas, Lale pone a prueba su suerte.

—El proceso iría mucho más rápido, usted sabe, si tuviera un asistente.

El oficial de las SS da un paso y se acerca a Lale, mirándolo de arriba abajo con desprecio.

—¿Qué?

—Si usted hace que alguien me ayude, el proceso irá más rápido y su jefe estará satisfecho.

Como si la orden la hubiera dado Houstek, el oficial se da vuelta y recorre la fila de hombres jóvenes a la espera de ser numerados, todos los cuales, salvo uno, tienen la cabeza inclinada. Lale teme por el que mira directamente al oficial y se sorprende cuando es arrastrado del brazo y conducido hasta Lale.

—Tu ayudante. Haz su número primero.

Lale toma el pedazo de papel de la mano del joven y rápidamente le tatúa el brazo.

—¿Cómo te llamas? —le pregunta.

—León.

—León, yo soy Lale, el *Tätowierer* —dice, con voz firme como la de Pepan—. Ahora, quédate a mi lado y mira lo que yo hago. A partir de mañana, trabajarás para mí como mi asistente. Eso podría salvarte la vida.

* * *

El sol ya se ha puesto cuando el último prisionero ha sido tatuado y empujado hacia su nuevo hogar. El guardia de Lale —cuyo nombre, ya lo averiguó, es Baretski— no anda a más de unos pocos metros de él. Se acerca a Lale y a su nuevo asistente.

—Llévalo a tu bloque y luego vuelve aquí.

Lale conduce rápidamente a León al Bloque 7.

—Espera afuera del bloque por la mañana y yo vendré a buscarte. Si tu *kapo* quiere saber por qué no vas con los demás a la obra de construcción, dile que ahora trabajas para el *Tätowierer*.

* * *

Cuando Lale vuelve a su puesto de trabajo, sus herramientas han sido guardadas en un maletín y su mesa ha sido plegada. Baretski está ahí esperándolo.

—Lleva todo esto a tu nueva habitación. Todas las mañanas, preséntate en el edificio de la administración para recibir suministros e instrucciones acerca de dónde trabajarás ese día.

—¿Puedo conseguir una mesa y elementos de trabajo adicionales para León?

—¿Quién?

—Mi asistente.

—Pide en la administración todo lo que necesites.

Conduce a Lale a un área del campo que todavía está en construcción. Muchos de los edificios están sin terminar y el inquietante silencio hace que Lale se estremezca. Uno de estos nuevos barracones está terminado y Baretski lleva a Lale a una habitación individual situada inmediatamente detrás de la puerta.

—Vas a dormir aquí —dice Baretski. Lale pone su maletín de herramientas en el piso duro y observa la habitación pequeña y aislada. Ya echa de menos a sus amigos del Bloque 7.

Después, siguiendo a Baretski, Lale se entera de que a partir de ese momento recibirá sus comidas en un área cerca del edificio de la administración. En su función de *Tätowierer*, recibirá raciones adicionales. Se dirigen a cenar mientras Baretski explica:

—Queremos que nuestros trabajadores tengan fuerzas. —Le indica con una seña a Lale que ocupe un lugar en la fila de la cena—. Aprovéchala.

Mientras Baretski se aleja, le sirven a Lale un cucharón de sopa acuosa y un trozo de pan. Los devora y está a punto de alejarse.

—Puedes pedir más si quieres —le dice una voz quejumbrosa.

Lale toma una segunda porción de pan, mirando a los prisioneros alrededor de él que comen en silencio, sin compartir conversación alguna y solo intercambian miradas subrepticias. Los sentimientos de desconfianza y miedo son obvios. Al alejarse, con el pan guardado en la manga, se dirige a su viejo hogar, el Bloque 7. Cuando entra, saluda con un movimiento de cabeza al *kapo*, quien parece haber recibido el mensaje de que Lale ya no está a sus órdenes. Al entrar, Lale responde a los saludos de muchos de los hombres con los que ha compartido un bloque, con los que ha compartido sus miedos y sueños de otra vida. Cuando llega a su vieja litera, ve a León sentado allí con los pies colgando por el costado. Lale mira el rostro del joven. Sus grandes ojos azules tienen una dulzura y una honestidad que Lale encuentra entrañables.

—Ven conmigo afuera un momento.

León salta al suelo y lo sigue. Todos los ojos están fijos en ellos dos. Al caminar por el lado del bloque, Lale saca el trozo de pan rancio de su manga y se lo ofrece a León, que lo devora. Recién cuando lo termina, le da las gracias.

—Sabía que habrías perdido la cena. Ahora recibo raciones adicionales. Voy a tratar de compartirlas contigo y los demás cada vez que pueda. Ahora vuelve adentro. Diles que te arrastré hasta aquí para retarte. Y mantén la cabeza baja. Te veré en la mañana.

—¿No quieres que ellos sepan que puedes conseguir más raciones?

—No. Déjame ver cómo se desarrollan las cosas. No puedo ayudarlos a todos a la vez y ellos no necesitan una razón adicional para pelearse entre ellos.

Lale observa a León cuando entra en su viejo bloque con una mezcla de sentimientos que encuentra difícil de articular. «¿Debo tener miedo ahora que soy un privilegiado? ¿Por qué me siento triste por dejar mi antigua posición en el campo, a pesar de que no me ofrecía ninguna protección?» Deambula entre las sombras de los edificios a medio acabar. Está solo.

Esa noche, Lale duerme estirado por primera vez en meses. Nadie para patear, nadie que lo empuje. Se siente como un rey en el lujo de su propia cama. Y al igual que un rey, él ahora debe desconfiar de los motivos de la gente para hacerse amiga de él o para incluirlo en su círculo de confianza. «¿Están celosos? ¿Quieren mi trabajo? ¿Corro el riesgo de ser acusado injustamente de algo?»

Ha visto ahí las consecuencias de la codicia y la desconfianza. La mayoría de la gente cree que si hay menos hombres, habrá más comida para distribuir. La comida es moneda. Con ella uno sigue con vida. Uno tiene la fuerza para hacer lo que se le pide. Uno logra vivir un día más. Sin comida, uno se debilita hasta el punto en que ya no le importa nada. La nueva posición de Lale se suma a la complejidad de sobrevivir. Está seguro de que al salir de su bloque y pasar por las literas de hombres maltratados, oyó a alguien murmurar la palabra «colaboracionista».

* * *

A la mañana siguiente Lale está esperando con León fuera del edificio de la administración cuando Baretski llega y lo felicita por llegar temprano. Lale sostiene su maletín y su mesa está en el suelo junto a él. Baretski le dice a León que se quede donde está y a Lale que lo siga adentro. Lale recorre con la mirada la gran zona de recepción. Puede ver corredores que se extienden en diferentes direcciones con lo que parecen oficinas a lo largo de ellos. Detrás de la gran recepción hay varias filas de escritorios pequeños con muchachas jóvenes que trabajan diligentemente archivando y transcribiendo. Baretski se dirige a un oficial de las SS:

—Le presento al *Tätowierer* —y le dice a él nuevamente que busque ahí sus elementos e instrucciones todos los días. Lale pide una mesa y herramientas extra, ya que tiene un asistente esperando afuera. La solicitud es aceptada sin comentarios y Lale exhala un suspiro de alivio. Por lo menos ha salvado a un hombre del trabajo duro. Piensa en Pepan y le agradece en silencio. Toma la mesa y pone los suministros adicionales en su maletín. Cuando Lale ya se está alejando, el empleado de la administración le habla en voz alta.

—Lleva ese maletín contigo en todo momento, identi-fícate con las palabras «*Politische Abteilung*» y nadie te molestará. Devuélvenos el papel con los números todas las noches, pero quédate con el maletín.

Baretski agrega resoplando al lado de Lale.

—Es verdad, con ese maletín y esas palabras estás a sal-vo, excepto de mí, por supuesto. Cágala y méteme en pro-blemas y no habrá maletín ni palabras que te salven. —Su mano va hacia su pistola, la apoya en la pistolera, abre el seguro. Lo cierra. Lo abre. Lo cierra. Su respiración se hace más intensa.

Lale hace lo que ha aprendido, baja la mirada y se aleja.

* * *

Los cargamentos llegan a Auschwitz-Birkenau en todo mo-mento. No es raro que Lale y León trabajen día y noche sin parar. En esas largas jornadas Baretski muestra su lado más desagradable. Insulta a gritos o golpea a León, culpándolo de mantenerlo lejos de su cama con su lentitud. Lale aprende rápidamente que el maltrato empeora si intenta impedirlo.

Al terminar en las primeras horas de una mañana en Auschwitz, Baretski se aleja antes de que Lale y León ha-yan recogido sus cosas. Luego se vuelve, con expresión de indecisión en el rostro.

—Ah, carajo, ustedes dos pueden regresar a Birkenau por su cuenta. Yo voy a dormir aquí esta noche. Los quiero de vuelta a las ocho de la mañana.

—¿Cómo vamos a saber qué hora es? —pregunta Lale.

—No me importa cómo lo hagas, pero te quiero aquí a esa hora. Y ni se les ocurra pensar en huir. Yo mismo los voy a buscar para matarlos y disfrutar con ello. —Se aleja con paso cansado.

—¿Qué hacemos? —pregunta León.

—Lo que nos dijo ese imbécil. Vamos... te despertaré a tiempo para regresar aquí.

—Estoy muy cansado. ¿No podemos quedarnos?

—No. Si no te ven en tu bloque por la mañana, saldrán a buscarte. Vamos, vamos.

* * *

Lale se levanta con el sol, y él y León hacen la caminata de cuatro kilómetros de regreso a Auschwitz. Esperan por lo que parece una hora hasta que aparece Baretski. Es obvio que no fue directamente a la cama, sino que ha estado bebiendo. Cuando su aliento es malo, su humor es peor.

—Vamos —ruge.

Sin señal alguna de nuevos prisioneros, Lale tiene que preguntar a regañadientes:

—¿Adónde?

—De vuelta a Birkenau. Los camiones de transporte han depositado allí la última carga.

* * *

Mientras el trío recorre los cuatro kilómetros de regreso a Birkenau, León tropieza y cae. La fatiga y la falta de alimento se adueñan de él. Se levanta de nuevo. Baretski camina con más lentitud, aparentemente esperando a que León los alcance. Cuando León lo consigue, Baretski estira una pierna y lo hace caer otra vez. Varias veces más durante el viaje, Baretski hace su jueguito. La caminata y el placer que le produce hacer tropezar a León parecen terminar de despertarlo. Cada vez que lo hace, mira a Lale para ver su reacción. No consigue nada.

Al llegar de vuelta a Birkenau, Lale se sorprende de ver a Houstek supervisando la selección de los que serán enviados a Lale y a León para vivir otro día. Comienzan su trabajo mientras Baretski marcha de un lado a otro por la fila de hombres jóvenes, tratando de mostrarse competente frente a su superior. El grito de un joven cuando León intenta marcar su brazo sobresalta al agotado muchacho, que deja caer su instrumento para tatuar. Cuando se inclina para recogerlo, Baretski le pega en la espalda con el rifle, enviándolo de boca al suelo. Le pone un pie en la espalda y lo empuja hacia abajo.

—Podemos hacer el trabajo más rápido si deja que se levante y continúe —dice Lale, viendo que a León comienza a faltarle el aliento bajo la bota de Baretski.

Houstek se dirige a los tres hombres y murmura algo a Baretski. Cuando Houstek desaparece, Baretski, con una sonrisa ácida, empuja con fuerza el pie contra el cuerpo de León antes de soltarlo.

—Yo soy un humilde servidor de las SS. Tú, *Tätowierer*, has sido colocado bajo los auspicios del ala política, que solo responde a Berlín. Fue tu día de suerte cuando el francés te presentó a Houstek y le dijo lo inteligente que eres, y que hablas todos esos idiomas.

No hay una respuesta correcta a esa pregunta, así que Lale se ocupa de su trabajo. León, todo embarrado, se levanta tosiendo.

—Entonces, *Tätowierer* —dice Baretski, otra vez con su sonrisa enfermiza—. ¿Qué tal si somos amigos?

* * *

Una ventaja de ser *Tätowierer* es que Lale sabe cuál es la fecha. Está escrita en el papeleo que se le entrega todas las mañanas y que devuelve a la noche. No es solo el papeleo lo que le da esa información. El domingo es el único día de la semana en que los otros presos no están obligados a trabajar y pueden pasar el día deambulando por todo el campo o permanecer cerca de sus barracones, formando pequeños grupos: amistades llegadas al campo, amistades hechas en el campo.

Un domingo la ve. La reconoce de inmediato.

Caminan uno hacia el otro, Lale solo, ella con un grupo de chicas, todas con las cabezas rapadas, todas con la misma ropa sin la menor gracia. No hay nada que la distinga a ella, salvo sus ojos. Negros… no, castaños. El marrón más oscuro que jamás él haya visto. Por segunda vez se miran en las almas uno del otro. El corazón de Lale se sobresalta. La mirada queda fija.

—¡*Tätowierer*! —Baretski pone una mano en el hombro de Lale, y así rompe el hechizo.

Los prisioneros se apartan. No quieren estar cerca de un oficial de las SS ni del prisionero al que le está hablando. El grupo de las muchachas se dispersa, dejándola a ella con mirada fija en Lale, que a su vez sigue mirándola. Los ojos de Baretski se mueven del uno al otro. Los tres forman un triángulo perfecto, cada uno esperando a que el otro se mueva. Baretski muestra una sonrisa cómplice. Con decidido coraje, una de las amigas de ella avanza y la arrastra de nuevo a su grupo.

—Es muy linda —dice Baretski mientras él ý Lale se alejan. Lale lo ignora y se esfuerza para controlar el odio que siente.

—¿Te gustaría conocerla? —Una vez más Lale se niega a responder.

—Escríbele, dile que te gusta.

«¿Se cree que soy tan estúpido?»

—Te consigo papel y lápiz y le llevo tu carta. ¿Qué te parece? ¿Sabes cómo se llama?

34902.

Lale sigue caminando. Sabe que la pena para cualquier prisionero atrapado con pluma o papel es la muerte.

—¿Adónde vamos? —Lale cambia de tema.

—A Auschwitz. *Herr Doktor* necesita más pacientes.

Un escalofrío atraviesa a Lale. Recuerda al hombre de la bata blanca, sus manos peludas en la cara de aquella hermosa niña. Lale nunca se ha sentido tan incómodo con un médico como le ocurrió aquel día.

—Pero es domingo.

Baretski se ríe.

—Ah, ¿crees que porque los otros no trabajan el domingo, tú también debes tenerlo libre? ¿Quieres discutir esto con *Herr Doktor*? —La risa de Baretski se hace más estridente, lo que aumenta los escalofríos que corren por la columna vertebral de Lale–. Por favor, hazlo por mí, *Tätowierer*. Dile a *Herr Doktor* que es tu día libre. Me va a encantar.

Lale sabe cuándo callarse. Se adelanta, poniendo distancia entre él y Baretski.

CAPÍTULO 4

Mientras caminan hacia Auschwitz, Baretski parece estar de muy buen humor y bombardea a Lale con preguntas.

—¿Qué edad tienes? ¿Qué hacías antes, digo, antes de que te trajeran acá?

En su mayor parte, Lale responde con una pregunta, y descubre que a Baretski le gusta hablar de sí mismo. Se entera así de que el otro es solo un año más joven que él, pero allí es donde las semejanzas terminan. Habla de mujeres como un adolescente. Lale decide que puede hacer que esta diferencia sea útil para él y empieza a explicarle a Baretski su manera de ganar con las chicas, que todo consiste en respetarlas y en saber lo que a ellas les importa.

—¿Le ha reglado flores a una chica alguna vez? —pregunta Lale.

—No, ¿por qué habría de hacer tal cosa?

—Porque les gusta el hombre que les regala flores. Mejor aún si las corta uno mismo.

—Bueno, yo no voy a hacer eso. Se reirían de mí.

—¿Quiénes?

—Mis amigos.

—¿Se refiere a otros hombres?

—Bueno, sí... pensarían que soy un mariquita.

—¿Y qué cree que pensaría la chica que recibe las flores?

—¿Qué importa lo que ella piense? —Comienza a sonreír con superioridad y se lleva una mano a la ingle—. Esto es todo lo que quiero de ellas, y eso es lo que ellas quieren de mí. Yo sé de qué se trata.

Lale se adelanta. Baretski lo alcanza.

—¿Qué? ¿Dije algo malo?

—¿De verdad quiere que responda a eso?

—Sí.

Lale se da vuelta.

—¿Tiene usted una hermana?

—Sí —dice Baretski—, dos.

—¿Quiere que otros hombres traten a sus hermanas de la misma manera en que usted trata a una chica?

—A cualquiera que le haga eso a mi hermanita, lo mato. —Baretski saca la pistola de su funda y hace varios disparos al aire—. Lo mato.

Lale da un salto hacia atrás. Los disparos reverberan alrededor de ellos. Baretski jadea, su rostro se enrojece y sus ojos están oscuros.

Lale levanta las manos.

—Entiendo. Eso es algo para pensarlo bien.

—No quiero hablar más de esto.

* * *

Lale descubre que Baretski no es alemán sino que nació en Rumania, en un pequeño pueblo cerca de la frontera con Eslovaquia, a pocos cientos de kilómetros de la ciudad natal de Lale, Krompachy. Escapó de su hogar y se encaminó a Berlín. Allí se unió a la Juventud Hitleriana y luego a las SS. Odia a su padre, quien solía golpearlos cruelmente a él y a sus hermanos y hermanas. Sigue todavía preocupado por sus hermanas, una más joven y otra mayor, que viven en su casa.

Más tarde esa noche, mientras regresan a Birkenau, Lale dice en voz baja:

—Acepto su ofrecimiento de papel y lápiz, si le parece bien. Su número es 34902.

Después de la cena, Lale se dirige silenciosamente hasta el Bloque 7. El *kapo* lo mira con ojos furiosos, pero no dice nada.

Lale comparte sus raciones adicionales de la noche, solo unas pocas cáscaras de pan, con sus amigos del bloque. Los hombres hablan e intercambian novedades. Como de costumbre, los religiosos invitan a Lale a participar en la oración de la noche. Él educadamente declina la invitación y su negativa es cortésmente aceptada. Esa es la rutina habitual.

* * *

Solo en su habitación individual, Lale despierta y ve a Baretski de pie junto a él. No golpeó antes de entrar —nunca lo hace—, pero hay algo diferente en esta visita.

—Está en el Bloque 29. —Le entrega a Lale un lápiz y papel. —Vamos, escríbele y yo me aseguraré de que ella lo reciba.

—¿Sabe cómo se llama?

La mirada de Baretski le da a Lale la respuesta. «¿Qué te parece?»

—Volveré dentro de una hora y se la llevaré.

—Que sean dos.

Lale sufre hasta encontrar las primeras palabras que escribirá a la prisionera 34902. «¿Cómo empezar? ¿Cómo hablar con ella?» Por fin, decide hacerlo simple: «Hola, mi nombre es Lale». Cuando Baretski regresa, le entrega la página con apenas unas pocas oraciones escritas. Le ha contado que es de Krompachy, en Eslovaquia, su edad y cómo está compuesta su familia, y que confía en que estén todos a salvo. Le pide que esté cerca del edificio de la administración el próximo domingo por la mañana. Le explica que él intentará estar allí también, y que si no aparece, será debido a su trabajo, que no está regulado como el trabajo de los demás.

Baretski toma la carta y la lee delante de Lale.

—¿Eso es todo lo que tienes que decir?

—Cualquier otra cosa se la diré en persona.

Baretski se sienta en la cama de Lale y se inclina para jactarse acerca de lo que él diría, de lo que le gustaría hacer, si estuviera en la situación de Lale, es decir, sin saber si seguirá con vida cuando termine la semana. Lale le agradece sus comentarios pero le dice que prefiere correr sus propios riesgos.

—Bien. Entregaré esto que tú dices que es una «carta» a ella y le daré papel y lápiz para responder. Le diré que iré por su respuesta mañana por la mañana… le daré toda la noche para pensar en si tú le gustas o no.

Le sonríe irónico a Lale mientras sale de la habitación. «¿Qué he hecho?» Ha puesto en peligro a la prisionera 34902. Él está protegido. Ella, no. Pero de todos modos, él quiere, necesita, correr el riesgo.

* * *

Al día siguiente Lale y León trabajan hasta bien entrada la noche.

Baretski patrulla no lejos de ellos en todo momento, y cada tanto ejerce su autoridad en las filas de hombres usando su rifle como un garrote cuando no le gusta el aspecto de alguien. La insidiosa sonrisa de superioridad nunca desaparece de su rostro. Es obvio que disfruta de andar pavoneándose y recorriendo las filas de hombres. Recién cuando Lale y León están recogiendo sus cosas, saca un pedazo de papel del bolsillo de su abrigo y se lo entrega a Lale.

—Eh, *Tätowierer* —le anticipa—, no dice mucho. Creo que deberías buscarte otra novia.

Cuando Lale estira la mano para tomar la nota, Baretski juguetea y se la aleja. «Muy bien, si es así como quieres jugar.» Lale se da vuelta y se aleja. Baretski lo sigue y se la entrega. Un breve movimiento de cabeza es el único agradecimiento que Lale está dispuesto a darle. Pone la nota en su maletín, se dirige a buscar su cena y ve a León que regresa a su bloque, sabe que probablemente habrá perdido la suya.

Queda poca comida para cuando Lale llega. Después de comer, se guarda varios pedazos de pan en la manga, maldiciendo el hecho de que su uniforme ruso había sido reemplazado por un traje tipo pijama sin bolsillos. Al entrar en el Bloque 7 recibe el habitual coro de saludos silenciosos. Él explica que solo tiene suficiente comida extra para León y quizás otros dos más y promete que tratará de conseguir más el día siguiente. Hace que su visita sea más corta y se apresura a volver a su habitación. Necesita leer las palabras sepultadas entre las herramientas.

Se deja caer sobre la cama y sostiene la nota en su pecho, imaginando a la prisionera 34902 en el momento de escribir las palabras que está tan ansioso por leer. Finalmente, la abre.

«Querido Lale», comienza. Al igual que él, la mujer ha escrito solo unas cuantas líneas muy prudentes. Ella también es de Eslovaquia. Ha estado en Auschwitz por más tiempo que Lale, desde marzo. Trabaja en uno de los depósitos llamados «Canadá», donde los prisioneros clasifican las pertenencias confiscadas de sus compañeros, víctimas como ellos. Estará en el complejo el domingo. Y lo buscará. Lale relee la nota y da vuelta el papel varias veces. Agarra un lápiz de su maletín y garabatea en letra de imprenta detrás de la carta de ella: «Tu nombre, ¿cómo te llamas?»

* * *

A la mañana siguiente, Baretski acompaña a Lale a Auschwitz, solo.

El nuevo cargamento es pequeño, lo que le da a León un día de descanso. Baretski comienza a burlarse de Lale por la nota y de cómo seguramente habría perdido su habilidad con las damas. Lale ignora sus burlas y le pregunta si ha leído buenos libros últimamente.

—¿Libros? No leo libros —murmura Baretski.

—Deberías.

—¿Por qué? ¿De qué sirven los libros?

—Puedes aprender mucho de ellos, y a las chicas les gusta si puedes citar algún texto o recitar poesía.

—No necesito citar libros. Tengo este uniforme; eso es todo lo que necesito para conseguir chicas. Les encanta el uniforme. Tengo una novia, ¿sabes? —se jacta Baretski.

Esto es nuevo para Lale.

—Qué bien. ¿Y le gusta su uniforme?

—Seguro que le gusta. Hasta se lo pone y marcha saludando... Se cree que es el maldito Hitler. —Con una risa escalofriante la imita, pavoneándose, con el brazo levantado—. *Heil Hitler! Heil Hitler!*

—Solo porque le gusta su uniforme no quiere decir que le gusta usted —exclama Lale.

Baretski se detiene en seco.

Lale se maldice a sí mismo por el descuidado comentario. Aminora la marcha, pensando en si volverse y pedir disculpas o no. No, seguirá caminando y verá qué pasa. Cierra los ojos, pone un pie delante del otro, un paso a la vez, esperando oír el disparo. Escucha el ruido de alguien que corre detrás de él. Luego el tirón en una manga.

—¿Eso es lo que piensas, *Tätowierer*? ¿Que solo le gusto por mi uniforme?

Un aliviado Lale se vuelve hacia él.

—¿Cómo voy a saber lo que a ella le gusta? ¿Por qué no me cuentas algo más sobre ella?

No tiene el menor interés en esa conversación, pero ya que se salvó de una bala, siente que no tiene otra opción. Resulta que Baretski sabe muy poco sobre su «novia», sobre todo porque nunca le ha preguntado nada sobre ella misma. Esto es demasiado como para que Lale lo ignore, y antes de darse cuenta, le está dando a Baretski consejos sobre cómo tratar a las mujeres. Dentro de su cabeza, Lale se está diciendo a sí mismo que sería mejor callar. ¿Por qué debería importarle el monstruo a su lado y si será o no capaz de tratar a una chica con respeto? La verdad es que espera que Baretski no sobreviva a este lugar como para estar alguna vez más con una mujer.

CAPÍTULO 5

Y llega la mañana del domingo. Lale salta de la cama y se apresura a salir. Ya salió el sol. «¿Dónde está todo el mundo? ¿Dónde están los pájaros? ¿Por qué no están cantando?»

—¡Es domingo! —grita sin dirigirse a nadie en particular. Se da vuelta y ve que hay rifles apuntándole en la torre de guardia más cercana.

—A la mierda. —Vuelve corriendo a su bloque mientras los disparos atraviesan el tranquilo amanecer. El guardia parece haber decidido asustarlo. Lale sabe que ese es el único día en que los presos «pueden dormir» o al menos no salir de sus barracones hasta que los dolores del hambre los obliguen a dirigirse hacia el café negro y la única pieza de pan rancio. El guardia hace otro disparo al edificio, solo para divertirse.

De vuelta en su pequeña habitación, Lale se pasea de un lado a otro, ensayando las primeras palabras que le dirá a ella.

Hace una prueba: «Eres la chica más hermosa que he visto», y la descarta. Está casi seguro de que, con su cabeza rapada y la ropa usada por alguien mucho más grande que ella, la joven no se siente bella. Sin embargo, no lo descarta del todo. Pero quizás lo mejor sería hacer lo más simple: «¿Cómo te llamas?», y ver adónde conduce eso.

Lale se obliga a permanecer dentro hasta que empiece a oír los sonidos, tan familiares ya para él, del campo que despierta. Primero la sirena perfora el sueño de los prisioneros. Luego trasnochados SS, mal dormidos y de mal humor, gritan órdenes. Se oyen los ruidos metálicos de las ollas del desayuno que son llevadas a cada bloque; los prisioneros que las llevan gimen ya que se hacen más débiles cada día y las ollas se vuelven más pesadas minuto a minuto.

Camina hasta su puesto de desayuno y se une a los otros hombres que tienen derecho a raciones adicionales. Se producen los habituales movimientos de cabeza y de ojos a modo de saludo, así como alguna ocasional y breve sonrisa. No se intercambian palabras. Come la mitad de su pan, guarda el resto en la manga y hace un nudo a modo de puño para evitar que se caiga. Si puede, se lo ofrecerá a ella. Si no, será para León.

Observa a los que no trabajan mientras se mezclan con los amigos de otros bloques y se dispersan en pequeños grupos para disfrutar del sol de verano mientras dure. El otoño está a la vuelta la esquina. Se dirige hacia el sector indicado para comenzar su búsqueda, y luego se da cuenta de que falta su maletín. «Mi salvavidas.» Nunca sale de su habitación sin él, pero esta mañana lo olvidó. «¿Dónde tengo la cabeza?» Corre hacia su bloque y reaparece, el rostro tranquilo, maletín en mano… un hombre con una misión.

* * *

Durante lo que parece un largo tiempo, Lale camina entre sus compañeros de prisión, conversando con aquellos que conoce del Bloque 7. Todo el tiempo sus ojos buscan entre los grupos de chicas. Está hablando con León cuando los pelitos de la nuca se le erizan, con el cosquilleo de sentirse observado. Se da vuelta. Ahí está ella.

Está charlando con otras tres jóvenes. Cuando advierte que él la ha visto, se detiene. Lale camina hacia las muchachas y las amigas de ella retroceden, poniendo un poco de distancia entre ellas y aquel extraño. Han oído hablar de Lale. Ella permanece allí, inmóvil, sola.

Él se acerca a la muchacha, atraído de nuevo por sus ojos. Las amigas se ríen en silencio, en segundo plano. Ella sonríe. Una sonrisita tentativa. Lale se queda casi sin habla. Pero reúne coraje. Le entrega el pan y la carta. En ella, incapaz de contenerse, le ha dicho que no puede dejar de pensar en ella.

–¿Cómo te llamas? –pregunta–. Tengo que conocer tu nombre.

Detrás de él alguien dice:

–Gita.

Antes de poder hacer o decir algo más, las amigas de Gita corren hacia ella y la arrastran alejándola, susurrando preguntas mientras corren.

Esa noche, acostado en su cama, Lale repite el nombre.

–Gita. Gita. Qué hermoso nombre.

* * *

En el bloque 29 en el sector de mujeres del campo de concentración, Gita se acurruca con sus amigas Dana e Ivana. El rayo de luz de un reflector se filtra por una pequeña grieta en la pared de madera, y Gita se esfuerza para leer la carta de Lale.

—¿Cuántas veces vas a leerla? —pregunta Dana.

—Ah, no lo sé, hasta que sepa cada palabra de memoria —responde Gita.

—¿Y cuándo será eso?

—Hace unas dos horas —responde Gita con una risita divertida. Dana abraza con fuerza a su amiga.

* * *

A la mañana siguiente Gita y Dana son las últimas en dejar su bloque. Salen tomadas del brazo, hablando, ajenas a su entorno. Sin aviso previo, el oficial de las SS fuera del barracón golpea a Gita en la espalda con el rifle. Ambas jóvenes caen al suelo. Gita se queja de dolor. Él indica con el rifle que se levante. Se ponen de pie, con la mirada baja.

Él las mira con disgusto y gruñidos.

—Borren esa sonrisa de la cara. —Saca la pistola de la cartuchera y golpea con fuerza a Gita en la sien. Le da una orden a otro oficial—: No hay comida para ellas hoy.

Mientras se aleja, la *kapo* de ellas avanza y las abofetea a ambas rápidamente.

—No se olviden de dónde están. —Cuando se aleja, Gita apoya la cabeza en el hombro de Dana.

—Te dije que Lale va a hablar conmigo el próximo domingo, ¿no?

* * *

Domingo. Los prisioneros se pasean por el campo solos o en pequeños grupos. Algunos se sientan apoyados en los edificios, demasiado cansados y débiles como para moverse. Un grupo de SS camina charlando y fumando, ignorando a los prisioneros. Gita y sus amigas pasean sin ninguna expresión en sus caras. Todos menos Gita hablan en voz baja. Ella no deja de mirar a su alrededor.

Lale observa a Gita y sus amigas. Le sonríe a Gita, que mira preocupada. Cada vez que sus ojos casi se posan sobre él, él se esconde detrás de otros prisioneros. Avanza lentamente hacia ella.

Dana es la primera que lo ve y está a punto de decir algo cuando Lale se lleva un dedo a los labios. Sin perder el ritmo, estira el brazo y toma la mano de Gita y sigue caminando. Sus amigas dejan escapar risitas y se toman del brazo entre ellas mientras Lale conduce silenciosamente a Gita a la parte de atrás del edificio de la administración, vigilando para estar seguro de que el guardia en la torre cercana esté relajado y no mire en dirección a ellos.

Desliza la espalda contra la pared del edificio, arrastrando a Gita con él. Desde allí pueden ver el bosque más allá de la cerca perimetral. Gita mira al suelo mientras Lale la mira atentamente a ella.

—Hola… —dice él con timidez.

—Hola —contesta ella.

—Espero no haberte asustado.

—¿Estamos seguros aquí? —Ella echa un vistazo a la torre de guardia cercana.

—Probablemente no, pero no puedo seguir solo viéndote. Necesito estar contigo y hablarte como la gente.

—Pero no estamos seguros...

—Nunca vamos a estar a salvo. Háblame. Quiero oír tu voz. Quiero saberlo todo acerca de ti. Lo único que sé es tu nombre. Gita. Es bonito.

—¿Qué quieres que te diga?

Lale trata de encontrar la pregunta correcta. Se decide por algo común.

—¿Qué tal… cómo ha sido tu día?

En ese momento ella levanta la cabeza y lo mira directamente a los ojos.

—Bueno, ya sabes cómo es. Levantarse, tomar un gran desayuno, despedirse de mamá y papá con un beso antes de tomar el autobús para ir a trabajar. El trabajo fue…

—Está bien, está bien. Lo siento, fue una pregunta tonta.

Están sentados uno junto al otro, pero miran hacia otro lado. Lale escucha la respiración de Gita. Ella se golpetea el muslo con el pulgar. Finalmente, ella dice:

—¿Cómo va tu día?

—Bueno, ya sabes. Me levanté, tomé un gran desayuno…

Se miran y se ríen en voz baja. Gita empuja con suavidad a Lale. Sus manos se tocan accidentalmente por un instante.

—Bueno, si no podemos hablar de nuestro día, dime algo sobre ti —sugiere Lale.

—No hay nada que decir.

Lale se sorprende.

—Por supuesto que sí. Dime tu apellido.

Lo mira a Lale a la vez que sacude la cabeza.

—Solo soy un número. Deberías saberlo. Tú me lo diste.

—Sí, pero eso es para este lugar. ¿Quién eres fuera de aquí?

—El exterior ya no existe. Solo existe esto.

Lale se levanta y fija la mirada en ella.

—Me llamo Ludwig Eisenberg, pero la gente me llama Lale. Vengo de Krompachy, Eslovaquia. Tengo una madre, un padre, un hermano y una hermana. —Hace una pausa—. Ahora es tu turno.

Gita lo mira desafiante a los ojos.

—Soy la prisionera 34902 en Birkenau, Polonia.

La conversación se desvanece en un silencio incómodo. Él la mira, observa sus ojos bajos. Ella está luchando con sus pensamientos: qué decir, qué no decir.

Lale se sienta de nuevo, frente a ella esta vez. Estira el brazo como para tomarle la mano. Pero de inmediato lo retira.

—No quiero molestarte, pero ¿me prometes una cosa?

—¿Qué?

—Antes de salir de aquí, me dirás quién eres y de dónde vienes.

Ella lo mira a los ojos.

—Sí, te lo prometo.

—Me conformo con eso por ahora. Así que te tienen trabajando en el Canadá, ¿no?

Gita asiente con un movimiento de cabeza.

—¿Estás bien allí?

—No está mal. Pero los alemanes simplemente arrojan todas juntas las posesiones de los prisioneros. Comida podrida mezclada con ropa. Y el moho... odio tocarlo... apesta.

–Me alegra que no estés afuera. He hablado con algunos hombres que conocen chicas de su pueblo que también trabajan en el Canadá. Me dicen que a menudo encuentran joyas y dinero.

–Eso me han dicho. Parece que yo solo encuentro pan con moho.

–Tendrás cuidado, ¿verdad? No hagas ninguna tontería, y siempre debes estar atenta a los SS.

–He aprendido bien esa lección, confía en mí.

Suena una sirena.

–Será mejor que vuelvas a tu bloque –dice Lale–. La próxima vez te traeré algo de comida.

–¿Tienes comida?

–Puedo conseguir comida extra. Te la traeré y te veré el próximo domingo.

Lale se levanta y le da la mano a Gita. Ella la toma. Él la ayuda a ponerse de pie y retiene su mano un momento más de lo que debería. No puede quitarle los ojos de encima.

–Deberíamos irnos. –Ella rompe el contacto visual, pero mantiene una sonrisa encantadora que hace que las rodillas de Lale se debiliten.

CAPÍTULO 6

Han pasado algunas semanas; los árboles alrededor del campo han perdido sus hojas, los días se hacen más cortos a medida que avanza el invierno.

«¿Quiénes son esas personas?» Lale se ha estado preguntando esto desde que llegó al campo de concentración. Hay grupos de hombres que trabajan en las construcciones, que aparecen todos los días vestidos con ropas civiles, y nunca se los ve después de dejar las herramientas. Si acelera un poco sus pasos al regresar de estar un rato con Gita, Lale está seguro de poder hablar con un par de esos hombres sin poner nerviosos a los SS y que le disparen. Además tiene consigo su escudo en forma de maletín. Lale se dirige con indiferencia hacia uno de los nuevos edificios de ladrillos en construcción. No parecen ser bloques para alojar prisioneros, pero su uso no es lo que le interesa a Lale en ese momento. Se acerca a dos hombres, uno más viejo que el otro, muy ocupados en la colocación de los ladrillos, y se pone en cuclillas junto a la pila de ladrillos a la espera de ser colocados. Los dos hombres lo miran con interés, y desaceleran su ritmo de trabajo. Lale toma un ladrillo y simula estar estudiándolo.

—No lo entiendo —dice en voz baja.

—¿Qué es lo que no entiendes? —pregunta el hombre mayor.

—Soy judío. Me han marcado con una estrella amarilla. A mi alrededor veo presos políticos, asesinos y hombres perezosos que no trabajan. Pero ustedes... no llevan marca alguna.

—Eso no es asunto tuyo, muchacho judío —dice el más joven, apenas poco más que un niño.

—Solo trato de ser amable. Ya sabes cómo funciona esto: observo lo que me rodea y me picó la curiosidad respecto de ustedes y sus amigos. Me llamo Lale.

—¡Vete de aquí! —exclama el joven.

—Tranquilo, muchacho. No te preocupes por él —le dice a Lale el hombre mayor. Su voz es áspera debido al exceso de cigarrillos—. Me llamo Víctor. Y este bocón es mi hijo Yuri. —Víctor extiende su mano, que Lale toma. Lale le ofrece a su vez la mano a Yuri, pero este no la acepta.

—Vivimos cerca —explica Víctor—, y venimos aquí a trabajar todos los días.

—Solo quiero entender esto. ¿Vienen aquí todos los días voluntariamente? Quiero decir, ¿les pagan por estar aquí?

Yuri interviene.

—Correcto, muchacho judío, nos pagan y volvemos a casa todas las noches. Mientras que ustedes...

—Te dije que te callaras, Yuri. ¿No ves que el hombre solo trata de ser amistoso?

—Gracias, Víctor. No estoy aquí para causar problemas. Como dije, solo observo cómo son las cosas.

—¿Para qué sirve el maletín? —pregunta Yuri, molesto por haber sido reprendido delante de Lale.

—Llevo mis herramientas. Las herramientas para tatuar los números en los prisioneros. Soy el *Tätowierer*.

—Trabajo intenso —bromea Víctor.

—Algunos días, sí. Nunca se sabe cuándo llegan los cargamentos ni lo grandes que son.

—He oído que lo peor está por llegar.

—¿Estás dispuesto a decírmelo?

—Este edificio. He visto los planos. No te va a gustar saber para qué es.

—Seguramente no puede ser peor que lo que ya ocurre aquí. —Lale se levanta y se apoya en el montón de ladrillos.

—Se llama Crematorio Uno —informa Víctor en voz baja, y mira hacia otro lado.

—Crematorio. Uno. ¿Con la posibilidad de un segundo?

—Lo siento. Dije que no te iba a gustar.

Lale da un puñetazo sobre el último ladrillo colocado, que sale volando. El dolor le hace sacudir la mano.

Víctor toma una bolsa cercana y saca un trozo de salchicha seca envuelta en papel manteca.

—Anda, toma esto, sé que los están matando de hambre, y tengo mucho más en el lugar de donde la traje.

—Ese es nuestro almuerzo —protesta Yuri, y se apresura a arrebatar la salchicha de la mano extendida de su padre.

Víctor aparta a Yuri con un empujón.

—No te hará daño no comer por un día. Este hombre lo necesita más.

—Se lo voy a contar a mamá cuando lleguemos a casa.

—Será mejor que ruegues que no le cuente yo sobre tu actitud. Tienes mucho que aprender acerca de ser civilizado, jovencito. Que esta sea tu primera lección.

Lale todavía no ha tomado la salchicha.

—Lo siento. No era mi intención causar problemas.

—Pues ya los provocaste —grita Yuri en tono petulante.

—No, no es así —dice Víctor—. Lale, toma la salchicha y vuelve a vernos mañana. Tendré más para ti. Demonios, si podemos ayudar aunque sea a uno de ustedes, lo haremos. ¿Verdad, Yuri?

A regañadientes, Yuri extiende su mano a Lale, quien la toma.

—Salva a uno, salvas al mundo —dice Lale en voz baja, más para sí que para los otros.

—No puedo ayudarlos a todos.

Lale toma la comida.

—No tengo nada con qué pagarte.

—No es un problema.

—Gracias. Sin embargo, podría haber una manera de pagarte. Si encuentro la manera, ¿puedes conseguirme algo más, como por ejemplo chocolate? —Lale quería chocolate. Eso es lo que le regalas a una chica si puedes conseguirlo.

—Estoy seguro de que podemos hacer algo al respecto. Será mejor que te vayas. Hay un oficial que empieza a fijarse en nosotros.

—Nos vemos —se despide Lale mientras guarda la salchicha en su maletín. Copos de nieve dispersos vuelan a su alrededor mientras regresa a su bloque. Los copos atrapan los últimos rayos del sol, y lanzan destellos que le recuerdan a un calidoscopio con el que jugaba cuando era muchacho. «¿Qué es lo que está mal con esta imagen?» La emoción inunda a Lale mientras se apresura a regresar a su barracón. En su rostro la nieve derretida es indistinguible de las lágrimas. El invierno de 1942 ha llegado.

* * *

De vuelta en su habitación, Lale toma el trozo de salchicha y la corta cuidadosamente en partes iguales. Rasga el papel manteca en dos pedazos y envuelve cada trozo con firmeza, para luego meterlos otra vez en su maletín. Cuando llega a la última pieza, Lale se detiene y observa la pequeña y satisfactoria porción de comida, junto a sus dedos ásperos y sucios. Esos dedos que solían ser suaves, limpios y regordetes, que usaba para administrar ricos alimentos, los mismos que levantaba para decirles a los anfitriones: «No, gracias, no podría comer un bocado más». Mueve la cabeza y guarda también esa porción en el maletín.

Se dirige hacia uno de los edificios Canadá. Una vez le preguntó a un hombre en el Bloque 7 si sabía por qué llamaban a esos lugares de clasificación con ese nombre.

—Las muchachas que trabajan allí sueñan con un lugar muy lejano donde hay mucho de todo y la vida puede ser lo que uno quiera. Decidieron que Canadá es ese lugar.

Lale ha hablado con un par de chicas que trabajan en ese Canadá. Ha observado muchas veces a todas las que salen de ese lugar y sabe que Gita no trabaja ahí. Hay otros edificios a los que no puede acceder fácilmente. Ella debe trabajar en uno de ellos. Observa a dos jovencitas que caminan juntas y con las que ya ha hablado antes. Mete la mano en su maletín, saca dos paquetes y se acerca a ellas, sonriendo. Se da vuelta y camina a su lado.

—Quiero que estiren una mano, pero háganlo lentamente. Les voy a dar una porción de salchicha. No lo abran hasta que estén solas.

Las dos hacen lo que él dice, sin cambiar el ritmo de sus pasos, los ojos atentos a cualquier SS que pudiera estar observándolas. Una vez que la salchicha está en sus manos, cruzan sus brazos sobre el pecho, tanto para mantenerse calientes como para proteger aquel regalo.

—Chicas, me han dicho que algunas veces encuentran joyas y dinero... ¿es así?

Las mujeres intercambian una mirada.

—Pues bien, no quiero ponerlas en riesgo, pero ¿creen ustedes que hay alguna forma en que puedan contrabandear algo de eso para mí?

Una de ellas dice nerviosamente:

—No debería ser tan difícil. Nuestros cuidadores ya no nos prestan demasiada atención. Creen que somos inofensivas.

—Estupendo. Solo consigan lo que puedan sin provocar sospechas, y con eso les conseguiré a ti y a las demás alimentos como esta salchicha.

—¿Crees que podrías conseguir un poco de chocolate? —pregunta una de ellas, con los ojos brillantes.

—No puedo prometerlo, pero lo intentaré. Recuerden, solo tomen pequeñas cantidades a la vez. Trataré de estar aquí mañana por la tarde. Si no puedo venir, ¿hay algún lugar seguro donde puedan esconder las cosas hasta que yo vuelva a encontrarme con ustedes?

—No en nuestro bloque. No podemos hacer eso. Nos revisan todo el tiempo —responde una de ellas.

—Ya sé —interviene la otra—. La nieve se está acumulando en la parte de atrás de nuestro bloque. Podemos envolverlas en un trapo y ocultarlas allí cuando vamos al baño.

—Sí, eso va servir —asegura la primera.

—No pueden decirle a nadie lo que están haciendo, ni dónde consiguen la comida, ¿de acuerdo? Es muy importante. Sus vidas dependen de que no digan nada. ¿Me comprenden?

Una de las jóvenes se lleva el dedo a su boca cerrada. Al acercarse al sector de las mujeres, Lale se separa de ellas y da vueltas en las cercanías del Bloque 29 por un rato. No hay señales de Gita. Así que no la verá. Pero será domingo otra vez dentro de tres días.

* * *

Al día siguiente Lale termina su trabajo en Birkenau en unas pocas horas. León le pide que pase la tarde con él, quiere tener la oportunidad de hablar sobre su situación sin tener cerca un montón de hombres esforzándose por escuchar cada palabra. Lale se disculpa diciendo que no se siente bien y que necesita descansar un poco. Se van cada uno por su lado.

Tiene un conflicto. Quiere desesperadamente recibir cualquier comida que Víctor le haya traído, pero necesita algo con qué pagarle. Las muchachas terminan de trabajar alrededor de la misma hora en que se van los otros trabajadores, los visitantes. ¿Tendrá tiempo suficiente para ver si ellas han logrado reunir algo? Al final, decide visitar a Víctor y asegurarle que se está ocupando de conseguir alguna manera de pagarle.

Maletín en mano, Lale se dirige al bloque en construcción. Mira a su alrededor buscando a Víctor y a Yuri. Víctor lo ve y empuja a Yuri para que lo siga. Se separan de los otros trabajadores. Lentamente se acercan a Lale, quien finge estar buscando algo en su maletín. Con una mano extendida, Yuri saluda a Lale.

—Su madre le habló anoche —explica Víctor.

—Lo siento, no he podido conseguir nada para pagarte, pero espero tener algo muy pronto. Por favor no traigas nada más hasta que te haya pagado por lo que ya me has dado.

—No te preocupes, tenemos mucho para repartir —dice Víctor.

—No. Estás corriendo un riesgo. Por lo menos debes recibir algo a cambio. Dame un día o dos.

Víctor saca de su bolsa dos paquetes, que deja caer en el maletín abierto de Lale.

—Estaremos aquí a la misma hora mañana.

—Gracias —dice Lale.

—Nos vemos —dice Yuri, lo que hace sonreír a Lale.

—Nos vemos, Yuri.

* * *

De vuelta en su habitación, Lale abre los paquetes. Salchichas y chocolate. Se lleva el chocolate a la nariz e inhala.

Otra vez, parte la comida en pedazos pequeños para que a las chicas les resulte fácil esconderlos y repartirlos. Espera, preocupado, que sean discretas. Mejor ni pensar en las consecuencias. Guarda una pequeña cantidad de salchicha para el Bloque 7. La sirena que indica el fin del trabajo del día interrumpe sus esfuerzos obsesivos para asegurarse de que cada pedazo de comida sea del mismo tamaño. Mete todo en su maletín y se dirige presuroso al Canadá.

No muy lejos del sector de las mujeres, Lale alcanza a sus dos amigas. Ellas ven que él se está acercando, y aminoran el ritmo de su marcha y quedan de nuevo en el grupo de chicas que regresan a «casa». Tiene los bultos de comida en una mano, el maletín abierto en la otra, y se abre paso por entre las demás prisioneras. Sin mirarlo, cada una de ellas deja caer algo en su maletín y él a su vez pone el alimento en sus manos, que ellas esconden luego en sus mangas. Las chicas se separan de él en la entrada del sector de mujeres.

Lale no sabe lo que va a encontrar en los cuatro trozos de trapo que pone en su cama. Los abre con cuidado. Contienen monedas y billetes de *zloty* polacos, diamantes, rubíes y zafiros sueltos, anillos de oro y plata con piedras preciosas. Lale retrocede y choca contra la puerta detrás de él. Retrocede al pensar en la triste procedencia de esos objetos, cada uno unido a un hecho trascendental en la vida de su dueño anterior. También teme por su propia seguridad. Si es descubierto con semejante tesoro, seguramente será condenado a muerte. Un ruido exterior le hace meter las joyas y el dinero de nuevo en su maletín y él se echa en la cama. No entra nadie. Finalmente se levanta, toma su maletín y parte hacia su cena. En la cantina no pone el maletín en el suelo, como de costumbre, sino que se aferra a él con una mano, tratando de no parecer demasiado raro. Sospecha que no lo logra.

Más tarde esa noche separa las piedras preciosas del dinero, las gemas sueltas de las joyas, y las envuelve por separado en los harapos en los que venían envueltas. Mete la mayor parte del botín debajo del colchón. Guarda un rubí suelto y un anillo de diamantes en su maletín.

* * *

A las siete de la mañana siguiente, Lale se ubica cerca de las puertas principales del campo de concentración por donde entran los trabajadores visitantes. Se acerca a Víctor y abre la mano para mostrar el rubí y el anillo. Víctor cierra su mano sobre la de Lale en un apretón de manos y toma las joyas. El maletín de Lale ya está abierto y Víctor rápidamente mete algunos paquetes en él. De esa manera, su alianza queda sellada.

—Feliz Año Nuevo —susurra Víctor.

Lale se aleja. Es mucha la nieve que está cayendo y va cubriendo el campo de concentración. 1943 ha comenzado.

CAPÍTULO 7

Aunque hace muchísimo frío y el campo está hecho un desastre de nieve y barro, Lale está muy animado. Es domingo. Él y Gita estarán entre las almas valientes que caminan por el campo de concentración, con la esperanza de un encuentro fugaz, una palabra, un roce de manos.

Camina de un lado a otro en busca de Gita mientras trata de mantener el frío lejos de sus huesos. Pasa delante del sector de las mujeres con cierta frecuencia, aunque trata de no despertar sospechas.

Varias jóvenes salen del Bloque 29, pero Gita no. Precisamente cuando él está a punto de abandonar, aparece Dana, recorriendo con la vista todo el campo. Al ver a Lale, apresura la marcha hacia él.

—Gita está enferma —dice ella tan pronto están cerca—. Muy enferma, Lale. No sé qué hacer.

Su corazón parece dar un salto hasta la garganta, aterrado al recordar el carro de la muerte, cuando casi deja este mundo, los hombres que lo cuidaron hasta sanarlo.

—Tengo que verla.

—No puedes entrar, nuestra *kapo* está de mal humor. Quiere llamar a los SS para que se lleven a Gita.

—No puedes permitir semejante cosa. No debes dejar que se la lleven. Por favor, Dana —implora Lale—. ¿Qué le pasa? ¿Tú lo sabes?

—Creemos que es tifus. Hemos perdido varias chicas en nuestro bloque esta semana.

—Entonces necesita medicamentos, penicilina.

—¿Y dónde vamos a conseguir medicamentos, Lale? Si vamos al hospital y pedimos penicilina, ellos se la llevarán. No puedo perderla. He perdido a toda mi familia. Por favor, ¿puedes ayudarnos, Lale? —implora Dana. —No la lleves al hospital. Hagas lo hagas, no la lleves allí. —La mente de Lale corre a toda velocidad.

—Escúchame, Dana… me va a llevar un par de días, pero voy a intentar conseguir la penicilina.

Una sensación de entumecimiento envuelve a Lale. La visión se le nubla. Sus latidos le resuenan en la cabeza.

—Esto es lo que tienes que hacer —continúa él—. Mañana por la mañana llévala como puedas al Canadá… la arrastras, la empujas, lo que sea, pero llévala al Canadá. Escóndela allí entre la ropa durante el día, trata de que beba la mayor cantidad de agua que puedas conseguir, luego llévala de vuelta al bloque para cuando pasen lista. Puede que tengas que hacer esto durante unos días hasta que yo pueda conseguir los medicamentos, pero debes hacerlo. Es la única manera de impedir que la trasladen al hospital. Ahora ve y ocúpate de ella.

—De acuerdo, puedo hacerlo. Ivana me ayudará. Pero ella tiene que recibir los remedios.

Agarra la mano de Dana.

—Dile…

Dana espera.

–Dile que cuidaré de ella.

Lale observa a Dana cuando corre de regreso a su barracón. Él no puede moverse. Muchos pensamientos le invaden la cabeza. El carro de la muerte que ve todos los días... la Negra María, lo llaman... ella no puede terminar ahí. Ese no debe ser su destino. Mira a su alrededor, a las valientes almas que se han aventurado a salir. Los imagina cayendo en la nieve, y echados allí, sonriéndole, agradecidos de que la muerte los haya sacado de ese lugar.

–No podrás llevártela. No dejaré que me la quites –grita.

Los prisioneros se alejan de él. Los SS han decidido permanecer adentro en ese día oscuro y desolador. Pronto Lale queda solo, paralizado por el frío y el miedo. Finalmente comienza a mover sus pies. Su mente vuelve a unirse al resto del cuerpo. Se dirige trastabillando de regreso a su habitación y se deja caer en la cama.

* * *

La luz del día se cuela en su habitación a la mañana siguiente. La habitación está vacía, ni siquiera está él. La mira desde arriba y no se ve a sí mismo. Una experiencia fuera de su cuerpo. «¿A dónde me he ido? Tengo que volver. Tengo algo importante que hacer». El recuerdo de la reunión del día anterior con Dana lo sacude para hacerlo volver a la realidad.

Toma su maletín, se pone las botas, se echa una manta sobre los hombros y corre desde su habitación hacia los portones de ingreso al campo. No se preocupa por ver quién anda por ahí. Debe llegar inmediatamente hasta donde están Víctor y Yuri.

Los dos hombres llegan con otros de su grupo. Se hunden en la nieve con cada paso rumbo al trabajo. Al ver a Lale, se apartan de los demás para encontrarse con él a medio camino. Lale le muestra a Víctor las gemas y el dinero en su mano, es una pequeña fortuna. Todo lo que tiene lo mete en la bolsa de Víctor.

—Penicilina o algo similar —dice Lale—. ¿Puedes ayudarme?

Víctor pone sus paquetes de comida en el maletín abierto de Lale y asiente con la cabeza.

—Sí.

Lale se acerca al Bloque 29 y mira desde lejos. «¿Dónde están? ¿Por qué no han aparecido?» Va de un lado a otro, ignorando los ojos en las torres que rodean el campo de concentración. Debe ver a Gita. Tiene que haber pasado la noche. Finalmente ve a Dana y a Ivana, con Gita colgando débilmente de sus hombros. Otras dos chicas ayudan a ocultar la escena para no ser descubiertas. Lale cae de rodillas ante la idea de que esa podría ser la última vez que la vea.

—¿Qué estás haciendo por aquí? —Baretski aparece detrás de él.

Se tambalea al ponerse de pie.

—Me sentía mal, pero ahora estoy bien.

—Tal vez deberías ver a un médico. Sabes que tenemos varios en Auschwitz.

—No, gracias, prefiero pedirle que me dispare.

Baretski saca la pistola de su funda.

—Si es aquí donde quieres morir, *Tätowierer*, me encantaría darte el gusto.

—Estoy seguro de que lo haría, pero no hoy —replica Lale—. Supongo que tenemos trabajo por hacer, ¿no?

Baretski guarda la pistola.

—Auschwitz —confirma, y comienza a caminar—. Y lleva esa manta al lugar donde la encontraste. Te ves ridículo.

* * *

Lale y León pasan la mañana en Auschwitz, tatuando números a los asustados recién llegados e intentando suavizar el impacto de esa situación. Pero la mente de Lale está en Gita y varias veces aprieta la piel con demasiada fuerza.

Por la tarde, cuando termina el trabajo, Lale vuelve a Birkenau, a medias caminando y a medias corriendo. Se encuentra con Dana cerca de la entrada al Bloque 29 y le da todas sus raciones del desayuno.

—Le hicimos una cama con la ropa —explica Dana mientras envuelve la comida en improvisadas mangas de camisa con puños cerrados—, y le dimos agua con pedazos de nieve. La llevamos de vuelta al bloque esta tarde, pero todavía está muy mal.

Lale aprieta la mano de Dana.

—Gracias. Intenta hacer que coma algo. Mañana tendré los medicamentos.

Cuando se va, la mente de Lale es un remolino. «Apenas conozco a Gita, y si embargo, ¿cómo podré vivir si ella no sobrevive?»

Esa noche, el sueño parece no querer llegar.

A la mañana siguiente, Víctor pone los medicamentos junto con la comida en el maletín de Lale.

Esa misma tarde, logra hacérselos llegar a Dana.

* * *

A la noche, Dana e Ivana están sentadas junto a Gita, ya completamente inconsciente. La fuerza del tifus es superior a la de ellas. Una oscura quietud se ha apoderado por completo de la enferma. Le hablan, pero ella no da ninguna señal de escucharlas. Con un cuentagotas, Dana dosifica el líquido en la boca de Gita, que Ivana mantiene abierta.

—No creo que pueda seguir llevándola al Canadá —dice Ivana, agotada.

—Se pondrá mejor —insiste Dana—. Solo unos días más.

—¿De dónde saca Lale los medicamentos?

—No necesitamos saberlo. Simplemente agradezcamos que los tenemos.

—¿Crees que es demasiado tarde?

—No lo sé, Ivana. Solo mantengámosla abrigada y que pase la noche.

* * *

A la mañana siguiente, Lale ve a la distancia que Gita es conducida una vez más al Canadá. Ve su intento de levantar la cabeza en un par de ocasiones, y esa imagen lo llena de alegría. En ese momento tiene que buscar a Baretski.

Las habitaciones principales de los oficiales de las SS están en Auschwitz. En Birkenau hay solo un pequeño edificio para ellos, y es allí donde Lale va con la esperanza de encontrar a Baretski al salir o entrar. Aparece después de varias horas, y se muestra sorprendido al ver a Lale esperándolo.

—¿Y tú, no tienes suficiente trabajo? —pregunta Baretski.

—Tengo que pedirle un favor —dice súbitamente Lale.

Baretski entrecierra los ojos.

—No haré más favores.

—Tal vez algún día yo pueda hacer algo por usted.

Baretski se ríe.

—¿Qué podrías hacer por mí?

—Nunca se sabe, ¿pero no le gustaría tener un favor en su haber, por si acaso?

Baretski suspira.

—¿Qué deseas?

—Es Gita…

—Tu novia.

—¿Podría usted transferirla del Canadá al edificio de la administración?

—¿Por qué? Supongo que quieres que esté donde hay calefacción.

—Sí.

Baretski golpea un pie.

—Puede llevarme un día o dos, pero veré lo que puedo hacer. No prometo nada.

—Gracias.

–Me debes una, *Tätowierer*. –La sonrisa de suficiencia vuelve a su rostro mientras acaricia su bastón de mando–. Me debes una.

Con más valentía de la que siente, Lale dice:

–No todavía, pero espero debérsela. –Se aleja, con un ligero entusiasmo en su andar. Tal vez pueda hacer que la vida de Gita sea un poco más llevadera.

* * *

El domingo siguiente, Lale camina lentamente junto a una Gita ya en proceso de recuperación. Quiere rodearla con su brazo tal como ha visto que hacen Dana e Ivana, pero no se atreve. Ya es bastante bueno estar cerca de ella. No pasa mucho tiempo antes de que ella se muestre agotada, y hace demasiado frío como para sentarse. Lleva un abrigo largo de lana, sin duda algo que las chicas han tomado de Canadá sin objeciones por parte de los SS. Tiene bolsillos profundos y Lale los llena de comida antes de enviarla de vuelta a su barracón para que descanse.

* * *

A la mañana siguiente, Gita, que no deja de temblar, es acompañada hasta el edificio principal de la administración por un oficial de las SS. A la joven no le han dicho nada y ella automáticamente teme lo peor. Ha estado enferma y ahora está débil... es obvio que las autoridades han decidido que ya no es útil. Mientras el oficial habla con un colega más veterano, Gita mira a su alrededor en la amplia habitación. Está llena de escritorios y archivos color verde opaco. Nada está fuera de lugar. Lo que más la impresiona es el calor. Los miembros de las SS también trabajan allí, así que, por supuesto, hay calefacción. Una mezcla de prisioneras y mujeres civiles trabajan rápidamente y en silencio, escribiendo, archivando, con la cabeza agachada.

El oficial que la escolta conduce a Gita hacia su colega. La joven tropieza, todavía sufre los efectos de haber padecido tifus. El oficial detiene su caída antes de arrastrarla bruscamente. Luego agarra el brazo de Gita e inspecciona su tatuaje antes de conducirla hacia un escritorio vacío y sentarla en una dura silla de madera, al lado de otra prisionera, vestida igual que ella. La muchacha ni siquiera levanta la vista, solo trata de hacerse más pequeña, de pasar inadvertida, de ser ignorada por el oficial.

—Ponla a trabajar —ordena el otro oficial con un gruñido.

Una vez que están solas, la muchacha le muestra a Gita una larga lista de nombres y datos. Le entrega una pila de fichas y le indica que debe transcribir los datos de cada persona primero en una ficha y luego en un gran libro encuadernado en cuero. No pronuncia ni una palabra más y un rápido vistazo de la habitación le dice a Gita que ella también debe mantener la boca cerrada.

Más tarde ese día, Gita escucha una voz conocida y levanta la vista. Lale ha entrado a la oficina y le está entregando unos papeles a una de las jóvenes civiles que trabaja en la recepción. Al terminar la conversación, recorre lentamente todos los rostros con la mirada. Cuando pasa sobre Gita, le guiña un ojo. Ella no puede contenerse y reacciona con un gritito ahogado. Algunas mujeres se dan vuelta para mirarla. La chica a su lado le da un codazo en las costillas mientras Lale sale presuroso del lugar.

* * *

Una vez terminado el trabajo del día, Gita ve a Lale a la distancia, mirando a las chicas que salen del edificio de la administración rumbo a sus barracones. La fuerte presencia de los SS le impide acercarse. Mientras caminan juntas, hablan entre ellas.

—Me llamo Cilka —dice la nueva colega de Gita—. Estoy en el Bloque 25.

—Me llamo Gita, Bloque 29.

Cuando las chicas entran al campo de las mujeres, Dana e Ivana se apresuran para encontrarse con Gita.

—¿Estás bien? ¿Dónde te llevaron? ¿*Por qué* te llevaron? —quiere saber Dana, con el miedo y el alivio visibles en su rostro.

—Estoy bien. Me llevaron a trabajar en la oficina de la administración.

—¿Cómo…? —pregunta Ivana.

—Lale. Creo que él de alguna manera lo arregló.

—Pero estás bien. No te hicieron daño, ¿no?

—Estoy bien. Esta es Cilka. Trabajo con ella.

Dana e Ivana saludan a Cilka con un abrazo. Gita sonríe feliz de que sus amigas acepten tan inmediatamente a otra chica en el grupo. Toda la tarde se había preocupado pensando en cómo iban a reaccionar al hecho de que ella ahora trabajaba en relativa comodidad, sin tener que lidiar con el frío y sin ningún esfuerzo físico. No podía culparlas si se ponían celosas de su nueva función y sentían que ya no era una de ellas.

–Será mejor que me vaya a mi bloque –anuncia Cilka–. Te veo mañana, Gita.

Cilka se va e Ivana la observa mientras se aleja.

–Vaya, por cierto es bonita. Incluso vestida con harapos es hermosa.

–Sí, claro que lo es. Me ha estado dirigiendo sonrisitas todo el día, lo suficiente como para tranquilizarme. Su belleza va más allá de la superficie.

Cilka se da vuelta y les sonríe a las tres. Luego, con una mano, se quita el pañuelo de la cabeza y la sacude a modo de saludo, dejando libre un cabello largo y oscuro que le cae en cascada sobre la espalda. Se mueve con la gracia de un cisne, una mujer joven sin conciencia de su propia belleza y aparentemente sin haber sido tocada por el horror que la rodea.

–Debes preguntarle cómo es que conserva el cabello –sugiere Ivana, mientras toca distraídamente el pañuelo que lleva en la cabeza.

Gita se quita el pañuelo de la cabeza rapada y pasa la mano sobre su pelo corto y erizado, perfectamente consciente de que pronto se lo cortarán de nuevo y le afeitarán el cuero cabelludo. Su sonrisa desaparece por un momento. Luego vuelve a ponerse el pañuelo, les da el brazo a Dana y a Ivana y caminan hacia el carro de la comida.

CAPÍTULO 8

Lale y León han estado trabajando las veinticuatro horas del día mientras los alemanes invaden ciudades, pueblos y villorrios y los vacían de judíos; los de Francia, Bélgica, Yugoslavia, Italia, Moravia, Grecia y Noruega se unen a prisioneros ya capturados de Alemania, Austria, Polonia y Eslovaquia. En Auschwitz tatúan a los desafortunados que resultan seleccionados por el «equipo médico» allí. Los elegidos para trabajar son llevados en trenes a Birkenau, lo que les ahorra a Lale y León una caminata de ida y vuelta de ocho kilómetros. Pero con esta cantidad de recién llegados Lale no puede recoger el botín de las muchachas que trabajan en Canadá, y los lujos gastronómicos de Víctor regresan con él todos los días. Cada tanto, cuando los números disminuyen y la hora del día es propicia, Lale pide un descanso para ir al baño y se dirige al Canadá. El tesoro de gemas, joyas y dinero debajo de su colchón crece.

El día se ha convertido en noche y todavía hay una fila de hombres que esperan ser marcados de por vida, ya sea esta corta o larga. Lale trabaja como un robot, recibe el papel, toma el brazo correspondiente y lo numera.

—Sigue adelante. Que pase el que sigue. —Él sabía que estaba cansado, pero el siguiente brazo es tan pesado que lo deja caer. Delante de él tiene a un hombre gigantesco, puro torso, cuello grueso y enormes extremidades.

—Estoy muy hambriento —susurra el hombre.

Entonces, Lale hace algo que nunca ha hecho.

—¿Cómo te llamas? —le pregunta.

—Jakub.

Lale comienza a tatuar el número de Jakub. Cuando termina, mira a su alrededor y observa que los SS que los vigilan están cansados y prestan poca atención a lo que está ocurriendo. Lale lleva a Jakub detrás de él, a las sombras donde la luz de los reflectores no llega.

—Espera ahí hasta que termine.

Una vez numerado el último prisionero, Lale y León recogen sus herramientas y mesas. Lale se despide de León, y se disculpa por haberle hecho perder otra vez la cena, y promete traerle algo de sus reservas al día siguiente. «¿O ya es el día siguiente?» Con Jakub todavía oculto, Lale se demora hasta estar seguro de que todos los SS se han retirado. Finalmente ya no queda ninguno por allí. Un rápido vistazo a los puestos en las torres revela que nadie está mirando hacia donde ellos están. Le dice a Jakub que lo siga y se apresuran a llegar a la habitación de Lale. Una vez allí, este cierra la puerta y Jakub se sienta en su cama. Lale levanta una esquina del colchón hundido para sacar pan y salchicha. Se lo ofrece al hombre, y Jakub no demora en devorar el alimento. Cuando termina de comer, Lale pregunta:

—¿De dónde eres?

—De Estados Unidos.

—¿Cómo terminaste *aquí*?

—Estaba visitando a mi familia en Polonia y me quedé atrapado... No pude irme, y luego nos detuvieron, y aquí estoy. No sé dónde está mi familia. Nos separaron.

—¿Pero vives en Estados Unidos?

—Sí.

—A la mierda, qué mala suerte.

—¿Cómo te llamas? —pregunta Jakub.

—Me llamo Lale. Me llaman el *Tätowierer* y, como yo, tú vas a funcionar bien aquí.

—No entiendo. ¿Qué quieres decir?

—Tu tamaño. Los alemanes son los bastardos más crueles que jamás han existido, pero no son del todo estúpidos. Tienen una habilidad especial para encontrar a la persona adecuada para cada trabajo y estoy seguro de que encontrarán un trabajo para ti.

—¿Qué tipo de trabajo?

—No lo sé. Tendrás que esperar y ver. ¿Sabes a qué bloque estás asignado?

—Bloque 7.

—Ah, lo conozco bien. Vamos, te llevaré. Será mejor que estés ahí para que respondas cuando griten tu número en un par de horas.

* * *

Dos días más tarde es domingo. Después de haber tenido que trabajar los últimos cinco domingos, Lale echa terriblemente de menos a Gita. El sol brilla sobre él mientras recorre el campo buscándola. Al doblar por la esquina de un barracón es sorprendido por vítores y aplausos. Esos son ruidos que jamás se escuchan en el campo. Lale se abre paso entre la gente amontonada para llegar al punto de atención. Allí, en el centro del escenario, rodeado de prisioneros y de miembros de las SS, está Jakub actuando.

Tres hombres le llevan un enorme madero que él recibe para luego arrojarlo. Los prisioneros tienen que apartarse desordenadamente para esquivarlo. Otro prisionero le entrega una gran vara metálica que Jakub se dispone a doblar por la mitad. El espectáculo continúa durante un buen rato mientras objetos cada vez más pesados le son entregados a Jakub para que demuestre su fuerza.

El silencio se apodera del grupo. Se acerca Houstek, custodiado por algunos SS. Jakub continúa su demostración, sin darse cuenta de la llegada de más público. Houstek lo ve alzar una barra de acero por encima de la cabeza y doblarla. Con eso ha visto suficiente. Le hace una seña a los SS más cercanos, quienes se acercan a Jakub. Ni intentan tocarlo, simplemente apuntan con sus rifles la dirección a la que esperan que vaya.

Cuando el grupo comienza a disolverse, Lale ve a Gita. Se apresura a acercarse a ella y sus amigas. Una o dos se ríen entre dientes cuando lo ven. Ese sonido está tan fuera de lugar en ese campo de la muerte, que Lale se deleita al escucharlo. Gita sonríe. Lale la toma del brazo y la conduce al lugar de siempre detrás del edificio de la administración. El suelo todavía está demasiado frío como para sentarse, así que Gita se apoya en la pared del edificio e inclina su rostro hacia el sol.

—Cierra los ojos —le dice Lale.

—¿Por qué?

—Solo haz lo que te digo. Confía en mí.

Gita cierra los ojos.

—Abre la boca.

Ella abre los ojos.

—Cierra los ojos y abre la boca.

Gita lo hace. De su maletín Lale saca un trocito de chocolate. Se lo pone en los labios, y deja que ella sienta la textura antes de empujarlo un poco más dentro de su boca. Ella lo toca con la lengua. Lale vuelve a sacarlo para apoyárselo en los labios. Así humedecido, le frota suavemente el chocolate sobre los labios, y ella lame con placer. Cuando lo empuja dentro de la boca, Gita muerde, separa un trozo, y abre grandes los ojos. Mientras lo saborea, dice:

—¿Por qué el chocolate sabe mucho mejor cuando alguien te lo pone en la boca?

—No lo sé. Nunca nadie lo ha hecho conmigo.

Gita toma el trocito de chocolate que Lale todavía tiene en la mano.

—Cierra los ojos y abre la boca.

Se repite el mismo jugueteo. Después de que Gita unta los labios de Lale con el último trozo de chocolate, lo besa suavemente a la vez que lame el chocolate. Él abre los ojos para encontrar los de ella cerrados. La toma en sus brazos y se besan apasionadamente. Cuando Gita finalmente abre los ojos, limpia las lágrimas que corren por la cara de Lale.

—¿Qué más tienes en ese maletín tuyo? —pregunta en tono juguetón.

Lale contiene el llanto y se ríe.

—Un anillo de diamante. ¿O prefieres una esmeralda?

—Oh, elijo el diamante, gracias —dice ella, siguiendo el juego.

Lale busca en su bolso y saca un exquisito anillo de plata con un diamante engarzado. Se lo entrega diciéndole:

—Es tuyo.

Gita no puede apartar la vista del anillo, cuya piedra refleja la luz del sol.

—¿De dónde sacaste esto?

—Las chicas que trabajan en uno de los edificios Canadá encuentran joyas y dinero que me entregan a mí. Eso es lo que uso para comprar la comida y los medicamentos que te he estado dando a ti y a los demás. Aquí tienes, tómalo.

Gita extiende su mano como si fuera a probarse el anillo, pero luego la retira.

—No, guárdalo. Dale un buen uso.

—Está bien. —Lale vuelve a guardarlo en su maletín.

—Espera. Déjame mirarlo una vez más.

Lo sostiene entre dos dedos, girándolo hacia un lado y hacia otro.

—Es lo más hermoso que he visto en mi vida. Ahora, guárdalo.

—Es la segunda cosa más hermosa que yo he visto —dice Lale, mirando a Gita. Ella se sonroja y aparta el rostro.

—Quiero un poco más de ese chocolate, si te queda algo.

Lale le da otro trozo. Ella parte un pedacito y se lo pone en la boca y cierra los ojos por un momento. Guarda el resto dentro de una manga.

—Vamos —dice él—. Te llevo para que te encuentres con las chicas así puedes compartirlo con ellas.

Gita le acaricia la mejilla.

—Gracias.

Lale se balancea. La cercanía de ella le hace perder el equilibrio.

Gita le toma la mano y empieza a caminar, arrastrando a Lale. Cuando entran al sector principal del campo, Lale ve a Baretski. Se sueltan las manos. Él intercambia una mirada con ella que le dice todo lo que necesita saber. Le duele separarse de Gita sin una palabra, y sin ninguna certeza acerca de cuándo se volverán a encontrar. Camina hacia Baretski, quien lo está mirando furioso.

—Te he estado buscando —dice Baretski—. Tenemos trabajo que hacer en Auschwitz.

* * *

En el camino a Auschwitz, Lale y Baretski pasan junto a unos grupos de hombres, que deben ser los que han sido castigados con un trabajo en día domingo. Varios SS que los vigilan saludan a Baretski, quien los ignora. Su comportamiento es muy raro. Normalmente no es muy conversador pero ese día todo su cuerpo parece tenso. Adelante, Lale ve a tres prisioneros sentados en el suelo, espalda con espalda, claramente agotados. Los prisioneros miran a Lale y a Baretski pero no hacen el menor intento de moverse. Sin perder el paso, Baretski toma su rifle de la espalda y les dispara varias veces.

Lale se queda helado, los ojos fijos en los hombres muertos. Finalmente, al darse vuelta para mirar a Baretski que retrocede, Lale recuerda la primera vez que vio un ataque sin ninguna provocación contra hombres indefensos, sentados en una madera en la oscuridad. Revive aquella primera noche de su llegada a Birkenau. Baretski se va alejando cada vez más y Lale teme que luego vaya a descargar su enojo sobre él. Se apresura a alcanzarlo, pero sigue habiendo una pequeña distancia ente ellos. Sabe que Baretski sabe que él está allí. Una vez más, llegan a las puertas de Auschwitz y Lale mira las palabras sobre las puertas: EL TRABAJO OS HARÁ LIBRES. Maldice silenciosamente a cualquier dios que esté escuchando.

CAPÍTULO 9

Marzo de 1943

Lale se dirige a las oficinas de la administración para recibir sus instrucciones. El clima está mejorando lentamente. No ha nevado durante una semana. Al entrar, recorre con los ojos el lugar para asegurarse de que Gita esté donde debe estar. Allí está, como siempre sentada al lado de Cilka. Ambas se han hecho muy amigas y Dana e Ivana parecen haber aceptado completamente a Cilka en su pequeño círculo. Su habitual guiño a las dos es respondido con sonrisas disimuladas. Se acerca a la joven polaca detrás del mostrador.

—Buenos días, Bella. Linda mañana.

—Buenos días, Lale —responde Bella—. Aquí tengo tu trabajo. Me han dicho que te diga que todos los números de hoy deben llevar la letra Z delante.

Lale mira la lista de números y efectivamente cada uno está precedido por la letra Z.

—¿Sabes qué significa esto?

—No, Lale, a mí no me dicen nada. Tú sabes más que yo. Solo sigo instrucciones.

—Como yo, Bella. Gracias, te veré más tarde.

Con sus instrucciones en la mano, Lale se dirige a la puerta.

—Lale —grita Bella.

Se vuelve hacia ella. Con la cabeza vuelta hacia Gita, pregunta:

—¿No has olvidado algo?

Le sonríe y mira a Gita, levantando las cejas. Varias chicas se tapan la boca con la mano, buscando con los ojos al SS que supervisa su trabajo.

* * *

Afuera, León está esperando a Lale. Este le transmite las instrucciones mientras se dirigen a su lugar de trabajo. No lejos de allí, los camiones entregan su cargamento y ambos hombres miran dos veces cuando ven que hay niños a los que ayudan a bajar, junto con hombres y mujeres mayores. Nunca antes se han visto niños en Birkenau.

—Seguramente no vamos a marcar a los niños. No haré tal cosa —asegura León.

—Aquí viene Baretski. Él nos dirá qué hacer. No digas ni una palabra.

Baretski avanza.

—Veo que has notado algo diferente hoy, *Tätowierer*. Estos son tus nuevos compañeros. Vas a vivir con ellos de ahora en adelante, así que será mejor que seas amable con ellos. Te superarán mucho en número. Muchísimo, en realidad.

Lale no dice nada.

—Son la escoria de Europa, incluso peor que ustedes. Son gitanos, y por razones que nunca conoceré, el *Führer* ha decidido que van a vivir aquí, con ustedes. ¿Qué te parece, *Tätowierer*?

—¿Vamos a tatuar a los niños?

—Vas a tatuar a cualquiera que te entregue un número. Te dejo con tu trabajo. Voy a estar ocupado con la selección, así que no me hagas volver aquí.

Cuando Baretski se marcha, León balbucea:

—No lo haré.

—Esperemos y veamos qué es lo que se nos presenta.

No pasa mucho tiempo antes de que hombres y mujeres de todas las edades, desde bebés en brazos hasta ancianos encorvados, comienza a dirigirse hacia donde están Lale y León, aliviados al ver que los niños no van a ser marcados, aunque algunos de los que se presentan con sus números les parecen demasiado jóvenes. Lale hace su trabajo, les dirige sonrisas a los niños que esperan mientras él tatúa los números a sus padres, y le dice a la ocasional madre con un bebé en brazos lo hermoso que es su hijo. Baretski está demasiado lejos como para poder oírlo. Lo que más le cuesta es tatuar los números en las mujeres mayores, que parecen muertas vivientes: ojos sin expresión, quizás conscientes de su destino inminente. A ellas les dirige un:

—Lo siento.

Sabe que probablemente no entienden lo que les dice.

* * *

En el edificio de la administración, Gita y Cilka están trabajando en sus escritorios. Dos oficiales de las SS se les acercan sin previo aviso. Cilka ahoga una exclamación cuando uno de ellos la agarra del brazo, tironeando hasta ponerla de pie. Gita observa cuando sacan a Cilka del lugar, que mira hacia atrás con ojos confusos y suplicantes. Gita no ve al oficial SS administrativo hasta que recibe el golpe de una mano en la cabeza, un claro mensaje de que vuelva a su trabajo.

Cilka trata de resistirse mientras es arrastrada por un largo pasillo hacia una parte desconocida del edificio. Ella no es rival para los dos hombres, quienes, tras detenerse ante una puerta cerrada, la abren y literalmente la arrojan dentro. Cilka se levanta y mira a su alrededor. Una gran cama con dosel domina la habitación. Hay también un tocador, y una mesita de noche con una lámpara y una silla. Alguien está sentado en la silla. Cilka lo reconoce: *Lagerführer* Schwarzhuber, el comandante principal de Birkenau. Es un hombre imponente, al que rara vez se lo ve en el campo. Está sentado y se golpea las altas botas de cuero con el bastón de mando. Con un rostro sin expresión, su mirada se pierde en un espacio por encima de la cabeza de Cilka. Cilka retrocede y se apoya contra la puerta. Su mano va hacia la manija. Como un rayo, el bastón de mando atraviesa el aire y golpea la mano de Cilka, que grita de dolor y se desliza hasta el suelo.

Schwarzhuber se acerca y toma el bastón de mando. Está de pie sobre ella, con las narinas muy abiertas. Respira pesadamente y la mira con ferocidad. Se quita la gorra y la arroja al otro lado de la habitación. Con la otra mano sigue golpeándose fuertemente la pierna con el bastón de mando. Con cada golpe, Cilka se encoge, esperando el suyo. Con el bastón, él le levanta la blusa.

Al darse cuenta de lo que se espera de ella, con manos temblorosas Cilka desabrocha los dos botones superiores. Schwarzhuber luego le pone el bastón debajo de la barbilla y la obliga a ponerse de pie. Se ve muy pequeña al lado del hombre. Los ojos de él parecen no ver nada; es un hombre cuya alma ha muerto y cuyo cuerpo está esperando darse cuenta de ello.

Él extiende ambos brazos y ella interpreta este gesto como «desnúdame». Da un paso acercándose más a él, siempre a un brazo de distancia, y comienza a desabrochar los muchos botones de la chaquetilla. Un golpe en la espalda con el bastón de mando hace que se apure. Schwarzhuber se ve obligado a dejar caer el bastón para poder quitarse la chaquetilla. Se la saca de las manos a ella, y la arroja hacia donde está la gorra. Él mismo se quita la camiseta. Cilka comienza a quitarle el cinturón y a abrirle el cierre de la bragueta. Arrodillada, le baja los pantalones hasta los tobillos pero no puede pasar por encima de las botas.

Cilka pierde el equilibrio y cae pesadamente cuando él la empuja. Él cae de rodillas y se sienta a horcajadas sobre ella. Aterrada, Cilka intenta cubrirse cuando él le arranca la blusa. Siente el dorso de la mano de él en su rostro mientras cierra los ojos y cede ante lo inevitable.

* * *

Esa noche, Gita corre desde la oficina hasta su barracón con las lágrimas cayéndole por el rostro. Dana e Ivana la encuentran sollozando en su litera cuando llegan un poco más tarde. Está inconsolable y solo puede decirles que se llevaron a Cilka.

* * *

Solo iba a ser cuestión de tiempo. Desde que se convirtió en el *Tätowierer*, Lale ha tenido todo un bloque para sí. Cada día al regresar allí, ha observado los avances producidos en los edificios que se levantan a su alrededor. Está en un campo claramente definido, durmiendo en la habitación individual por lo general reservada en cada bloque para el *kapo*, aunque él no es *kapo* de nadie. Siempre ha dado por supuesto que, tarde o temprano, las literas vacías detrás de él iban a ser ocupadas.

Ese día, Lale vuelve a su barracón y ve niños que corren por todos lados jugando y persiguiéndose unos a otros. La vida no va a ser igual. Varios de los niños mayores se le acercan y le hacen preguntas que él no llega a entender. Descubren que pueden comunicarse a través de una forma bastardeada de húngaro, aunque no siempre con precisión. Les muestra su habitación a quienes desde ese momento comparten su bloque y les dice con su voz más severa que nunca, que nunca deben entrar allí. Él sabe que entienden esto, pero ¿lo van a respetar? Solo el tiempo lo dirá. Reflexiona sobre su limitada comprensión de la cultura gitana y se pregunta si debe hacer un nuevo orden en su sistema de almacenamiento, con la mente en lo que hay debajo de su colchón.

Se dirige al interior del bloque, les da la mano a muchos de los hombres, saluda con un movimiento de cabeza a las mujeres, a las mayores en particular. Ellos saben qué hace él ahí y él trata de explicarlo un poco más. Quieren saber qué les va a ocurrir. Una pregunta razonable para la que Lale no tiene respuesta. Les promete decirles cualquier cosa de la que se entere y que pueda afectarlos. Se muestran agradecidos. Muchos le dicen que nunca antes han hablado con un judío. Él cree que tampoco ha hablado con un gitano.

Esa noche tiene problemas para dormir tratando de adaptarse a los ruidos de los bebés que lloran y de los niños que piden implorantes algo de comida a sus padres.

CAPÍTULO 10

En pocos días Lale se ha convertido en un romaní honorario. Cada vez que regresa a lo que ya se conoce oficialmente como «el campamento gitano» es saludado por niños y niñas que lo rodean para pedirle que juegue con ellos o que saque comida de su maletín. Saben que él puede conseguirla, pues ya ha compartido una parte con ellos, pero les explica que dará lo que pueda a los adultos, que la repartirán entre quienes más la necesiten. Muchos hombres adultos se le acercan cotidianamente para preguntarle si tiene alguna información sobre el destino que les espera. Él les asegura que les va a informar de cualquier cosa que sepa. Les sugiere que acepten su situación lo mejor que puedan. Y les recomienda que organicen alguna manera de impartirles enseñanzas a sus hijos, aunque más no sea contándoles historias sobre su hogar, su familia, su cultura.

Lale se alegra al ver que ellos aceptan sus sugerencias y le encanta que las mujeres mayores hayan adoptado el papel de maestras. Descubre en ellas una pequeña chispa que no estaba presente antes. Por supuesto, cada vez que regresa, cualquier lección que se esté dictando es interrumpida. A veces se sienta con ellos a escuchar, para aprender algo sobre un pueblo y una cultura tan diferente de la suya. A menudo hace preguntas, que las mujeres están encantadas de responder, y siguen educando a sus niños, que se muestran más interesados después de que Lale ha hecho alguna pregunta. Como él ha pasado toda su vida en un hogar con su familia, la existencia nómade de los romaníes lo intriga. Su vida de comodidades y sin ninguna duda de cuál es su lugar en el mundo, su educación y sus experiencias parecen superficiales y predecibles comparadas con los esfuerzos padecidos por el pueblo con el que se encuentra conviviendo en ese momento. Hay una mujer a la que muchas veces ha visto que está sola. Parece no tener hijos ni familia, nadie que esté con ella o le muestre algún afecto. Con frecuencia ella no es más que un par de manos extra para una madre que debe luchar con demasiados hijos. Parece tener unos cincuenta años, aunque Lale ya ha aprendido que los hombres y las mujeres romaníes muchas veces parecen ser mayores de lo que en realidad son.

Una noche, después de que ambos ayudaron a poner a los niños a dormir, Lale la sigue afuera.

—Gracias por su ayuda esta noche —comienza él.

Ella le devuelve una tibia sonrisa y se sienta en una pila de ladrillos a descansar.

—He estado haciendo dormir niños desde que yo misma era una niña. Podría hacerlo incluso con los ojos vendados.

Lale se sienta junto a ella.

—No lo dudo. Pero usted no parece tener familia alguna aquí…

La mujer sacude la cabeza.

—Mi marido y mi hijo murieron de tifus. Yo estoy sola ahora. Soy Nadya.

—Lo siento, Nadya. Me gustaría que me hablara de ellos. Yo me llamo Lale.

Lale y Nadya conversan largamente hasta bien entrada la noche. Lale es quien más habla y Nadya prefiere escuchar. Él le cuenta sobre su familia allá en Eslovaquia y sobre su amor por Gita. Descubre que ella tiene apenas cuarenta y un años. Su hijo tenía seis cuando murió hace tres años, dos antes que su padre. Cuando Lale le pide a Nadya alguna opinión, se da cuenta de que las respuestas de ella son similares a las que daría su madre. ¿Es esto lo que le atrae de ella, lo que hace que él quiera protegerla tal como quiere proteger a Gita? Siente que él mismo se va hundiendo en una profunda nostalgia. No puede ignorar sus propios miedos sobre el futuro. Oscuros pensamientos, que él ha mantenido ocultos, sobre su familia y su seguridad, lo consumen. Ya que él no puede ayudarlos, entonces hará lo que pueda por ayudar a esa mujer que tiene ante sí.

* * *

Unos pocos días después, al regresar a su bloque, un niño se le acerca gateando. Lale lo levanta en brazos. El peso y el olor del niño le hacen recordar al sobrinito del que se despidió hace ya más de un año. Sobrecogido por la emoción, Lale deja al pequeño otra vez en el suelo y entra presuroso. Esta vez, ninguno de los niños lo sigue; algo hace que ellos decidan mantenerse a la distancia.

Echado en su cama sigue pensando en la última vez que estuvo con su familia. La despedida en la estación de trenes al partir rumbo a Praga. Su madre lo había ayudado a preparar la maleta. Mientras secaba las lágrimas seguía sacando ropas que él empacaba y ponía libros «para que te sientas confortable y como recuerdo del hogar, estés donde estés».

Mientras estaban en el andén de' la estación, cuando Lale estaba a punto de subir al tren, vio, por primera vez en su vida, lágrimas en los ojos de su padre. Por su ventanilla ya en el vagón vio que su padre era ayudado a marcharse por su hermano y su hermana. Su madre corrió a lo largo del andén, con los brazos estirados, tratando desesperadamente de abrazar a su hijo menor. Sus dos sobrinitos, ajenos al mundo que estaba cambiando, corrían inocentemente una carrera entre ellos siguiendo al tren.

Abrazado a su maleta, que solo contenía ropas y los pocos libros que le había permitido a su madre incluir, Lale apoyó la cabeza contra la ventanilla y sollozó. Había estado tan pendiente de las emociones de' su familia que no había podido registrar su propia y devastadora pérdida.

Enojado consigo mismo por permitir que ese recuerdo lo domine, Lale vuelve a salir y se pone a perseguir a los niños, y deja que lo atrapen y trepen sobre él. «¿Quién necesita árboles cuando uno tiene un *Tätowierer* para trepar?» Esa noche se une a un grupo de hombres sentados afuera. Comparten recuerdos y anécdotas de la vida familiar, cautivados por las diferencias y semejanzas entre sus culturas. Con la emoción de aquel día todavía intensa, Lale dice:

—Como saben, en otra vida yo no tendría nada que ver con ustedes. Probablemente me apartaría o cruzaría la calle si los viera acercándose a mí.

Se produce un silencio que dura un buen rato antes de que uno de los hombres hable.

—Eh, *Tätowierer*, en otra vida nosotros tampoco habríamos tenido nada que ver contigo. Nosotros cambiaríamos de acera primero.

Las risas que siguen a eso hacen que una de las mujeres salga y les diga que guarden silencio. Despertarían a los niños y tendrían problemas. Los hombres, conscientes de esa realidad, se retiran cada uno a su sitio. Lale permanece fuera. No está tan cansado como para tener sueño. Percibe la presencia de Nadya y se da vuelta para verla detenida en la puerta.

—Acércate —la invita.

Nadya se sienta a su lado, con la mirada perdida en la noche. Él observa el perfil de su rostro. Es muy hermosa. El pelo castaño no rapado cae sobre sus hombros y se mueve alrededor de su cara movido por la ligera brisa, de modo que ella pasa bastante tiempo recogiéndolo detrás de las orejas. Un gesto que a él le resulta bastante familiar, un gesto que su madre repetía todo el tiempo, todo el día, ya que los mechones de pelo se escapaban de su apretado chongo o del pañuelo que lo cubría. Nadya habla con la voz más suave y natural que él jamás haya escuchado. No está susurrando. Ésa es su voz. Lale finalmente descubre qué es lo que tiene su voz que a él lo entristece. Carece de emoción. Sea que cuente historias de tiempos felices con su familia, o la tragedia de estar en ese lugar, no hay cambio de tono.

—¿Qué significa tu nombre? —quiere saber él.

—Esperanza. Significa esperanza. —Nadya se pone de pie—. Buenas noches —se despide.

Desaparece antes de que Lale pueda responder.

CAPÍTULO 11

Mayo de 1943

La vida cotidiana de Lale y León sigue siendo dictada por los cargamentos que llegan de toda Europa. La primavera se convierte en verano y no dejan de llegar.

Ese día ambos están trabajando con una larga fila de mujeres prisioneras. A poca distancia se realiza el proceso de selección. Están demasiado ocupados como para prestar atención. Un brazo y un pedazo de papel aparecen delante de sus narices y ellos hacen su trabajo. Una y otra vez. Estas prisioneras se muestran inusualmente silenciosas, tal vez perciben la maldad en el aire. De pronto Lale escucha que alguien se pone a silbar. La melodía le resulta conocida, tal vez sea de una ópera. El silbido se hace más fuerte y Lale mira en esa dirección. Un hombre de bata blanca se acerca a ellos. Lale baja la cabeza, tratando de mantener el ritmo de su trabajo. «No mirar directamente a los ojos.» Toma el papel, dibuja el número, tal como lo ha hecho miles de veces antes.

El silbido se interrumpe. El médico se detiene junto a Lale. Huele fuertemente a desinfectante. Se inclina, inspecciona el trabajo de Lale y toma el brazo que está tatuando en ese momento. Debe haber quedado satisfecho porque se retira tan rápidamente como se acercó, estropeando otra melodía. Lale mira a León, que se ha puesto pálido. Baretski aparece junto a ellos.

—¿Qué te parece nuestro nuevo médico?

—En realidad no se presentó —murmura Lale.

Baretski se ríe

—Este es un médico al que no quieres que te presenten, créeme. Hasta yo le tengo miedo. El tipo es un asco.

—¿Sabe cómo se llama?

—Mengele. *Herr Doktor* Josef Mengele. Recuerda ese nombre, *Tätowierer*.

—¿Qué es lo que hace en la selección?

—*Herr Doktor* ha dicho que va a estar presente en muchas de las selecciones pues está buscando pacientes especiales.

—Supongo que el hecho de estar enfermo no es su criterio para elegir.

Baretski se retuerce de risa.

—Eres tan gracioso a veces, *Tätowierer*.

* * *

Lale vuelve a su trabajo. Al poco rato escucha el silbido detrás de él y ese sonido le provoca tal sensación de miedo en todo su cuerpo que pierde la concentración y pincha a la joven que está tatuando. Ella grita. Lale limpia la sangre que corre por su brazo. Mengele se acerca.

—¿Algún problema, *Tätowierer*? Tú eres el *Tätowierer* ¿no? —pegunta Mengele.

Su voz le produce a Lale escalofríos en la espalda.

—Señor... digo, sí, señor... Yo soy el *Tätowierer*, *Herr Doktor* —tartamudea Lale.

Mengele, ya junto a él, lo observa detenidamente, con ojos negros como el carbón, sin la menor compasión. Una extraña sonrisa le atraviesa la cara. Luego sigue su camino.

Baretski se acerca y le da a Lale un fuerte golpe en el brazo.

—Un día difícil, ¿no *Tätowierer*? Tal vez quieras cambiar un poco y ponerte a limpiar las letrinas, ¿te parece?

* * *

Esa noche Lale trata de lavar la sangre seca de su camisa con agua de un charco. En parte lo logra, pero luego decide que la mancha será un apropiado recordatorio del día en que conoció a Mengele. Un médico, sospecha Lale, que habrá de provocar más dolor del que cura, cuya sola existencia resulta amenazadora de un modo que Lale no se atreve siquiera a imaginar. Sí, esa mancha debe quedar para recordarle a Lale acerca del nuevo peligro que ha entrado en su vida. Debe estar siempre atento a este hombre cuya alma es más fría que su escalpelo.

* * *

Al día siguiente, Lale y León están otra vez en Auschwitz, tatuando números a mujeres jóvenes. El médico que silba está presente. Permanece de pie ante el desfile de muchachas, decidiendo su destino con un movimiento de su mano: derecha, izquierda, derecha, derecha, izquierda, izquierda. Lale no puede ver ninguna lógica en esas decisiones. Todas están en la plenitud de sus vidas, perfectamente saludables y en forma. Ve que Mengele lo está mirando, está siendo observado. Lale no puede apartar los ojos de él cuando Mengele agarra la cabeza de la siguiente joven con sus grandes manos, la mueve atrás y adelante, arriba y abajo y le abre la boca. Y luego, con una bofetada en la cara, la empuja hacia la izquierda. Rechazada. Lale sigue con la mirada fija en él. Mengele llama a un oficial de las SS y le habla. El oficial mira a Lale y comienza a caminar en su dirección. «Mierda.»

–¿Qué quiere? –pregunta con más confianza que la que siente.

–Cállate, *Tätowierer*. –El oficial SS se vuelve hacia León–. Deja tus cosas y ven conmigo.

–Espera un momento… no puede llevarlo. ¿No puede ver la cantidad de gente que queda por numerar? –pregunta Lale, en ese momento aterrorizado por su joven asistente.

–Entonces será mejor que sigas con tu trabajo o estarás aquí toda la noche, *Tätowierer*. Y a *Herr Doktor* no le gustará eso.

–Déjalo, por favor. Permítenos continuar con nuestro trabajo. Me disculpo si he hecho algo para molestar a *Herr Doktor* –dice Lale.

El oficial apunta a Lale con su rifle.

–¿Quieres venir tú también *Tätowierer*?

–Ya voy –dice León–. Está bien, Lale. Volveré tan pronto como pueda.

—Lo siento, León. —Lale ya no puede mirar a su amigo.
—Está bien. Estaré bien. Vuelve al trabajo.
Se llevan a León.

* * *

Esa noche, Lale, muy angustiado, camina solo, cabizbajo, de regreso a Birkenau. Algo justo al borde del sendero atrae su mirada, un destello de color. Una flor, una única flor que se mueve con la brisa. Pétalos rojos como la sangre alrededor de un centro negro azabache. Busca otras pero no hay más. De todas maneras, es una flor y se pregunta si habrá alguna próxima vez en que pueda regalar flores a alguien querido. Las imágenes de Gita y de su madre le vienen a la mente. Son las dos mujeres a las que más ama. Están allí flotando fuera del alcance de su mano. La tristeza le llega en oleadas que amenazan ahogarlo. «¿Llegarán alguna vez a conocerse una a la otra? ¿Aprenderá la más joven algo de la mayor? ¿Mamá recibirá y amará a Gita como la amo yo?»

Había aprendido y practicado el arte de coquetear con su madre. Aunque estaba bastante seguro de que ella no se daba cuenta de lo que él estaba haciendo, él lo sabía; él sabía lo que estaba haciendo; él había aprendido a distinguir lo que funcionaba con ella y lo que no funcionaba, y rápidamente descubrió cuál era el comportamiento apropiado o inapropiado entre un hombre y una mujer. Sospechaba que todos los hombres jóvenes se embarcaban en este proceso de aprendizaje con sus madres, aunque a menudo se preguntaba si eran conscientes de ello. Lo había hablado con varios de sus amigos, que habían reaccionado sintiéndose molestos, alegando que ellos no hacían semejante cosa. Cuando él siguió preguntándoles acerca de si conseguían más cosas de sus madres que de sus padres, todos admitieron haber tenido comportamientos que podrían interpretarse como coqueteos. Todos pensaban que simplemente lo conseguían porque Mamá era más fácil que Papá. Lale sabía exactamente lo que estaba haciendo.

La conexión emocional de Lale con su madre había dado forma a la manera en que se relacionaba con chicas y con mujeres. Se sentía atraído por todas las mujeres, no solo física sino también emocionalmente. Le encantaba hablar con ellas; le encantaba hacer que se sintieran bien consigo mismas. Para él, todas las mujeres eran bellas y creía que no había nada malo en decírselo. Su madre y también su hermana, de forma subliminal, le enseñaron a Lale qué era lo que una mujer quería de un hombre, y hasta ese momento había pasado su vida intentando estar a la altura de esas lecciones. «Debes estar atento, Lale; recuerda las pequeñas cosas, y las cosas grandes se resolverán por sí solas». Escuchaba la dulce voz de su madre.

Se inclina y toma suavemente el corto tallo. Ya encontrará alguna forma de dársela a Gita mañana. De vuelta en su habitación, Lale cuidadosamente coloca la preciosa flor al lado de su cama antes de caer en un sueño sin sueños, pero a la mañana siguiente, cuando despierta, los pétalos de la flor han caído y yacen enroscados al lado del centro negro. «Solo la muerte dura en este lugar».

CAPÍTULO 12

Lale ya no quiere seguir mirando la flor, de modo que abandona su bloque para tirarla. Baretski está allí, pero Lale lo ignora, prefiere volver a entrar y dirigirse a su habitación. Baretski lo sigue y se apoya en el marco de la puerta. Observa la expresión de desasosiego de Lale. Lale es consciente de que está sentado sobre una abultada fortuna de gemas, dinero, salchichas y chocolate. Toma su maletín y aparta a Baretski, forzándolo a darse vuelta y seguirlo afuera.

—Espera, *Tätowierer*. Necesito hablar contigo.

Lale se detiene.

—Tengo que pedirte algo.

Lale permanece en silencio, mirando hacia un punto más allá del hombro de Baretski.

—Nosotros... quiero decir, mis compañeros oficiales y yo... necesitamos algo de entretenimiento, y como el clima está mejorando estaban pensando en un partido de futbol. ¿Qué te parece?

—Estoy seguro de que será divertido para ustedes.

—Sí, por supuesto.

Baretski espera.

Finalmente, Lale parpadea.

—¿Cómo puedo ayudar yo?

–Bueno, ahora que lo preguntas, *Tätowierer*, necesitamos que busques a once prisioneros para enfrentar a un equipo de SS en un partido amistoso.

Lale piensa reírse, pero decide mantener su mirada en el punto por sobre el hombro de Baretski. Piensa un largo rato antes de responder a este estrafalario pedido.

–¿Qué, sin suplentes?

–Sin suplentes.

–Claro, ¿por qué no? –«¿De dónde salió eso? Hay un millón de otras cosas que yo podría decir. Como 'jódanse'».

–Bien, perfecto. Reúne tu equipo y nos encontramos en el campo dentro de dos días, el domingo. Ah, nosotros llevaremos la pelota. –Baretski se aleja riéndose fuerte–. A propósito, *Tätowierer*, tómate el día libre. Hoy no llega ningún cargamento.

* * *

Lale pasa parte del día clasificando su tesoro en pequeños bultos. Comida para los romaníes y para los muchachos del Bloque 7 y, por supuesto, para Gita y sus amigas. Las gemas y el dinero son ordenados por tipos. El proceso es surrealista. Diamantes con diamantes, rubíes con rubíes, dólares con dólares, e incluso una pila de una moneda que nunca antes había visto, con las palabras «Banco de la Reserva Sudafricana» en inglés y «*Suid-Afrikaans*». No tiene idea de su valor o de cómo pudo haber llegado a Birkenau. Toma varias gemas, y va en busca de Víctor y Yuri para hacer las compras del día. Luego juega un rato con los niños de su barracón mientras trata de pensar en lo que les dirá a los hombres en el Bloque 7 al regresar del trabajo.

Por la noche, Lale está rodeado de docenas de hombres que lo miran sin poder creerle.

—Seguro que se trata de una puta broma tuya —dice uno de ellos.

—No —responde Lale.

—¿Quieres que juguemos al fútbol con los malditos SS?

—Sí. El próximo domingo.

—Bueno, yo no voy a hacer tal cosa. No puedes obligarme —responde la misma persona.

Desde la parte de atrás del grupo, una voz grita:

—Yo voy a jugar. He jugado un poco. —Un hombre pequeño se abre paso por entre los hombres y se detiene delante de Lale—. Soy Joel.

—Gracias, Joel. Bienvenido al equipo. Necesito otros nueve. ¿Qué podemos perder? Es una oportunidad de ejercer alguna fuerza sobre esos bastardos y salirnos con la nuestra.

—Conozco a un tipo del Bloque 15 que jugó en la selección nacional húngara. Le preguntaré, si te parece —sugiere otro prisionero.

—¿Y tú? —pregunta Lale.

—Sí, seguro. Yo también me llamo Joel. Preguntaré por allí y veré a quién puedo conseguir. ¿Hay alguna posibilidad de que podamos practicar antes del domingo?

—Juega fútbol y tiene sentido del humor: me gusta este tipo. Volveré mañana por la noche para ver cómo te ha ido. Gracias, Joel el Grande. —Lale mira al otro Joel—. Sin ofender.

—No me ofendo —contesta Joel el Chico.

Lale saca pan y salchicha de su maletín y los pone sobre una litera cercana. Mientras se aleja, ve a dos de los hombres compartiendo la comida. Cada uno parte su porción en trozos del tamaño de un bocado y los distribuye. Sin empujones, sin peleas, una distribución ordenada del alimento que salva vidas. Oye a un hombre que dice:

—Aquí tienes mi parte, Joel el Grande, necesitarás tus fuerzas. —Lale sonríe. Un día que comenzó mal está terminando con un gesto magnánimo de un hombre hambriento.

* * *

Llega el día del partido. Lale ingresa al campo principal y ve a un SS que pinta una línea blanca en lo que está lejos de ser un rectángulo. Escucha que gritan su nombre y encuentra a su «equipo» ya reunido. Se une a ellos.

—Eh, Lale, tengo catorce jugadores, contándonos a ti y a mí, y una pareja de suplentes en caso de que alguno de nosotros caiga —informa Joel el Grande con orgullo.

—Lo siento, me dijeron que sin suplentes. Solo un equipo. Selecciona a los más fuertes.

Los hombres se miran unos a otros. Se levantan tres manos y esos voluntarios para no jugar se alejan. Lale observa que varios de los elegidos se estiran y saltan a la manera de un precalentamiento profesional.

—Algunos de estos muchachos parecen saber lo que están haciendo —le dice Lale a Joel el chico.

—Lo saben. Seis de ellos han jugado de manera semiprofesional.

—¡Estás bromeando!

—No. Los vamos a aniquilar.

—Joel Chico, no se puede. No podemos ganar. Me parece que no lo expresé bien.

—Dijiste que armara un equipo y lo hice.

—Sí, pero no podemos ganar. No podemos hacer nada para humillarlos. No debemos tentarlos a que abran fuego contra todos. Mira a tu alrededor.

Joel el Chico, ve a cientos de prisioneros reunidos. Hay un aire de emoción en el campo, a la vez que se empujan y apartan para conseguir una mejor ubicación alrededor del perímetro pintado del campo de juego. Suspira.

—Se lo diré a los demás.

Lale recorre los rostros de los allí presentes y su mirada busca una sola cara. Gita está allí con sus amigas y lo saluda furtivamente con la mano. Él responde de la misma manera, con el deseo desesperado de correr hacia ella, envolverla en sus brazos y desaparecer detrás del edificio de la administración. Escucha fuertes golpes y se vuelve. Ve a varios SS que están clavando grandes postes en el suelo en cada extremo para hacer los arcos.

Baretski se le acerca.

—Ven conmigo.

En un extremo del campo de juego, los prisioneros se apartan para dejar entrar al equipo de los SS. Ninguno de ellos viste uniforme. Varios llevan ropa que les va a facilitar jugar un partido de fútbol. Pantalones cortos, camisetas. Detrás del equipo aparecen, fuertemente custodiados, el comandante Schwarzhuber y el jefe de Lale, Houstek, quienes se acercan a Lale y a Baretski.

—Este es el capitán del equipo de prisioneros, el *Tätowierer* —Baretski presenta a Lale a Schwarzhuber.

—*Tätowierer* —saluda. Se vuelve hacia uno de sus guardias—. ¿Tenemos algo por lo que podemos jugar?

Un oficial superior SS toma la copa que lleva un soldado a su lado y se la muestra al comandante.

—Tenemos esto. Será un trofeo más que adecuado. La inscripción dice «Copa Mundial de Fútbol 1930». Creo que la ganó Uruguay. —Le muestra el trofeo a Lale—. ¿Qué te parece?

Antes de que Lale pueda responder, Schwarzhuber toma el trofeo y lo levanta para que todos lo vean. Los SS vitorean.

—Que comience el partido y que gane el mejor equipo.

Mientras Lale regresa a su equipo, murmura:

—Que el mejor equipo sobreviva para ver salir el sol mañana.

Lale se une a su equipo y se reúnen en medio del campo de juego. Los espectadores animan a sus equipos. El árbitro patea la pelota hacia el equipo de los SS y comienza el partido.

Diez minutos después de comenzado el juego, los prisioneros van ganando por dos goles a cero. Si bien Lale disfruta de los goles, el sentido común prevalece cuando observa los rostros enojados de los SS. Sutilmente les hace saber a sus jugadores que se relajen durante el resto del primer tiempo. Ya han tenido sus momentos de gloria, y es hora de dejar que los SS dominen el juego. La primera mitad del partido termina con esos dos goles. Mientras a los SS se les dan bebidas durante el breve descanso, Lale y su equipo se reúnen para discutir las tácticas. Finalmente, Lale logra hacerles comprender que no pueden ganar ese partido. Están de acuerdo en que para ayudar a levantar la moral de los prisioneros que miran pueden hacer dos goles más, siempre que pierdan por un gol al final.

Cuando comienza el segundo tiempo, llueven cenizas sobre los jugadores y el público. Los crematorios siguen funcionando y esta tarea central de Birkenau no se ha visto interrumpida por el partido. Otro gol de los prisioneros y otro de los SS. Cuando su dieta tan terriblemente inadecuada comienza a hacerse sentir, los prisioneros se cansan. Los SS hacen dos goles más. Los prisioneros no necesitan dejarse ganar, simplemente no pueden competir por más tiempo.

Cuando los SS tienen dos goles de ventaja, el árbitro hace sonar el silbato. El partido ha terminado. Schwarzhuber se dirige al campo de juego y entrega el trofeo al capitán de los SS, quien lo levanta sin que haya gritos de victoria de los guardias y oficiales presentes. Mientras los SS regresan a sus barracas para celebrar, Houstek pasa junto a Lale.

—Bien jugado, *Tätowierer*.

Lale reúne a su equipo y les dice que han hecho un gran trabajo. La gente ha comenzado a dispersarse. Mira a su alrededor en busca de Gita, que no se ha movido de su lugar. Trota hacia ella y la toma de la mano. Se mezclan con los otros prisioneros rumbo al bloque de la administración. Cuando Gita se sienta en el suelo detrás del edificio, Lale mira a su alrededor buscando miradas indiscretas. Satisfecho, se sienta a su lado. Observa a Gita, que pasa sus dedos por entre la hierba, con la mirada fija en el suelo.

–¿Qué estás haciendo?

–Busco un trébol de cuatro hojas. Te sorprendería ver la gran cantidad que hay por aquí.

Lale sonríe, encantado.

–Estás bromeando.

–No, he encontrado varios. Ivana los encuentra todo el tiempo. Pareces sorprendido.

–Lo estoy. Eres la chica que no cree que saldrá de aquí, y que igual está buscando señales de buena suerte.

–No son para mí. Es cierto que no creo en esas cosas.

–¿Para quién, entonces?

–¿Sabes lo supersticiosos que son los SS? Si encontramos un trébol de cuatro hojas, lo guardamos. Es como dinero para nosotras.

–No entiendo.

–Siempre que nos sentimos amenazadas por los SS, se los entregamos y a veces dejan de golpearnos. Si llevamos uno a la hora de la comida, hasta llegamos a recibir raciones adicionales.

Lale se acaricia suavemente la cara. No poder proteger a la chica que ama es algo que lo angustia mucho. Gita se agacha otra vez y continúa su búsqueda. Toma un puñado de hierba y se la arroja a Lale con una sonrisa. Él le devuelve la sonrisa. La empuja jugueteando y ella queda acostada sobre su espalda. Lale se inclina sobre ella, arranca un puñado de hierba y lentamente la deja caer sobre la cara de Gita. Ella sopla para evitarlo. Otro puñado de hierba va hacia su cuello y la parte superior de su pecho. Ella la deja allí. Él desabrocha el botón superior de la blusa, deja caer más hierba y la ve desaparecer en su escote.

—¿Puedo besarte? —pregunta él.

—¿Por qué querrías hacerlo? No me he cepillado los dientes desde no sé cuánto tiempo.

—Yo tampoco, así que supongo que eso nos deja iguales.

Gita responde levantando su cabeza hacia la de él. Su anterior beso fugaz encendió el deseo de todo un año. Pasiones exaltadas chocan entre sí mientras se exploran el uno al otro. Quieren, necesitan, tener más uno del otro.

El momento se interrumpe con el ladrido cercano de un perro. Saben que el animal debe tener un cuidador junto a él. Lale se pone de pie y arrastra a Gita a sus brazos. Un último beso antes de volver a la seguridad del campo y del grupo en el que pueden mezclarse.

En el sector de las mujeres, ven a Dana, Ivana y Cilka y comienzan a caminar hacia ellas.

Lale nota la palidez de Cilka.

—¿Le pasa algo a Cilka? —pregunta él—. No se la ve bien.

—Está tan bien como se puede esperar, dadas las circunstancias.

—¿Está enferma? ¿Necesita medicamentos?

—No, no está enferma. Es mejor que no lo sepas.

Cuando se acercan a las chicas, Lale se inclina hacia Gita y le susurra:

—Dime. Tal vez yo pueda ayudar.

—No esta vez, mi amor. —Gita está rodeada por las chicas y se alejan. Cilka, cabizbaja, camina detrás de ellas.

«¡Mi amor!».

CAPÍTULO 13

Esa noche, Lale yace en su cama sintiéndose tan feliz como nunca se ha sentido desde que tiene memoria.

A su vez Gita yace en su cama acurrucada junto a Dana con los ojos bien abiertos, mirando hacia la oscuridad, reviviendo los momentos en que yacía con Lale: sus besos, el deseo que su cuerpo sentía de que él continuara, de que fuera más lejos. Su rostro se enciende a medida que las fantasías de su próximo encuentro juguetean en su mente.

Schwarzhuber y Cilka, en una gran cama con dosel, se encuentran uno en brazos del otro. Las manos de él exploran el cuerpo de ella mientras ella mira fijamente hacia el vacío, sin sentir nada. Impasible.

En su comedor privado en Auschwitz, Hoess está sentado en una elegante mesa para uno. Refinada comida descansa sobre delicada porcelana. Se sirve un Château Latour 1932 en una copa de cristal. Hace girar el vino, lo huele, lo prueba. No va a permitir que las tensiones y las molestias de su trabajo le empañen los pequeños lujos de la vida.

Baretski, borracho, trastabilla al entrar a su habitación en el cuartel en Auschwitz. Cierra la puerta con el pie, se tambalea y cae torpemente sobre la cama. Con dificultad se quita el cinturón con su arma y lo cuelga en la cabecera de la cama. Tirado en la cama, se concentra en la luz de arriba, que sigue encendida y brilla en sus ojos. Después de un intento infructuoso de levantarse, busca su arma con brazo torpe y la saca de su funda. Con su segundo disparo elimina al terco foco. El arma cae al suelo cuando él se desmaya.

* * *

A la mañana siguiente, Lale le guiña un ojo a Gita cuando retira sus herramientas y Bella le transmite sus instrucciones en la oficina de la administración. Su sonrisa desaparece cuando advierte que Cilka, sentada junto a Gita, con la cabeza gacha, una vez más no lo saluda. «Esto ya lleva demasiado tiempo así». Decide obligar a Gita a que le diga qué le sucede a Cilka. Una vez afuera, se encuentra con Baretski, con una fuerte resaca y muy malhumorado.

—Apúrate. Tengo un camión esperando para llevarnos a Auschwitz.

Lale lo sigue hasta el camión. Baretski sube a la cabina y cierra la puerta. Lale recibe el mensaje y sube atrás. Soporta el viaje a Auschwitz, zangoloteándose de un lado a otro.

Cuando llegan a Auschwitz, Baretski le dice a Lale que él se va a acostar y que Lale debe ir al Bloque 10. Cuando encuentra el bloque, el oficial de las SS que hace guardia en el frente envía a Lale a la parte de atrás. Lale observa que es distinto de los bloques de Birkenau.

Lo primero que ve al dar vuelta a la esquina del edificio es la cerca de alambre que encierra parte del patio trasero.

Lentamente registra ligeros movimientos en el área cercada.

Se aproxima con paso tembloroso, paralizado ante lo que ve más allá de la valla: mujeres jóvenes, docenas de ellas, desnudas, muchas acostadas, otras sentadas, algunas de pie; casi ninguna se mueve. Paralizado, Lale ve cuando un guardia entra al recinto y camina por entre las jóvenes y les va levantando el brazo izquierdo, buscando un número, posiblemente hecho por Lale. Cuando encuentra a la que busca, el guardia la arrastra por entre los cuerpos. Lale observa sus rostros. Son rostros sin expresión. En silencio. Ve algunas apoyadas en la cerca de alambre. A diferencia de las otras vallas en Auschwitz y Birkenau, esta no está electrificada. La opción de la autodestrucción les ha sido quitada.

–¿Quién eres? –pregunta una voz detrás de él.

Lale se da vuelta. Es un oficial de las SS que ha salido por una puerta trasera. Lentamente, Lale levanta su maletín.

–*Tätowierer*.

–Entonces, ¿qué haces aquí parado? Entra.

Uno o dos de los médicos y enfermeras con batas blancas lo saludan sin prestar atención mientras él atraviesa una gran sala hacia un escritorio. Aquí los prisioneros no parecen personas. Más bien parecen marionetas abandonadas por sus titiriteros. Se acerca a la enfermera que está sentada detrás del escritorio y muestra su maletín.

–*Tätowierer*.

Ella lo mira con desprecio, hace un gesto de desagrado, se pone de pie y se aleja. Él la sigue. Ella lo conduce por un largo pasillo hasta una gran sala. Alrededor de cincuenta jovencitas están allí, de pie, en fila. Silencio. La habitación huele a ácido. En un extremo de la fila, Mengele está examinando a una de las chicas. Le abre bruscamente la boca, le toma las caderas, luego los pechos, mientras las lágrimas caen en silencio por el rostro de ella. Al terminar su examen, mueve la mano hacia la izquierda. Rechazada. Otra jovencita es empujada para ocupar el lugar vacío.

La enfermera lleva a Lale hasta Mengele, quien interrumpe su examen.

—Llegas tarde —dice con una sonrisa cruel, claramente disfrutando de la incomodidad de Lale. Señala a un pequeño grupo de chicas de pie a su izquierda.

—A esas me las reservo para mí. Hazle sus números.

Lale se acerca.

—Un día pronto, *Tätowierer*, me ocuparé de ti.

Lale mira hacia atrás y allí está, el tenso movimiento que constituye esa sonrisa enfermiza. Una vez más un escalofrío le recorre todo el cuerpo. Le tiemblan las manos. Lale recobra la firmeza de sus pasos y se dirige presuroso a una mesita donde está sentada otra enfermera con las fichas de identificación listas. Le deja espacio para que se acerque. Lale trata de controlar el temblor de sus manos mientras acomoda sus herramientas y frascos de tinta. Mira a Mengele, quien tiene a otra chica asustada frente a él, le está pasando las manos por el pelo y las baja hasta sus pechos.

—No tengas miedo, no voy a lastimarte —Lale escucha que él le dice.

Lale ve a la muchacha que tiembla de miedo.

—Vamos, vamos. Estás a salvo, este es un hospital. Aquí cuidamos a la gente.

Mengele se vuelve hacia una enfermera cerca de él.

—Consigue una manta para esta preciosura. —Y dirigiéndose a la chica, dice—: Cuidaré bien de ti.

La chica es enviada hacia donde está Lale. Este baja la cabeza y se prepara para entrar en el ritmo de tatuar los números que le va mostrando la enfermera que lo asiste.

Cuando termina su trabajo, Lale sale del edificio y mira otra vez hacia el área vallada. Está vacío. Cae de rodillas y no puede contener las arcadas. Pero no tiene nada para vomitar; lo único fluido en su cuerpo son las lágrimas.

* * *

Esa noche, Gita regresa a su barracón y ve que hay varias recién llegadas. Las residentes ya establecidas las miran con recelo. No quieren tener que hablar de los horrores que les esperan, ni compartir sus raciones.

—Gita. ¿Eres tú, Gita? —la llama una débil voz.

Gita se acerca al grupo de mujeres, muchas de las cuales parecen más viejas. Rara vez se ven mujeres mayores en Birkenau, que es el lugar para las jóvenes que pueden trabajar. Una mujer da un paso adelante con los brazos extendidos.

—Gita, soy yo, tu vecina Hilda Goldstein.

Gita mira con atención y de repente reconoce a una vecina de su ciudad natal, Vranov nad Topl'ou, más pálida y más delgada que cuando Gita la vio por última vez.

Los recuerdos envuelven a Gita: aromas, texturas y destellos del pasado, un portal conocido, el aroma de la sopa de pollo, una barra de jabón resquebrajado junto a la pileta de la cocina, voces felices en cálidas noches de verano, los brazos de su madre.

—Señora Goldstein... —Gita se acerca, toma la mano de la mujer—. A usted también la detuvieron.

La mujer asiente con un movimiento de cabeza.

—Nos detuvieron a todos hace quizás una semana. Me separaron de los demás y me subieron a un tren.

Una ráfaga de esperanza.

—¿Mis padres y hermanas están con usted?

—No, los detuvieron hace varios meses. A tus padres y a tus hermanas. Tus hermanos hace mucho que se fueron. Tu madre dijo que se unieron a la resistencia.

—¿Sabe a dónde los llevaron?

La señora Goldstein baja la cabeza.

—Lo siento. Nos dijeron que los... los...

Gita cae al suelo mientras Dana e Ivana corren y se sientan junto a ella. La abrazan. Por encima de ellas, la señora Goldstein sigue hablando:

—Lo siento, lo siento.

Dana e Ivana están llorando, sosteniendo a Gita que tiene los ojos secos. Balbucean palabras de condolencia dirigidas a Gita. «Ya no están». Ningún recuerdo aparece en ese momento. Ella siente un terrible vacío dentro de sí. Se vuelve hacia sus amigas y pregunta con voz entrecortada, quebrada:

—¿Les parece que está bien que llore? ¿Solo un poco?

—¿Quieres que recemos contigo? —pregunta Dana.

—No, solo unas pocas lágrimas. Eso es todo lo que voy a permitir que estos asesinos tengan de mí.

Ivana y Dana se secan sus propias lágrimas con las mangas, mientras lágrimas silenciosas comienzan a rodar por el rostro de Gita. Se turnan para secarlas. Gita encuentra en sí misma una fortaleza que ignoraba que poseía y se levanta para abrazar a la señora Goldstein. A su alrededor puede sentir el reconocimiento de aquellos que presencian su momento de dolor. Miran en silencio, cada uno adentrándose en la oscuridad de su propia desesperación, sin saber qué ha sido de sus propias familias. Lentamente, los dos grupos de mujeres —las residentes y las recién llegadas— se unen.

* * *

Después de la cena, Gita se sienta con la señora Goldstein, quien la pone al día de los acontecimientos ocurridos en lo que alguna vez fue su lugar, su hogar; de cómo lentamente, familia tras familia, todo aquello ha sido destruido. Relatos sobre los campos de concentración se habían ido filtrando, pero nadie sabía todavía que habían sido convertidos en líneas de producción de muerte. Aunque sí sabían que la gente no regresaba. Y aun así, solo unos pocos habían dejado sus hogares para buscar un refugio seguro en algún país vecino. A Gita le resulta obvio que la señora Goldstein no va a sobrevivir mucho si la obligan a trabajar allí. Ella es mayor que la edad que tiene. Está física y emocionalmente quebrada.

A la mañana siguiente, Gita se acerca a su *kapo* para pedirle un favor. Le pedirá a Lale que trate de conseguirle a la *kapo* cualquier cosa que ella desee, si puede evitar que la señora Goldstein haga trabajos pesados y pase el día en el bloque. Sugiere que la señora Goldstein vacíe los baldes de los inodoros todas las noches, una tarea generalmente asignada a una persona elegida cada día por la *kapo*, a menudo alguien que ella cree que ha hablado mal de ella. El precio de la *kapo* es un anillo de diamantes. A ella ya le han llegado los rumores sobre el cofre del tesoro de Lale. Llegan a un acuerdo.

* * *

Durante las siguientes semanas, Lale va todos los días a Auschwitz. Los cinco crematorios están funcionando al máximo de su capacidad, pero un gran número de prisioneros todavía tienen que ser tatuados. Él recibe sus instrucciones y sus instrumentos de trabajo en el edificio de la administración en Auschwitz. No tiene tiempo ni necesidad de ir al edificio de la administración en Birkenau, por lo que no tiene oportunidad de ver a Gita. Quiere enviarle un mensaje para avisarle que está a salvo.

Baretski está de buen humor, incluso de un humor lúdico: tiene un secreto y quiere que Lale adivine qué podría ser. Lale le sigue el juego infantil.

—¿Va a dejar que todos volvamos a casa?

Baretski se ríe y golpea a Lale en el brazo.

—¿Lo han ascendido?

—Mejor para ti que no sea así, *Tätowierer*. De lo contrario alguien no tan bueno como yo terminará ocupándose de ti.

—Está bien, me rindo.

—Te lo diré, entonces. A todos se les darán raciones extra y mantas la próxima semana por unos días. La Cruz Roja va a venir a inspeccionar este campamento de vacaciones.

Lale lo piensa a fondo. «¿Qué puede significar esto? ¿El mundo exterior finalmente ve lo que está sucediendo aquí?» Se esfuerza por mantener sus emociones bajo control delante de Baretski.

—Eso sería muy agradable. ¿Cree que este campo va a pasar la prueba humanitaria de encarcelamiento?

Lale puede ver el cerebro de Baretski funcionando, casi puede escuchar los ligeros clics. A Lale le parece divertida aquella falta de comprensión, aunque no se atreve a sonreír.

—Estarán bien alimentados durante los días que estén aquí, bueno, solo aquellos que les permitiremos ver.

—¿Será, entonces, una visita controlada?

—¿Crees que somos estúpidos? —se ríe Baretski.

Lale deja pasar la pregunta.

—¿Puedo pedir un favor?

—Puedes —concede Baretski.

—Si le escribo una nota a Gita diciéndole que estoy bien y simplemente ocupado en Auschwitz, ¿se la entregará?

—Haré algo mejor. Se lo diré yo mismo.

—Gracias.

Aunque Lale y un selecto grupo de prisioneros efectivamente reciben algunas raciones extra por unos días, pronto se suspenden y Lale no está seguro de que la Cruz Roja alguna vez haya ingresado al campo de concentración. Baretski es muy capaz de haber inventado todo el asunto. Lale tiene que confiar en que su mensaje a Gita será transmitido, aunque tampoco confía en que Baretski lo haga directamente. Solo puede esperar a que pronto llegue un domingo en que no tenga que trabajar.

* * *

Finalmente llega el día en que Lale termina de trabajar temprano. Corre de un campo a otro y llega al edificio de la administración de Birkenau justo cuando los trabajadores se están retirando. Impaciente, espera. ¿Por qué tiene que ser ella una de las últimas ese día? Por fin aparece. El corazón de Lale da un salto. No pierde el tiempo y la agarra del brazo. La lleva a la parte de atrás del edificio. Ella tiembla cuando él la empuja contra la pared.

—Pensé que estabas muerto. Pensé que nunca te volvería a ver. Yo… —tartamudea.

Él le acaricia el rostro.

—¿Baretski no te dio mi mensaje?

—No. No recibí ningún mensaje de nadie.

—Shh, está bien —dice él—. He estado en Auschwitz todos los días durante varias semanas.

—Estaba tan asustada.

—Lo sé. Pero estoy aquí ahora. Y tengo algo que decirte.

—¿Qué?

—Primero, déjame besarte.

Se besan, se aferran, se aprietan apasionadamente, antes de que ella lo aleje.

—¿Qué me quieres decir?

—Mi hermosa Gita. Me has embrujado. Me he enamorado de ti.

Parecen ser palabras que él ha esperado toda su vida para decir.

—¿Por qué? ¿Por qué me dices eso? Mírame. Soy fea, estoy sucia. Mi pelo... antes tenía un cabello precioso.

—Me encanta tu pelo tal como es ahora, y lo amaré tal como será en el futuro.

—Pero no tenemos futuro.

Lale la abraza firmemente por la cintura, la obliga a mirarlo a los ojos.

—Sí. Lo tenemos. Habrá un mañana para nosotros. La noche que llegué aquí me hice la promesa de que iba a sobrevivir a este infierno. Vamos a sobrevivir y a hacer una vida en la que podremos besarnos cuando queramos, hacer el amor cuando queramos.

Gita se sonroja y se aparta. Él mueve suavemente la cara de ella hacia él otra vez.

—Hacer el amor donde sea, cada vez que queramos. ¿Me escuchas?

Gita asiente moviendo la cabeza.

—¿Me crees?

—Quiero creerte, pero...

—Nada de peros. Solo créeme. Ahora, será mejor que vuelvas a tu bloque antes de que tu *kapo* empiece a preguntarse dónde estás.

Cuando Lale comienza a alejarse, Gita lo retiene un momento y lo besa con fuerza.

Él interrumpe el beso y dice:

—Tal vez debería permanecer lejos más a menudo.

—No te atrevas —replica ella, y lo golpea en el pecho.

* * *

Esa noche Ivana y Dana abruman a Gita con preguntas, aliviadas al ver que su amiga está sonriendo de nuevo.

—¿Le contaste sobre tu familia? —quiere saber Dana.

—No.

—¿Por qué no?

—No puedo. Es muy doloroso hablar de eso… y él estaba tan feliz de verme.

—Gita, si te ama como dice que te ama, él va a querer saber que has perdido a tu familia. Va a querer consolarte.

—Puede que tengas razón, Dana, pero si se lo digo, entonces ambos estaríamos tristes, y quiero que nuestro tiempo juntos sea diferente. Yo quiero olvidar dónde estoy y olvidar lo que le sucedió a mi familia. Y cuando él me sostiene en sus brazos, me olvido, solo por esos pocos y breves instantes. ¿Está mal de mi parte querer escapar de la realidad por un momento?

—No, en absoluto.

—Lamento tener mi propio escape, mi Lale. Saben que deseo con todo mi corazón lo mismo para ustedes dos.

—Estamos muy contentas de que lo tengas —asegura Ivana.

—Es suficiente que una de nosotras tenga un poco de felicidad. La compartimos de algún modo, y tú nos lo permites… eso es suficiente para nosotras —confirma Dana.

—Pero no te guardes ningún secreto, ¿de acuerdo? —sugiere Ivana.

—Nada de secretos —afirma Gita.

—Nada de secretos —concuerda Dana.

CAPÍTULO 14

A la mañana siguiente, Lale aparece en la oficina de la administración y se acerca a Bella en la mesa de entrada.

—Lale, ¿dónde has estado? —dice Bella con una cálida sonrisa—. Creíamos que algo te había sucedido.

—Auschwitz.

—Ah, no digas nada más. Debes tener pocos elementos. Espera aquí y te los repongo.

—No demasiados, Bella.

Bella mira a Gita.

—Por supuesto. Tenemos que estar seguros de que volverás mañana.

—Me conoces demasiado bien, joven Bella. Gracias.

Bella se va a buscar lo que él necesita. Lale se apoya en el mostrador y mira a Gita. Sabe que ella lo ha visto entrar, pero se está haciendo la tímida y mantiene la cabeza baja. Ella se pasa un dedo sobre los labios. El deseo de Lale se vuelve doloroso.

También nota que la silla junto a ella, la de Cilka, está vacía.

Nuevamente se dice a sí mismo que debe averiguar qué está pasando con ella.

Sale de la oficina y se dirige al área de selección, ya que ha visto que ha llegado un camión con nuevos prisioneros. Mientras prepara su mesa, aparece Baretski.

—Tengo a alguien aquí para verte, *Tätowierer*.

Antes de que Lale pueda levantar la mirada, escucha una voz conocida. No es más que un susurro.

—Hola, Lale.

León está de pie junto a Baretski, pálido, más delgado, encorvado, poniendo con cuidado un pie delante del otro.

—Los dejo a los dos para que se pongan al día. —Baretski se aleja sonriendo.

—León... ¡oh, dios mío, estás vivo! —Lale se apresura a abrazarlo. Puede sentir cada hueso a través de la camisa de su amigo. Lo aparta un poco para verlo mejor.

—Mengele. ¿Fue Mengele? —León solo puede asentir con un movimiento de cabeza. Lale suavemente pasa sus manos por los brazos delgados de León, le toca el rostro.

—Ese bastardo. Algún día tendrá lo que se merece. Apenas termine aquí puedo conseguirte abundante comida. Chocolate, salchicha, ¿Qué quieres? Te haré engordar.

León le sonríe débilmente.

—Gracias, Lale.

—Sabía que el bastardo estaba privando de comida a los prisioneros, pero pensé que solo se lo estaba haciendo a las chicas.

—Si eso fuera todo lo que hace.

—¿Qué quieres decir?

León mira directamente a Lale a los ojos.

—Me cortó mis malditas pelotas, Lale —dice, su voz fuerte y firme—. De alguna manera pierdes el apetito cuando te cortan las bolas.

Lale retrocede horrorizado y se da vuelta. No quiere que León vea su estado de shock. León lucha por contener un sollozo y se esfuerza para encontrar su voz mientras mira el suelo como para concentrarse en algo.

—Lo siento. No debería haberlo dicho de ese modo. Gracias por tu ofrecimiento. Te lo agradezco.

Lale respira profundamente, tratando de controlar su ira. Quiere desesperadamente reaccionar, vengar el crimen cometido contra su amigo.

León se aclara la garganta.

—¿Hay alguna posibilidad de volver a tener mi trabajo?

La cara de Lale se llena de calidez.

—Por supuesto, pero solo cuando hayas recuperado tus fuerzas. Me alegro de tenerte de vuelta —le responde—. ¿Por qué no vuelves a mi habitación? Si alguno de los gitanos te detiene, dile que eres mi amigo y que yo te he enviado allí. Encontrarás provisiones debajo de mi cama. Te veré cuando termine aquí.

Se acerca un oficial de alto rango de las SS.

—Ahora, vete. Apúrate.

—Apurarme no es algo que pueda hacer en este momento.

—Lo siento.

—Está bien. Me voy. Nos vemos más tarde.

El oficial observa a León alejarse y vuelve a lo que estaba haciendo antes: decidir quién debe vivir y quién debe morir.

* * *

Al día siguiente, Lale se presenta en la oficina de la administración, donde le dicen que tiene el día libre. No se espera la llegada de ningún cargamento en Auschwitz ni en Birkenau y no hay ningún pedido de *Herr Doktor* para que lo ayude. Pasa la mañana con León. Ha sobornado a su viejo *kapo* en el Bloque 7 para que acepte a León, ya que va a trabajar para él cuando haya recuperado las fuerzas. Le da comida que él había pensado dar a sus amigos romaníes y a Gita para que la distribuya.

Cuando Lale se va y deja a León, Baretski lo llama.

—*Tätowierer*, ¿dónde has estado? Te estuve buscando.

—Me dijeron que tenía el día libre.

—Bueno, ya no lo tienes. Vamos. Tenemos un trabajo.

—Tengo que buscar mi maletín.

—No necesitas tus herramientas para este trabajo. Ven.

Lale se apresura a seguir a Baretski. Se dirigen hacia uno de los crematorios.

Lo alcanza.

—¿Adónde vamos?

—¿Estás preocupado? —Baretski se ríe.

—¿No lo estaría usted?

—No.

El pecho de Lale se tensa; su respiración se agita. ¿Sería mejor correr? Si lo hace, Baretski seguramente le disparará con su arma. ¿Y eso qué importaría? Seguramente es preferible una bala a los hornos.

Llegan muy cerca del Crematorio 3 antes de que Baretski decida sacar a Lale de su sufrimiento. Camina más lentamente.

—No te preocupes. Ahora sigamos, antes de que ambos nos metamos en problemas y terminemos en los hornos.

—¿No va a deshacerse de mí?

—No todavía. Hay dos prisioneros aquí que parecen tener el mismo número. Necesitamos que los mires. Debes haber sido tú o ese eunuco quien hizo las marcas. Tú tienes que decirnos cuál es cuál.

El edificio de ladrillo rojo se alza ominoso delante de ellos; grandes ventanas disfrazan su propósito, pero el tamaño de las chimeneas confirma su verdadera y horrible naturaleza. Son recibidos en la entrada por dos SS, que bromean con Baretski e ignoran a Lale. Señalan en dirección a unas puertas cerradas dentro del edificio y Baretski y Lale caminan hacia ellas. Lale mira a su alrededor, ese tramo final del camino a la muerte en Birkenau. Ve a los *Sonderkommandos* derrotados, en actitud de espera, listos para hacer una tarea para la que nadie en este mundo se ofrecería voluntariamente: sacar cadáveres de las cámaras de gas y ponerlos en los hornos. Trata de hacer contacto visual con ellos, para hacerles saber que él también trabaja para el enemigo. Él también ha elegido mantenerse vivo por el mayor tiempo posible, realizando un acto de profanación en personas de su propia religión. Ninguno de ellos lo mira. Ha escuchado lo que dicen otros prisioneros sobre estos hombres y la privilegiada posición que ocupan, alojados por separado, con raciones extra, con ropa de abrigo y mantas para dormir. Sus vidas son paralelas a la suya y siente un nudo en el estómago al pensar que él también es despreciado por el papel que desempeña en el campo de concentración. Sin poder expresar de ninguna manera su solidaridad con estos hombres, sigue caminando.

Son conducidos a una gran puerta de acero. Delante de ella hay un guardia.

—Está bien, todo el gas ya desapareció. Tenemos que enviarlos a los hornos, pero no podemos hacerlo hasta que identifiques los números correctos.

El guardia les abre la puerta. Lale se estira todo lo que su altura le permite, mira a Baretski a los ojos y mueve el brazo de izquierda a derecha.

—Después de usted.

Baretski estalla en carcajadas y golpea a Lale en la espalda.

—No, después de ti.

—No, después de usted —repite Lale.

—Insisto, *Tätowierer*.

El oficial de las SS abre las puertas de par en par y entran en una cavernosa habitación. Cuerpos, cientos de cuerpos desnudos, llenan el lugar. Están apilados unos sobre otros, sus extremidades torcidas. Ojos muertos con la mirada fija. Hombres, jóvenes y viejos; niños abajo.

Sangre, vómito, orina y heces. El olor a muerte impregna todo el espacio. Lale intenta contener la respiración. Le arden los pulmones. Sus piernas amenazan con ceder bajo su peso. Detrás de él Baretski exclama:

—Mierda.

Esa sola palabra dicha por un sádico no hace más que profundizar el pozo de inhumanidad en el que Lale se está ahogando.

—Por aquí —indica un oficial, y lo siguen hasta un lado de la habitación donde dos cuerpos masculinos yacen juntos. El oficial comienza a hablar con Baretski. Por una vez las palabras le faltan y le indica que Lale entiende alemán.

—Ambos tienen el mismo número. ¿Cómo es posible? —le pregunta.

Lale solo puede sacudir la cabeza y encogerse de hombros. «¿Cómo diablos podría saberlo?»

—Míralos. ¿Cuál es correcto? —dice bruscamente el oficial.

Lale se inclina y agarra uno de los brazos. Agradece tener una razón para arrodillarse y espera que eso lo pueda estabilizar. Mira de cerca los números tatuados en el brazo que tiene en la mano.

—¿El otro? —pregunta.

Bruscamente, el brazo del otro hombre es empujado hacia él. Mira de cerca ambos números.

—Mire aquí. Este no es un tres, es un ocho. Una parte se ha desvanecido, pero es un ocho.

El guardia garabatea en cada brazo frío los números correctos.

Sin pedir permiso, Lale se levanta y abandona el edificio. Baretski lo alcanza afuera, donde él está agachado y respirando profundamente.

Baretski espera un momento.

—¿Estás bien?

—No, carajo, no estoy para nada bien. *Bastardos.* ¿Cuántos más de nosotros deben matar?

—Estás alterado. Puedo notarlo.

Baretski es solo un muchacho, un muchacho sin educación. Pero Lale no puede evitar preguntarse cómo puede no sentir nada por la gente que acaban de ver, el sufrimiento de la muerte tallado en sus rostros y sus cuerpos retorcidos.

—Vamos, vámonos —dice Baretski.

Lale se pone de pie y camina junto a él, aunque no puede mirarlo.

—¿Sabes algo, *Tätowierer*? Apuesto a que eres el único judío que alguna vez entró a un horno y luego salió de él caminando.

Se ríe a carcajadas, golpea a Lale en la espalda y sigue caminando.

CAPÍTULO 15

Lale camina decididamente desde su barracón y atraviesa el campo de concentración. Dos oficiales de las SS se le acercan con los rifles listos. Sin interrumpir su marcha, levanta el maletín.

—*Politische Abteilung!*

Bajan los rifles y pasan sin decir una palabra más. Lale entra en el sector de mujeres del campo y se dirige inmediatamente al Bloque 29, donde se encuentra con la *kapo* apoyada contra la pared del edificio, con aspecto de aburrida. Sus prisioneras están afuera, trabajando. No se molesta en moverse cuando él se acerca y saca de su maletín una gran tableta de chocolate. Advertida por Baretski acerca de no interferir en la relación entre el *Tätowierer* y la prisionera 34902, acepta el soborno.

—Por favor, tráeme a Gita. La espero adentro.

Después de meter el chocolate entre sus generosos pechos y con un encogimiento de hombros, la *kapo* parte rumbo al edificio de la administración. Lale entra al bloque alojamiento y cierra la puerta. No tiene que esperar mucho. Un destello de luz del sol cuando se abre la puerta le dice que ha llegado. Gita lo ve de pie en la semioscuridad, con la cabeza gacha.

—¡Tú!

Lale da un paso hacia ella. Gita retrocede y se aprieta contra la puerta cerrada, claramente alterada.

—¿Estás bien? Gita, soy yo.

Lale da un paso para acercarse más y se sorprende ante su inocultable temblor.

—Dime algo, Gita.

—Tú… tú… —repite.

—Sí, soy yo, Lale. —Él le agarra las dos muñecas y trata de sostenerlas con fuerza.

—¿Tienes alguna idea de lo que pasa por tu cabeza cuando las SS vienen por ti? ¿Alguna idea en absoluto?

—Gita…

—¿Cómo pudiste? ¿Cómo puedes dejar que las SS me lleven?

Lale está estupefacto. Afloja las manos que sostienen las muñecas. Gita se libera y se da vuelta.

—Lo siento, no quise asustarte. Acabo de pedirle a tu *kapo* que te trajera aquí. Necesitaba verte.

—Cuando las SS se llevan a alguien, esa persona nunca más es vista. ¿Lo entiendes? Pensé que me llevaban para matarme, y lo único en lo que pude pensar fue en ti. No en que tal vez no volvería a ver a mis amigas; no en Cilka, que vio cuando me llevaban y debe estar muy preocupada, sino solo en que no volvería a verte a ti. Y aquí estás.

Lale está avergonzado. Su egoísta necesidad de verla le ha provocado semejante angustia a su amada. Súbitamente ella corre hacia él con los puños levantados. Él extiende los brazos cuando ella choca con él. Lo golpea en el pecho mientras sus lágrimas le caen por el rostro. Él acepta esos golpes hasta que van desapareciendo. Luego, lentamente, le levanta la cara, le seca las lágrimas con las manos e intenta besarla. Cuando sus labios se encuentran, Gita se aparta y lo mira con furia. Él estira los brazos para hacer que ella vuelva a él. Al notar su renuencia, los baja. Gita corre hacia él otra vez, esta vez empujándolo hasta dejarlo con la espalda contra una pared mientras trata de arrancarle la camisa. Aturdido, Lale la mantiene a distancia, pero ella se resiste y se aprieta con fuerza sobre él, besándolo violentamente.

Él la levanta con las manos en su trasero y ella envuelve sus piernas alrededor de la cintura de él, besándolo con tal avidez que le muerde los labios. Lale siente el gusto salado de la sangre, pero la besa de nuevo, para caer juntos sobre una litera cercana, arrancándose mutuamente la ropa. Hacen el amor apasionadamente, desesperadamente. Es una necesidad por tanto tiempo postergada que no se puede negar. Dos personas ávidas del amor y la intimidad que temen que nunca van a experimentar. Eso sella el compromiso del uno con el otro, y Lale sabe en este momento que no puede amar a ninguna otra. Eso fortalece su determinación de continuar otro día, y otro día, durante mil días, el tiempo que demore poder cumplir con su promesa a Gita: «seremos libres de hacer el amor cuando sea, donde sea que queramos hacerlo».

Exhaustos, yacen uno en los brazos del otro. Gita se duerme y Lale pasa un buen rato simplemente mirándola. La lucha física entre ellos ha terminado, para ser reemplazada por un furioso tumulto dentro de Lale. «¿Qué nos ha hecho este lugar? ¿En qué nos ha convertido? ¿Cuánto tiempo más podremos seguir así? Ella pensó que todo terminaba hoy. Yo causé ese dolor. Nunca más debo hacer eso».

Se toca el labio. Hace una mueca de dolor. Eso quiebra su humor sombrío y sonríe al pensar de dónde proviene ese dolor.

Suavemente despierta a Gita con un beso.

—Hola —susurra.

Gita gira sobre sí y lo mira, preocupada.

—¿Estás bien? Parecías... no sé... aunque yo estaba enojada cuando entré, ahora que lo pienso, tú tenías un aspecto terrible.

Lale cierra los ojos y suspira profundamente.

—¿Qué pasó?

—Digamos que di un paso más dentro del abismo pero conseguí salir.

—¿Me lo dirás algún día?

—Probablemente no. No insistas, Gita.

Ella asiente con un movimiento de cabeza.

—Ahora creo que será mejor que vuelvas a la oficina para que Cilka y las otras puedan ver que estás bien.

—Mmm. Quiero quedarme aquí contigo para siempre.

—Para siempre es mucho tiempo.

—O podría ser mañana —dice ella.

—No, no lo será.

Gita gira la cabeza, sonrojándose, y cierra los ojos.

—¿En qué estás pensando? —pregunta él.

—Estoy escuchando. A las paredes.

—¿Qué están diciendo?

—Nada. Están respirando pesadamente, llorando por aquellos que se van de aquí por la mañana y no vuelven por la noche.

—No lloran por ti, mi amor.

—Hoy no. Ahora lo sé.

—Ni mañana. Ellas nunca llorarán por ti. Ahora, vete de aquí y vuelve al trabajo.

Gita se acurruca sobre sí misma.

—¿Puedes irte tú primero? Debo encontrar mi ropa.

Después de un último beso, Lale se apresura a buscar su ropa. Ya vestido, le da otro beso rápido antes de irse. Fuera del bloque, la *kapo* está de vuelta en su posición contra la pared.

—¿Te sientes mejor, *Tätowierer*?

—Sí, gracias.

—El chocolate es riquísimo. También me gusta la salchicha.

—Veré lo que puedo hacer.

—Hazlo, *Tätowierer*. Nos vemos.

CAPÍTULO 16

Marzo de 1944

El golpe en su puerta despierta a Lale de un sueño profundo. Abre con cautela, a medias, esperando ver a alguno de los niños romaníes. Pero son dos hombres jóvenes quienes están ante él en la puerta. Sus miradas van de un lado a otro. Están claramente asustados.

—¿Qué quieren? —pregunta Lale.

—¿Eres el *Tätowierer*? —pregunta uno de ellos en polaco.

—Depende de quién pregunte.

—Necesitamos al *Tätowierer*. Nos dijeron que vivía aquí —dice el otro muchacho.

—Entren antes de que despierten a los bebés.

Lale cierra la puerta apenas entran y les señala la cama para que se sienten. Ambos son altos y flacos, y uno tiene muchas pecas.

—Pregunto de nuevo, ¿qué es lo que quieren?

—Tenemos un amigo... —balbucea el pecoso.

—Todos tenemos alguno... —interrumpe Lale.

—Nuestro amigo está en problemas...

—¿Acaso no estamos todos en problemas?

Los dos muchachos se miran, tratando de decidir si seguir o no.

—Lo siento. Continúen.

169

—Lo atraparon y tenemos miedo de que vayan a matarlo.

—¿Lo atraparon haciendo qué?

—Bueno, escapó la semana pasada, lo atraparon y lo trajeron aquí. ¿Qué crees que puedan hacerle?

La expresión de Lale es de incredulidad.

—¿Cómo diablos se escapó, y cómo fue tan estúpido como para dejar que lo atraparan?

—No estamos seguros de cómo fue todo.

—Bueno, lo ahorcarán. Probablemente mañana a primera hora de la mañana. Ya saben que ese es el castigo por intentar escapar, y mucho más si lo llegan a lograr.

—¿Puedes hacer algo? La gente dice que puedes ayudar.

—Puedo ayudar si quieres un poco de comida extra, pero eso es todo. ¿Dónde está el chico en este momento?

—Está afuera.

—¿Fuera de este edificio?

—Sí.

—Por el amor de Dios, tráiganlo aquí de inmediato —dice Lale, y abre la puerta.

Uno de los muchachos corre afuera y pronto regresa con un joven con la cabeza gacha, temblando de miedo. Lale señala la cama y se sienta. Tiene los ojos hinchados.

—Tus amigos me dicen que te escapaste.

—Sí, señor.

—¿Cómo lo hiciste?

—Bueno, yo estaba trabajando afuera y le pedí permiso al guardia para ir a defecar. Él me dijo que fuera hasta unos árboles porque no quería sentir los olores. Luego, cuando estaba por regresar a mi grupo, ya todos se estaban yendo. Tuve miedo de que si corría tras ellos algún otro guardia me disparara, así que sencillamente caminé de vuelta al bosque.

—¿Y? —preguntó Lale.

—Bueno, seguí caminando, ¿no? Luego me atraparon cuando llegué a un pueblo y traté de robar algo para comer. Estaba muerto de hambre. Los soldados vieron mi número tatuado y me trajeron aquí.

—Y ahora te van a colgar mañana por la mañana, ¿no?

El muchacho baja la cabeza. Lale piensa que así es como se verá mañana cuando la vida le haya sido estrangulada.

—¿Hay algo que puedas hacer para ayudarnos, *Tätowierer*?

Lale se pasea por su pequeña habitación. Levanta la manga del chico y observa el número. «Uno de los míos». Vuelve a pasearse de un lado a otro. Los muchachos permanecen sentados en silencio.

—Quédense aquí —dice con firmeza. Toma su maletín y sale presuroso de la habitación.

Afuera, los reflectores recorren el campo, como ojos violentos en busca de alguien para matar. Pegado a los edificios, Lale se dirige hasta el bloque de la administración y entra en la oficina principal. Se siente inmediatamente aliviado al ver a Bella detrás del mostrador. Lo mira.

—Lale, ¿qué estás haciendo aquí? No tengo trabajo para ti.

—Hola, Bella. ¿Puedo preguntarte algo?

—Claro, cualquier cosa. Ya lo sabes, Lale.

—Cuando estuve aquí hoy, me pareció oír hablar de un transporte de prisioneros que sale esta noche. ¿Es así?

—Sí, hay uno que se va a otro campamento a medianoche.

—¿Cuántos lleva?

Bella toma una hoja de papel con una lista adjunta.

—Cien nombres. ¿Por qué?

—Nombres. ¿No números?

—No, no están numerados. Recién llegaron hoy más temprano y están siendo enviados a un campamento de niños. Nadie está numerado allí.

—¿Podemos incluir uno más en esa lista?

—Supongo que sí. ¿Quién? ¿Tú?

—No. Sabes que no me iría de aquí sin Gita. Se trata de otra persona. Cuanto menos sepas, mejor.

—Está bien, lo haré por ti. ¿Cómo se llama?

—Mierda —exclama Lale—. Ya vuelvo.

Furioso consigo mismo, Lale se apresura a regresar a su habitación.

—Tu nombre, ¿cómo te llamas?

—Mendel.

—Mendel, ¿qué?

—Lo siento. Mendel Bauer.

* * *

De vuelta en la oficina, Bella lo agrega al final de la lista escrita a máquina.

—¿Los guardias no preguntarán nada por un nombre que no está escrito a máquina como los otros? —pregunta Lale.

—No, son demasiado perezosos como para cuestionar eso. Sería más trabajo para ellos ocuparse del asunto. Solo dile a quien sea que esté en el sector cuando vea que están cargando el camión.

De su maletín Lale saca un anillo con rubíes y diamantes incrustados y se lo da a Bella.

—Gracias. Esto es para ti. Puedes conservarlo o venderlo. Me aseguraré de que él esté en el camión de transporte.

* * *

De vuelta en su habitación, Lale saca a los dos amigos de Mendel de la cama, saca su maletín y se sienta junto a él.

—Dame tu brazo.

Mientras los muchachos observan, Lale se pone a convertir los números en una serpiente. El trabajo no es perfecto, pero lo suficientemente bueno como para ocultar los números.

—¿Por qué estás haciendo esto? —pregunta uno de los muchachos.

—Al lugar donde Mendel va, nadie está numerado. No pasaría mucho tiempo antes de que alguien viera su número y lo enviaran de regreso aquí, a su cita con el verdugo.

Termina el trabajo y se vuelve hacia los dos muchachos, que siguen observándolo.

—Ustedes dos regresen a su bloque ahora, y vayan con cuidado. Solo puedo hacer un rescate por noche —dice—. Tu amigo no estará aquí mañana. Saldrá en un transporte a la medianoche. No sé adónde va, pero donde sea que él vaya tendrá al menos una posibilidad de mantenerse con vida. ¿Me entienden?

Los tres muchachos se abrazan y se hacen promesas de volver a encontrarse del otro lado de esa pesadilla.

Cuando los amigos se han ido, Lale vuelve a sentarse al lado de Mendel.

—Te quedarás aquí hasta que sea hora de irnos. Te llevaré al camión de transporte y luego estarás tú solo.

—No sé cómo agradecerle.

—Si consigues escapar nuevamente, que no te atrapen. Ese será un agradecimiento suficiente para mí.

Poco después, Lale oye los inconfundibles ruidos de movimientos en el campo de concentración.

—Vamos, es hora de irnos.

Con disimulo, se deslizan junto a las paredes del edificio hasta que alcanzan a ver dos camiones que están cargando hombres.

—Muévete rápido y trata de meterte en medio de alguna de las filas. Te metes y les das tu nombre cuando te lo pidan.

Mendel se aleja y se las arregla para ubicarse en una fila. Se cruza de brazos apretándolos sobre sí mismo para protegerse del frío y para ocultar la serpiente que lleva tatuada. Lale ve que el guardia encuentra su nombre y lo acompaña a subir. Cuando el motor arranca y el camión se aleja, Lale se escabulle de regreso a su habitación.

CAPÍTULO 17

Los meses siguientes resultan particularmente duros. Los prisioneros mueren de numerosas y diferentes maneras. Muchos son abatidos por enfermedad, desnutrición y exposición al frío. Algunos corren para arrojarse sobre alguna valla electrificada y morir. Otros reciben los disparos de algún guardia de la torre antes llegar a ella. Las cámaras de gas y los crematorios también trabajan horas extra, y los lugares para tatuaje de Lale y León están llenos de gente, ya que decenas de miles de personas son transportadas a Auschwitz y Birkenau.

Lale y Gita se ven los domingos, siempre que sea posible. En esos días se mezclan entre otros cuerpos, tocándose a escondidas. Ocasionalmente pueden robar algún tiempo para estar juntos a solas en el barracón de Gita. Esto los mantiene comprometidos a conservar la vida y, en el caso de Lale, a planear un futuro compartido. La *kapo* de Gita sigue engordando gracias a la comida que Lale le proporciona. En ocasiones, cuando Lale no puede ver a Gita por un período prolongado, ella pregunta directamente:

—¿Cuándo va a venir tu novio?

Un domingo, finalmente Gita, después de repetidos requerimientos, le cuenta a Lale lo que ocurre con Cilka.

—Cilka es el juguete de Schwarzhuber.

—Santo cielo. ¿Hace cuánto tiempo que esto ocurre?

—No lo sé exactamente. Un año, tal vez más.

—Es un bastardo borracho y sádico —reacciona Lale, apretando los puños—. No puedo ni imaginar la manera en que la trata el maldito.

—¡No lo digas! No quiero ni pensar en eso.

—¿Qué te dice ella sobre el tiempo que pasan juntos?

—Nada. No hacemos preguntas. No sé cómo ayudarla.

—Él la mataría si ella lo llegara a rechazar de alguna manera. Sospecho que Cilka ya lo entendió, de lo contrario habría muerto hace mucho tiempo. El mayor problema es el de quedar embarazada.

—Está bien, no va a quedar embarazada. Tú lo sabes, tienes que estar en tu ciclo mensual para que eso suceda. ¿No lo sabías?

Lale, un tanto avergonzado, responde:

—Bueno, sí, lo sabía. Es solo que es algo de lo que no hemos hablado. Supongo que no lo pensé.

—Ni tú ni ese bastardo sádico necesitan preocuparse por eso. Ni Cilka ni yo vamos a tener un bebé. ¿De acuerdo?

—No me compares con él. Dile que creo que ella es una heroína y que me siento orgulloso de decir que la conozco.

—¿Qué quieres decir con eso de «heroína»? Ella no es una heroína —asegura Gita, un tanto molesta—. Ella solo quiere vivir.

—Y eso la convierte en una heroína. Tú también eres una heroína, amor. Que ustedes dos hayan elegido sobrevivir es un modo de resistencia a estos bastardos nazis. Elegir vivir es un acto de desafío, una forma de heroísmo.

—En ese caso, ¿en qué te conviertes tú?

—Se me dio la opción de participar en la destrucción de nuestro pueblo, y elegí hacerlo para sobrevivir. Solo puedo esperar que no se me juzgue algún día como un perpetrador o un colaborador.

Gita se inclina y lo besa.

—Para mí, eres un héroe.

El tiempo se ha ido y se sorprenden cuando las otras chicas comienzan a regresar al bloque. Están completamente vestidos y la salida de Lale no es tan embarazosa como podría haber sido.

—Hola. Hola. Dana, encantado de verte. Chicas. Señoras —saluda al salir.

La *kapo*, en su posición habitual a la entrada del edificio, sacude la cabeza en dirección a Lale.

—Tienes que estar fuera de aquí cuando las demás regresan. ¿De acuerdo, *Tätowierer*?

—Lo siento, no volverá a suceder.

Lale camina por el campo de concentración con paso ágil y casi veloz. Se sorprende cuando escucha su nombre y mira a su alrededor para ver quién lo llama. Es Víctor. Él y otros trabajadores polacos se dirigen a la salida del campo. Víctor le pide que se acerque.

—Hola, Víctor. Yuri. ¿Cómo están?

—No tan bien como tú, según parece. ¿Qué te está pasando?

Lale ignora la pregunta con un movimiento de la mano.

—Nada, nada.

—Tenemos suministros para ti y pensamos que no íbamos a poder entregártelos. ¿Tienes espacio en tu maletín?

—Seguro. Lo siento, debería haber venido a verlos antes, pero... mmm... estaba ocupado.

Lale abre su maletín y entre Víctor y Yuri lo llenan. Tienen demasiadas cosas como para que quepan todas.

—¿Quieres que traiga el resto mañana? —pregunta Víctor.

—No, dámelo todo, gracias. Te veré mañana para pagarte.

Hay una joven junto a Cilka, entre las decenas de miles en Birkenau, a quien los SS le han permitido conservar el cabello largo. Ella tiene más o menos la edad de Gita. Lale nunca ha hablado con ella, pero la ha visto algunas veces. Se destaca entre todas con su melena rubia suelta. Todas las demás intentan, lo mejor que pueden, esconder sus cabezas rapadas debajo de un pañuelo, a menudo arrancado de sus propias camisas. Un día, Lale le preguntó a Baretski cuál era el trato con ella. ¿Por qué se le permite mantener el pelo largo?

—El día que llegó al campo —respondió Baretski—, el comandante Hoess estaba haciendo las selecciones. Él la vio, pensó que era muy hermosa y ordenó que nadie le tocara el pelo.

Lale a menudo se ha asombrado ante muchas de las cosas que ve en ambos campos de concentración, pero el hecho de que Hoess piense que solo una chica es bella entre los cientos de miles de mujeres que han llegado, es algo que realmente lo confunde.

Mientras Lale se apresura a regresar a su habitación con una salchicha metida en los pantalones, dobla una esquina y allí está ella, la única muchacha «hermosa» del campo, mirándolo. Regresa a su habitación en tiempo récord.

CAPÍTULO 18

La primavera ha expulsado a los más amargos demonios del invierno. El clima más cálido ofrece un rayo de esperanza para todos aquellos que han sobrevivido a las bajas temperaturas, y a los crueles caprichos de sus captores. Hasta Baretski se está comportando con menos crueldad.

—Sé que puedes obtener cosas, *Tätowierer* —dice Baretski, su voz más baja de lo habitual.

—No sé a qué se refiere —responde Lale.

—Cosas. Puedes obtenerlas. Sé que tienes contactos en el exterior.

—¿Qué le hace decir eso?

—Mira, siento cierto afecto por ti, ¿de acuerdo? No te he disparado, ¿verdad?

—Les ha disparado a muchos otros.

—Pero no a ti. Somos como hermanos, tú y yo. ¿No es así? ¿No te he contado acaso mis secretos?

Lale elige no desafiar ese reclamo de hermandad.

—Usted habla. Yo escucho —dice Lale.

—A veces me has dado consejos, y te he escuchado. Hasta traté de escribirle cosas lindas a mi novia.

—Eso no lo sabía.

—Ahora lo sabes –continúa Baretski, con expresión seria–. Escucha, hay algo que quiero que trates de conseguirme.

Lale está nervioso. Teme que alguien pueda escuchar la conversación.

—Ya le dije...

—Pronto será el cumpleaños de mi novia y quiero que me consigas un par de medias de nylon para enviarle.

Lale mira a Baretski sin poder creerlo.

Baretski le sonríe.

—Consíguemelas y no te voy a disparar. –Se ríe.

—Veré lo que puedo hacer. Puede llevar unos días.

—No tardes demasiado.

—¿Hay algo más que pueda hacer por usted? –pregunta Lale.

—No, tienes el día libre. Puedes ir y pasar el tiempo con Gita.

Lale se estremece. Ya es suficientemente malo que Baretski sepa que Lale pasa tiempo con ella, pero detesta oír que el bastardo pronuncia su nombre.

Antes de hacer lo que Baretski ha sugerido, Lale va a buscar a Víctor. Finalmente encuentra a Yuri, quien le informa que Víctor está enfermo y ese día no está trabajando. Lale dice que lo lamenta y se va.

—¿Puedo yo hacer algo por ti? –pregunta Yuri.

Lale regresa.

—No lo sé. Tengo un pedido especial.

Yuri levanta una ceja.

—Tal vez yo pueda ayudarte.

—Medias de nylon. Ya sabes, esas cosas que las chicas usan en las piernas.

—No soy un niño, Lale. Sé lo que son las medias de nylon.

—¿Podrías conseguirme un par? —Lale muestra dos diamantes en su mano.

Yuri los toma.

—Dame dos días. Creo que puedo ayudarte.

—Gracias, Yuri. Dale mis saludos a tu padre. Espero que se mejore pronto.

* * *

Lale está cruzando el campo hacia el sector de las mujeres cuando escucha el ruido de un motor. Levanta la vista y ve un pequeño avión que vuela bajo sobre el campo y comienza a dar la vuelta, tan bajo que Lale puede identificar el símbolo de la Fuerza Aérea de los Estados Unidos.

Un prisionero grita:

—¡Es de los estadounidenses! ¡Los americanos están aquí!

Todos miran hacia arriba. Algunos comienzan a dar saltos, agitando los brazos en el aire. Lale mira hacia las torres que rodean el campo de concentración y advierte que los guardias están en alerta total, apuntando sus rifles hacia el campo donde hombres y mujeres manifiestan su conmoción. Algunos simplemente tratan de llamar la atención del piloto, muchos otros apuntan hacia los crematorios y gritan:

—Suelta las bombas. ¡Suelta las bombas!

Lale considera la posibilidad de unirse a ellos cuando el avión sobrevuela una segunda vez y da la vuelta para una tercera pasada. Varios prisioneros corren hacia los crematorios, señalándolos, desesperados por transmitir su mensaje.

—Suelta las bombas. ¡Suelta las bombas!

Después de su tercera pasada sobre Birkenau, el avión gana altura y se aleja. Los prisioneros continúan gritando. Muchos caen de rodillas, devastados porque sus gritos han sido ignorados. Lale comienza a retroceder hacia un edificio cercano. Justo a tiempo. Las balas llueven desde las torres sobre aquellos en el campo y derriban a las docenas de personas demasiado lentas como para encontrar refugio.

Ante la amenaza de aquellos guardias de gatillo fácil, Lale decide no ir a ver a Gita. Vuelve a su barracón, donde es recibido en medio de gritos y llantos. Las mujeres cargan a los niños y niñas heridos de bala.

—Vieron el avión y se unieron a los otros prisioneros que corrían por el campo —explica uno de los hombres.

—¿Qué puedo hacer para ayudar?

—Lleva a los otros niños adentro. No tienen por qué ver esto.

—Por supuesto.

—Gracias, Lale. Enviaré a las ancianas para que te ayuden. No sé qué hacer con los cuerpos. No puedo dejarlos aquí.

—Los SS llegarán pronto para recoger a los muertos, estoy seguro. —Eso suena tan insensible, tan frío. Las lágrimas arden en los ojos de Lale. Se corrige en el acto—. Lo siento mucho.

—¿Qué van a hacer con nosotros? —se pregunta el hombre.

—No sé qué destino nos espera a ninguno de nosotros.

—¿Morir aquí?

—No, si puedo evitarlo, pero no lo sé.

Lale se pone a reunir a los niños y niñas para llevarlos adentro. Algunos lloran, otros están demasiado conmocionados como para llorar. Varias de las mujeres mayores se unen a él. Llevan a los chicos sobrevivientes al extremo del barrracón y comienzan a contarles cuentos, pero esta vez no surten efecto. No hay nada que los consuele. La mayoría de ellos permanecen en un silencioso estado de trauma.

Lale va a su habitación y regresa con chocolate, que él y Nadya parten y reparten entre ellos. Algunos de los niños lo toman, otros lo miran como si también eso pudiera hacerles daño. No hay nada más que él pueda hacer. Nadya le toma la mano y hace que se ponga de pie.

—Gracias. Has hecho todo lo que has podido. —Le roza la mejilla con el dorso de la mano—. Déjanos ahora.

—Voy a ayudar a los hombres —responde Lale con voz vacilante.

Sale con paso inseguro. Afuera, ayuda a los hombres a juntar los pequeños cuerpos en una pila para que los SS se los lleven. Ve que ya están recogiendo los cuerpos caídos en el campo. Varias madres se niegan a entregar a sus preciados hijos y es desgarrador para Lale ver cómo esas pequeñas formas sin vida son arrancadas de los brazos de sus madres.

«*Yisgadal veyiskadash shmei rabbah*. Que su nombre sea magnificado y santificado...» Lale recita el Kadish en un susurro. No sabe cómo ni con qué palabras los romaníes honran a sus muertos, pero siente el impulso de responder a estas muertes de la manera que él conoce desde siempre. Permanece sentado afuera por un largo rato, mirando al cielo, preguntándose qué es lo que los estadounidenses habrán visto y pensado. Varios de los hombres se unen a él en silencio, un silencio que ya no es sereno. Un muro de dolor los rodea.

Lale piensa en la fecha: 4 de abril de 1944. Cuando lo vio en sus hojas de trabajo esa semana, «abril» le había impresionado. Abril, ¿qué pasó en abril? Y entonces comprendió. Dentro de tres semanas, hará dos años que está en ese lugar. «Dos años». ¿Cómo lo ha hecho? ¿Cómo está él todavía respirando, cuando tantos ya no lo hacen? Piensa en la promesa que se hizo al principio. Sobrevivir y ver que los responsables paguen. Tal vez, solo tal vez, los que iban en el avión entendieron qué estaba ocurriendo y el rescate está en camino. Sería demasiado tarde para aquellos que murieron ese día, pero tal vez sus muertes no fueron del todo en vano. «Retén ese pensamiento. Úsalo para salir de la cama mañana por la mañana, y la mañana siguiente, y la que sigue».

El centelleo de las estrellas en lo alto ya no es un consuelo. Simplemente le recuerdan el abismo que hay entre lo que la vida puede ser y lo que es en ese momento. Le recuerdan las cálidas noches de verano cuando era niño y se escabullía afuera después de que todos se hubieran ido a la cama, para dejar que la brisa nocturna le acariciara el rostro como una canción de cuna que lo hacía dormirse; le recuerdan las noches pasadas con muchachas, caminando tomados de la mano en algún parque, junto a un lago, su camino iluminado por miles de estrellas allá arriba. Solía sentirse siempre confortado por el techo paradisíaco del cielo nocturno. «En algún lugar, mi familia estará mirando ahora las mismas estrellas y preguntándome dónde estoy. Espero que puedan recibir de ellas mayor consuelo del que yo obtengo».

* * *

Fue a principios de marzo de 1942 que Lale se despidió de sus padres, de su hermano y de su hermana, en su ciudad natal de Krompachy. Había dejado su trabajo y su departamento en la ciudad de Bratislava el mes de octubre anterior. Tomó esa decisión después de conversar con un viejo amigo, un no judío que trabajaba para el gobierno. El amigo le había advertido que las cosas estaban cambiando políticamente para todos los ciudadanos judíos y que el encanto de Lale no lo salvaría de lo que se venía. Le ofreció un trabajo que según él lo protegería de la persecución. Después de reunirse con el supervisor de su amigo, le ofrecieron un trabajo como asistente del líder del Partido Nacional Eslovaco, que Lale aceptó. Ser parte del PNE no era una cuestión de religión. Se trataba de mantener al país en manos de los eslovacos. Vestido con un uniforme del partido, que también se parecía mucho a un uniforme militar, Lale pasó varias semanas viajando por el país, distribuyendo boletines y hablando en concentraciones partidarias y otras reuniones. El partido trataba en particular de concientizar a los jóvenes sobre la necesidad de mantenerse unidos para desafiar al gobierno, que no se decidía a denunciar a Hitler y ofrecer protección a todos los eslovacos.

Lale sabía que a todos los judíos en Eslovaquia se les había ordenado llevar la Estrella de David amarilla en su ropa cuando estuvieran en público. Él se había negado. No por miedo. Sino porque él se veía a sí mismo como eslovaco: orgulloso, testarudo e incluso, lo admitía, arrogante respecto de su lugar en el mundo. Ser judío era algo incidental y nunca antes había interferido con lo que hacía ni con quién elegía como amigo. Si el tema salía en alguna conversación, simplemente lo reconocía y a otra cosa. No era un rasgo definitorio para él. Era más un asunto del que se hablaba con más frecuencia en el dormitorio que en un restaurante o un club.

En febrero de 1942, se le avisó anticipadamente que el Ministerio de Asuntos Exteriores alemán había pedido al gobierno eslovaco que comenzara a transportar judíos fuera del país como fuerza laboral. Pidió permiso para visitar a su familia, lo cual le fue concedido, y se le dijo que podía regresar a su puesto en el partido en cualquier momento, que su trabajo allí era seguro.

Lale nunca se consideró ingenuo. Al igual que muchos de los que vivían en Europa en ese momento, estaba preocupado por el ascenso de Hitler y los horrores que el *Führer* estaba infligiendo a otros países pequeños, pero no podía aceptar que los nazis invadieran Eslovaquia. Aunque no necesitaban hacerlo. El gobierno les estaba dando todo lo que querían, cuando lo querían, y no representaba una amenaza. Eslovaquia solo quería que la dejaran en paz. En cenas y en reuniones con familiares y amigos a veces se hablaba de las noticias sobre persecución de judíos en otros países, pero no consideraban que, como grupo, los judíos eslovacos estuvieran particularmente en peligro.

* * *

Y sin embargo, aquí está él ahora. Han pasado dos años. Vive en una comunidad en gran parte dividida en dos –judía y romaní– identificados por su raza, no por su nacionalidad, y esto es algo que Lale todavía no puede entender. Los países amenazan a otros países. Ellos tienen poder, tienen ejércitos. «¿Cómo una raza esparcida por varios países puede ser considerada una amenaza?» Mientras viva, sea por mucho tiempo o por muy poco, él sabe que jamás va a comprenderlo.

CAPÍTULO 19

—¿Has perdido tu fe? —pregunta Gita, mientras se acomoda sobre el pecho de Lale en ese lugar de ellos detrás del edificio de la administración. Eligió ese momento para hacer la pregunta pues quiere escuchar la respuesta de él, no verla.

—¿Por qué lo preguntas? —replica él, acariciándole la cabeza y la nuca.

—Porque creo que la has perdido, y eso me entristece.

—Entonces, es claro que tú no la has perdido, ¿no?

—Yo pregunté primero.

—Sí, creo que la perdí.

—¿Cuándo?

—La primera noche que llegué aquí. Te conté lo que pasó, lo que vi. Cómo un dios misericordioso podría permitir que eso sucediera, lo ignoro. Y nada ha sucedido desde aquella noche que me haga cambiar de opinión. Todo lo contrario.

—Tienes que creer en algo.

—Y creo en algo. Creo en ti y en mí y en salir de aquí, y en hacer una vida juntos donde podamos...

—Lo sé, cuando y donde queramos. —Ella suspira—. Oh, Lale, ojalá...

Lale hace que ella se vuelva para mirarlo a los ojos.

—No voy a ser definido por ser judío —le dice—. No lo voy a negar, pero antes que nada soy un hombre, un hombre enamorado de ti.

—¿Y si yo quiero mantener mi fe? ¿Si todavía es importante para mí?

—No tengo nada que decir sobre eso.

—Sí, claro que tienes que decir algo.

Se sumen ambos en un incómodo silencio. Él la mira. Los ojos de ella miran hacia abajo.

—No tengo ningún problema con que tú mantengas tu fe —asegura Lale con delicadeza—. Es más, voy a sostener tu fe, si eso significa mucho para ti y te mantiene a mi lado. Cuando salgamos de aquí, te alentaré a practicar tu fe, y cuando vengan nuestros bebés, pueden seguir la fe de su madre. ¿Te satisface eso?

—¿Bebés? No sé si podré tener hijos. Creo que algo anda mal dentro de mí.

—Una vez que salgamos de aquí y puedas engordar un poco, tendrás hijos y serán unos bebés hermosos; van a salir parecidos a la madre.

—Gracias, mi amor. Me haces querer creer en el futuro.

—Bien. ¿Eso significa que me dirás tu apellido y de dónde vienes?

—Aún no. Ya te lo dije, lo haré el día en que dejemos este lugar. Por favor no me lo vuelvas a preguntar.

* * *

Después de separarse de Gita, Lale busca a León y a algunos otros del Bloque 7. Es un hermoso día de verano y tiene la intención de disfrutar del sol y de sus amigos mientras pueda. Se sientan y se apoyan contra la pared de uno de los bloques. Su conversación es simple. Cuando suena la sirena, Lale se despide y emprende el regreso a su barracón. Al acercarse al edificio, presiente que algo anda mal. Los niños romaníes están por ahí, pero no corren a encontrarse con él, sino que se hacen a un lado para que pase. Él los saluda, pero ellos no responden. Entiende de inmediato la razón cuando abre la puerta de su habitación. Desplegados sobre su cama están el dinero y las gemas que había debajo del colchón. Dos oficiales SS lo están esperando.

—¿Te importaría explicar esto, *Tätowierer*?

Lale no puede encontrar palabras.

Uno de los oficiales le arrebata el maletín de las manos y vacía sus herramientas y frascos de tinta en el suelo. Luego ponen aquel tesoro en el maletín. Pistola en mano miran a Lale directamente y con un gesto le ordenan que se mueva. Los niños se apartan cuando Lale sale del sector de los gitanos por la que él cree será la última vez.

* * *

Lale está ante Houstek y el contenido de su maletín desparramado sobre el escritorio del *Oberscharführer*.

Houstek recoge y examina una por una las piedras preciosas y las joyas.

—¿De dónde sacaste todo esto? —le pregunta, sin levantar la vista.

—Me lo dieron los prisioneros.

—¿Qué prisioneros?

—Desconozco sus nombres.

Houstek mira fijo a Lale.

—¿No sabes quién te dio todo esto?

—No. No lo sé.

—¿Tengo que creerte?

—Sí, señor. Me lo traen, pero no les pregunto sus nombres.

Houstek golpea el puño sobre el escritorio y hace que las gemas tintineen.

—Esto me enoja mucho, *Tätowierer*. Eres bueno en tu trabajo. Ahora tendré que encontrar a otro para que lo haga. —Se vuelve hacia los oficiales de su escolta—. Llévenlo al Bloque 11. Allí va a recordar rápido los nombres.

Lale es sacado del lugar y cargado en un camión. Dos oficiales SS se sientan uno a cada lado de él, ambos con una pistola metida en sus costillas. Durante el recorrido de cuatro kilómetros, Lale se despide en silencio de Gita y del futuro que acababan de imaginar. Cierra los ojos y mentalmente repite los nombres de cada uno de los miembros de su familia. No puede imaginar a sus hermanos tan claramente como solía hacerlo. A su madre puede verla perfectamente. ¿Pero cómo te despides de tu madre, de la persona que te dio el aliento, que te enseñó a vivir? No puede despedirse de ella. Jadea cuando se le aparece la imagen de su padre, lo que hace que uno de los oficiales empuje con más fuerza la pistola en sus costillas. La última vez que vio a su padre, este estaba llorando. No quiere recordarlo de esa manera, entonces busca otra imagen y se le aparece su padre trabajando con sus amados caballos. Siempre les hablaba con tanta calidez en contraste con la forma en que se expresaba con sus hijos. El hermano de Lale, Max, el mayor y el más sabio. Le dice que espera no haberlo defraudado, que ha tratado de actuar como Max lo habría hecho en su lugar. Cuando piensa en su hermana menor, Goldie, el dolor es demasiado fuerte.

El camión se detiene súbitamente y Lale es arrojado contra el oficial a su lado.

Lo ponen en una habitación pequeña en el Bloque 11. La reputación de los bloques 10 y 11 es bien conocida. Son los bloques de castigo. Detrás de esos apartados recintos de tortura se alza el muro negro, el muro de las ejecuciones. Lale espera ser conducido allí después de haber sido torturado.

Durante dos días permanece sentado en la celda, cuya única luz es la que entra a través de una rendija debajo de la puerta. Mientras escucha los gritos y lamentos de otros, revive cada momento que ha pasado con Gita.

Al tercer día, la luz del sol que inunda la habitación lo ciega. Un hombre de gran tamaño aparece en la puerta y le da un cuenco con líquido. Lale lo toma, y cuando sus ojos se ajustan a la luz, lo reconoce.

—Jakub, ¿eres tú?

Jakub entra a la habitación. El techo bajo lo obliga a agacharse.

—*Tätowierer*. ¿Qué estás haciendo aquí? —Jakub está visiblemente conmocionado.

Lale se pone de pie, con la mano extendida.

—Muchas veces me pregunté qué te habría sucedido —le dice.

—Como tú supusiste, encontraron un trabajo para mí.

—¿Entonces eres guardia?

—No solo un guardia, mi amigo. —La voz de Jakub suena sombría—. Siéntate y come. Te diré lo que hago aquí y lo que sucederá contigo.

Con aprensión, Lale se sienta y mira la comida que Jakub le ha dado. Un caldo aguado y sucio que contiene un solo trozo de papa. Hambriento como estaba hace unos momentos, descubre que su apetito de pronto ha desaparecido.

—Nunca he olvidado tu amabilidad —dice Jakub—. Yo estaba seguro de que iba a morir de inanición la noche que llegué aquí, y allí apareciste tú para darme de comer.

—Bueno, necesitas más comida que los demás.

—He escuchado historias de ti contrabandeando comida. ¿Son verdaderas?

—Es por eso que estoy aquí. Las prisioneras que trabajan en el Canadá contrabandean dinero y gemas que me entregan a mí, cosas que yo uso para comprar comida y medicamentos a los aldeanos, y que luego distribuyo. Supongo que alguien quedó fuera del reparto y me denunció.

—¿No sabes quién?

—¿Tú lo sabes?

—No, no es mi tarea saber eso. Mi trabajo es conseguir que me des los nombres… nombres de prisioneros que podrían estar planeando escapar o resistir, y por supuesto los nombres de los prisioneros que te consiguen el dinero y las joyas.

Lale mira hacia otro lado. La enormidad de lo que Jakub está diciendo comienza a resultarle clara.

—Como tú, *Tätowierer*, hago lo que sea para sobrevivir.

Lale asiente con un movimiento de cabeza.

—Voy a golpearte hasta que me des esos nombres. Debo ser un asesino, Lale.

Lale sacude su cabeza agachada y murmura todas las palabrotas que conoce.

—No tengo otra opción.

Muchas emociones se mezclan en el interior de Lale. Los nombres de prisioneros muertos revolotean en su mente. ¿Podría darle esos nombres a Jakub? «No. En algún momento lo van a descubrir y estaré de vuelta aquí otra vez».

—El asunto es —dice Jakub— que no puedo permitir que me des ningún nombre.

Lale mira, confundido.

—Tú fuiste amable conmigo y yo voy a hacer que la golpiza parezca peor de lo que es, pero te mataré antes de permitir que me des un solo nombre. Quiero que la menor cantidad posible de sangre inocente manche mis manos —explica Jakub.

—Oh, Jakub. Nunca imaginé que este sería el trabajo que iban a encontrar para ti. Lo siento mucho.

—Si debo matar a un judío para salvar a otros diez, lo haré.

Lale pone la mano sobre el hombro de aquel enorme individuo.

—Haz lo que tengas que hacer.

—Habla solo en iddish —dice Jakub, alejándose—. No creo que los SS de aquí te conozcan ni sepan que hablas alemán.

—OK. En iddish entonces.

—Estaré aquí de nuevo más tarde.

De vuelta en la oscuridad, Lale reflexiona sobre su destino. Resuelve no dar nombres. La cosa entonces es una cuestión de decidir quién lo matará: un aburrido oficial SS cuya cena se está enfriando, o Jakub, que la considerará una muerte justa para salvar a otros. Una sensación de serenidad lo invade al resignarse a la muerte.

Se pregunta si alguien le contará a Gita lo que le sucedió, o si ella pasará el resto de su vida sin saberlo.

Lale cae en un profundo y exhausto sueño.

* * *

—¿Dónde está? —ruge su padre al irrumpir en la casa.

Una vez más, Lale no se ha presentado a trabajar. Su padre ha llegado tarde a casa a cenar porque tuvo que hacer el trabajo de Lale. Lale corre e intenta esconderse detrás de su madre, sacándola del banco donde ella está subida para poner una barrera entre él y su padre. Ella se da vuelta y trata de agarrar a Lale de alguna manera protegiéndolo de lo que de otro modo sería un buen coscorrón, por lo menos. Su padre no la obliga a alejarse ni hace nuevos intentos de atrapar a Lale.

—Ya me voy a ocupar de él —dice su madre—. Después de cenar voy a castigarlo. Ahora siéntate.

El hermano y la hermana de Lale ponen los ojos en blanco. Ya han visto y escuchado todo eso antes.

Más tarde esa noche, Lale le promete a su madre que va a tratar de serle más útil a su padre. Pero es tan difícil de ayudar. Lale teme terminar como él, viejo antes de tiempo, demasiado cansado como para hacerle un simple cumplido a su esposa sobre su aspecto o sobre la comida que ella pasa todo el día preparando para él. Eso no es lo que Lale quiere ser.

—Soy tu favorito, ¿verdad, mamita? —solía preguntar Lale. Si ambos estaban solos en la casa, su madre lo abrazaba fuerte.

—Sí, cariño, tú eres mi favorito.

Pero si su hermano o su hermana estaban presentes, decía:

—Todos ustedes son mis favoritos.

Lale nunca escuchó a su hermano o a su hermana hacer esta pregunta, pero podrían haberla hecho en su ausencia. Cuando era un niño pequeño, a menudo le anunciaba a su familia que iba a casarse con su madre cuando fuera grande. Su padre fingía no escuchar. Sus hermanos provocaban a Lale a una pelea, diciéndole que su madre ya estaba casada. Después de poner fin a sus peleas, su madre lo llevaba a un lado y le explicaba que él iba a encontrar a alguien algún día para amar y cuidar. Lale nunca quería creerle.

Cuando se convirtió en un hombre joven, corría a su casa a los brazos de su madre todos los días en busca del abrazo de recibimiento, de la sensación de cercanía de su cuerpo reconfortante, de su piel suave, de los besos que ella depositaba en su frente.

—¿Qué puedo hacer para ayudarte? —le decía.

—Eres un buen chico. Algún día serás un esposo maravilloso.

—Dime qué debo hacer para ser un buen marido. No quiero ser como papá. Él no te hace sonreír. Él no te ayuda.

—Tu papá trabaja muy duro para ganar dinero para que nosotros podamos vivir.

—Lo sé, pero ¿no puede hacer las dos cosas? ¿Ganar dinero y hacerte sonreír?

—Tienes mucho que aprender antes de crecer, jovencito.

—Entonces enséñame. Quiero que la chica con la que me case me quiera y sea feliz conmigo.

La madre de Lale se sentó, y él se sentó frente a ella.

—Primero debes aprender a escucharla. Incluso si estás cansado, nunca estés demasiado cansado para no escuchar lo que ella tenga que decir. Tienes que saber lo que a ella le gusta y, lo que es más importante, lo que no le gusta. Cuando puedas, regálale pequeñas cosas... tal vez flores, o bombones... a las mujeres nos gustan estas cosas.

—¿Cuándo fue la última vez que papá te trajo un regalito?

—No importa. Lo que tienes que saber es lo que quieren las chicas, no lo que me regalan a mí.

—Cuando tenga dinero, te traeré flores y chocolates, lo prometo.

—Mejor ahorra tu dinero para la chica que capture tu corazón.

—¿Cómo voy a saber quién es ella?

—Oh, lo sabrás.

Ella lo tomaba en sus brazos y le acariciaba el pelo: su niño, su jovencito.

* * *

La imagen de ella se disuelve... lágrimas, la imagen se borra, él parpadea... e imagina a Gita en sus brazos mientras él le acaricia el pelo.

—Tenías razón, mamá. Lo sé.

* * *

Jakub llega a buscarlo. Lo arrastra por un pasillo hasta una pequeña habitación sin ventanas. Una sola lamparita cuelga del techo. Hay esposas colgadas de una cadena en la pared de atrás. Hay una varilla de abedul en el suelo. Dos oficiales de las SS hablan entre sí, aparentemente ajenos a la presencia de Lale. Camina hacia atrás, arrastrando los pies y sin levantar la vista del suelo. Sin aviso alguno, Jakub le da a Lale un fuerte golpe en la cara que lo envía trastabillando hacia la pared. En ese momento los oficiales prestan atención. Lale intenta levantarse. Jakub levanta el pie derecho lentamente hacia atrás. Lale anticipa la patada que se avecina. Se aleja en el momento en que el pie de Jakub se pone en contacto con sus costillas, entonces exagera el impacto y rueda, se agita y se toma el pecho. Mientras se levanta lentamente, Jakub lo golpea en la cara otra vez. Esta vez recibe el golpe con toda su fuerza, aunque Jakub había telegrafiado su intención de golpearlo. La sangre brota libremente de su destrozada nariz. Jakub levanta a Lale bruscamente y lo esposa a la cadena allí colgada.

Jakub toma la varilla de abedul, le quita la camisa y le da cinco azotes. Luego le baja los pantalones y los calzoncillos y le azota las nalgas cinco veces más. Los gritos de Lale no son fingidos. Jakub empuja la cabeza de Lale hacia atrás.

—¡Danos los nombres de los prisioneros que roban para ti! —ordena Jakub, con voz firme y amenazante.

Los oficiales observan, de pie, relajados.

Lale sacude la cabeza, gimiendo.

—No los sé.

Jakub golpea a Lale diez veces más. La sangre corre por sus piernas. Los dos oficiales comienzan a prestar más atención y dan un paso para estar más cerca.

Jakub tira de la cabeza de Lale hacia atrás y le gruñe:

—¡Habla! —Le susurra al oído—: Di que no sabes y luego te desmayas—. Luego, más fuerte—: ¡Dinos los nombres!

—¡Nunca pregunto! No lo sé. Tienes que creerme…

Jakub golpea a Lale en el estómago. Éste afloja las rodillas, pone los ojos en blanco y finge desmayarse. Jakub se vuelve hacia los oficiales de la SS.

—Es un judío débil. Si supiera los nombres, ya nos los habría dicho. —Patea las piernas de Lale, que permanece colgado de las cadenas.

Los oficiales asienten con un gesto y salen de la habitación.

La puerta se cierra y Jakub libera rápidamente a Lale y lo deposita suavemente en el suelo. Con un trapo escondido en la camisa, limpia la sangre del cuerpo de Lale y le levanta con delicadeza los pantalones.

—Lo siento mucho, Lale.

Lo ayuda a ponerse de pie, lo lleva de vuelta a su habitación y lo acuesta boca abajo.

—Lo hiciste bien. Tendrás que dormir así por un tiempo. Volveré más tarde con un poco de agua y una camisa limpia. Descansa un poco ahora.

* * *

Durante los días siguientes, Jakub visita a Lale todos los días con comida y agua y el ocasional cambio de camisa. Le informa acerca del estado de sus heridas y cómo van sanando. Lale sabe que quedará marcado de por vida. «Quizás el *Tätowierer* se lo merece».

—¿Cuántas veces me azotaste? —pregunta Lale.

—No lo sé.

—Sí que lo sabes.

—Se acabó, Lale, y estás sanando. Olvídalo.

—Me cuesta respirar por la nariz. ¿Me la rompiste?

—Probablemente, pero no demasiado. La hinchazón se ha reducido y está apenas deformada. Sigues siendo guapo. Las chicas te van a seguir persiguiendo.

—No quiero que las chicas me persigan.

—¿Por qué no?

—He encontrado a la que quiero.

Al día siguiente, la puerta se abre y Lale levanta la vista para saludar a Jakub, pero en cambio ve a dos oficiales de las SS. Le hacen señas para que se ponga de pie y vaya con ellos. Lale permanece sentado y trata de recomponerse. «¿Será este el final? ¿Me llevan al muro negro?» En silencio, se despide de su familia y, al final, de Gita. Los SS se impacientan, entran en la habitación y le apuntan con sus armas. Los sigue afuera. Le tiemblan las piernas. Al sentir el sol en la cara por primera vez en más de una semana, se tambalea entre los dos oficiales. Al levantar la mirada, preparándose para enfrentar su destino, ve a varios otros prisioneros que son amontonados en un camión cercano. «Quizás este no sea el final». Sus piernas se aflojan y los oficiales lo arrastran la corta distancia restante. Lo arrojan al camión y no mira hacia atrás. Se aferra al costado del camión todo el camino a Birkenau.

CAPÍTULO 20

Lale es ayudado a bajar del camión y arrastrado a la oficina del *Oberscharführer* Houstek. Los dos oficiales de las SS lo toman de un brazo cada uno.

—No conseguimos nada de él, ni siquiera después de que el judío grandote hiciera lo suyo —informa uno de ellos.

Houstek se vuelve hacia Lale, quien levanta la cabeza.

—¿Entonces realmente no sabías sus nombres? ¿Y estos no te dispararon?

—No, señor.

—Y te devolvieron a mí, ¿eh? Ahora, de nuevo, eres mi problema.

—Sí, señor.

Houstek se dirige a los oficiales.

—Llévenlo al Bloque 31. —Se vuelve hacia Lale—. Te haremos hacer un poco de trabajo duro antes de terminar contigo, recuerda lo que te digo.

Lale es arrastrado fuera de la oficina. Trata de mantener el ritmo de marcha de los oficiales SS. Pero a mitad de camino en el campo se abandona y sacrifica la piel de la parte superior de sus pies arrastrados por la grava. Los oficiales abren la puerta del Bloque 31, lo arrojan dentro y se van. Lale yace en el suelo, exhausto de cuerpo y alma. Varios reclusos se le acercan con cautela. Dos intentan ayudarlo a levantarse, pero Lale grita de dolor y se detienen. Uno de los hombres levanta la camisa de Lale y quedan a la vista los grandes verdugones en la espalda y las nalgas. Con más delicadeza esta vez, lo levantan y lo ponen en una litera. Pronto se queda dormido.

* * *

—Sé quién es este —dice uno de los prisioneros.

—¿Quién es? —pregunta otro.

—Es el *Tätowierer*. ¿No lo reconoces? Probablemente fue él quien te tatuó tu número.

—Sí, tienes razón. Me pregunto a quién habrá enojado.

—Me dio raciones extra cuando estaba en el Bloque 6. Siempre andaba repartiendo comida.

—No sé nada de eso. Solo he estado en este bloque. Yo hice enojar a alguien desde el día que llegué. —Los hombres se ríen en silencio y entre dientes.

—No podrá ir a buscar la cena. Le traeré parte de la mía. La va a necesitar mañana.

Poco después, Lale es despertado por dos hombres, cada uno con un pequeño pedazo de pan. Se lo ofrecen y él, agradecido, acepta.

—Tengo que salir de aquí.

Los hombres se ríen.

—Por supuesto, mi amigo. Tienes dos opciones: una es rápida, la otra podría demorar un poco más.

—¿Y cuáles son?

—Bueno, mañana por la mañana puedes salir y arrojarte al carro de la muerte cuando pase por aquí. O puedes venir y trabajar en el campo con nosotros hasta que te caigas o les supliques que te disparen.

—No me gustan esas opciones. Tendré que buscar otra manera de hacerlo.

—Buena suerte, mi amigo. Será mejor que descanses. Te espera un largo día, especialmente en tu estado.

* * *

Esa noche, Lale sueña con las veces que se alejó del hogar.

La primera vez que se fue de su casa era un joven lleno de promesas, en busca de un futuro para sí. Iba a encontrar un trabajo que disfrutaría y en el que podría crecer. Iba a tener ricas experiencias, visitando las ciudades románticas de Europa sobre las que había leído en los libros: París, Roma, Viena. Sobre todo, quería encontrar a esa persona de la que se iba a enamorar, a la que iba a cubrir de afecto y con esas cosas que su madre le había dicho que eran importantes: flores, chocolates, su tiempo y atención.

Su segunda partida, llena de incertidumbre y hacia lo desconocido, lo inquietaba. ¿Qué habría más adelante?

Llegó a Praga después de un largo y emocionalmente doloroso viaje de alejamiento de su familia. Se presentó, como se le había ordenado, al departamento gubernamental correspondiente y se le dijo que buscara alojamiento cerca y que se presentara una vez por semana hasta que se decidiera acerca de sus funciones. El 16 de abril, un mes después, le dijeron que se presentara con sus pertenencias en una escuela local. Allí fue alojado con un grupo de jóvenes judíos de toda Eslovaquia.

Lale se enorgullecía de su apariencia, y la situación en que vivía no le impidió lucir lo mejor posible. Todos los días lavaba y limpiaba su ropa en el sector de baños de la escuela. No sabía hacia dónde se dirigía, pero quería estar seguro de que iba a tener su mejor aspecto cuando llegara.

Después de cinco días de estar sentado, aburrido, asustado, pero sobre todo aburrido, se les dijo a Lale y a los demás que recogieran sus cosas y fueron conducidos a la estación del ferrocarril. No se les dijo adónde iban. Un tren destinado al transporte de ganado se detuvo, y se les ordenó a aquellos hombres subir a ese tren. Algunos se opusieron, diciendo que ese vagón mugriento insultaba su dignidad. Lale observó la reacción. Vio por primera vez que sus compatriotas apuntaban sus fusiles contra judíos, y derribaban a los que seguían protestando. Subió al vagón junto con todos los demás. Cuando ya ni uno más podía ser empujado a subir, Lale vio que las puertas del vagón se cerraban de golpe y oyó cuando miembros del ejército eslovaco, hombres cuya misión debería haber sido protegerlo, corrían los cerrojos.

Una y otra vez oye el ruido de las puertas que se cierran y son trabadas, cerradas con fuerza para mover los cerrojos.

* * *

A la mañana siguiente, los dos amables prisioneros ayudan a Lale a salir del barracón y lo sostienen mientras esperan que se pase lista. «¿Cuánto tiempo ha pasado desde que mi vida es así?» Números, números. La supervivencia está siempre relacionada con tu número. Seguir figurando en la lista de tu *kapo* te dice que todavía estás vivo. El número de Lale es el último en la lista, ya que es el ocupante más nuevo del Bloque 31. No responde la primera vez que lo mencionan. Alguien le da un codazo. Después de una taza de café viejo y aguado y una delgada rebanada de pan duro, son conducidos a su trabajo.

En un terreno entre los dos campos de concentración de Auschwitz y Birkenau, les hacen transportar grandes piedras de un lado al otro. Cuando todas las piedras han sido cambiadas de lugar, se les ordena que vuelvan a ponerlas en el lugar de donde las sacaron. Y así transcurre el día. Lale piensa en los cientos de veces que ha pasado por el camino del costado y ha visto el desarrollo de esa actividad. «No, yo solo apenas la vislumbré. No podía ver lo que estos hombres estaban soportando». Rápidamente se da cuenta de que los SS le disparan al último que llega con su piedra.

Lale necesita usar toda su fuerza. Le duelen los músculos, pero su mente se mantiene fuerte. En una ocasión, él es el penúltimo en llegar. Cuando termina el día, los que aún viven, recogen los cuerpos de aquellos asesinados y los llevan de vuelta al campo.

Lale es liberado de esta tarea, pero le dicen que solo tiene un día de gracia. Al día siguiente tendrá que cargar con su peso, siempre que todavía siga vivo.

Mientras camina hacia Birkenau, ve a Baretski de pie en las puertas de entrada. Se pone a caminar junto a Lale.

—Me enteré de lo que te pasó.

Lale lo mira.

—Baretski, ¿puede ayudarme en algo?

Al pedir ayuda, admite ante los otros hombres que él es diferente de ellos. Conoce el nombre del oficial y puede pedirle ayuda. Mostrarse amigable con el enemigo trae una gran vergüenza, pero él necesita hacerlo.

—Tal vez... ¿De qué se trata? —Baretski parece incómodo.

—¿Puede llevarle un mensaje a Gita?

—¿Realmente quieres que ella sepa dónde estás? ¿No sería mejor que piense que ya estás muerto?

—Solo dígale exactamente dónde estoy, Bloque 31, y dígale que se lo transmita a Cilka.

—¿Quieres que su amiga sepa dónde estás?

—Sí, es importante. Ella lo va a entender.

—Hmm. Lo haré si me da la gana. ¿Es verdad que tenías una fortuna en diamantes debajo del colchón?

—¿Mencionaron también los rubíes, las esmeraldas, los dólares yanquis, las libras británicas y sudafricanas?

Baretski sacude la cabeza, riéndose y dándole a Lale dolorosas palmadas en la espalda antes de alejarse.

—Cilka. Gita debe decírselo a Cilka —le grita.

Con un ligero movimiento hacia atrás del brazo, Baretski se despide de Lale.

* * *

Baretski ingresa al campo de mujeres cuando están formando fila para la cena. Cilka lo ve cuando se acerca a la *kapo* y luego señala a Gita. La *kapo* hace señas a Gita con el dedo. Cilka se acerca a Dana cuando Gita camina lentamente hacia Baretski. No pueden escuchar lo que dice, pero su mensaje hace que Gita se cubra la cara con las manos. Luego se vuelve hacia sus amigas y regresa corriendo a sus brazos.

—¡Está vivo! Lale está vivo —les informa—. Me dijo que debía decírtelo a ti, Cilka, que él está en el Bloque 31.

—¿Por qué a mí?

—No lo sé, pero dijo que Lale había insistido en que te lo dijera a ti.

—¿Qué puede hacer ella? —pregunta Dana.

Cilka aparta la mirada mientras su mente trabaja febrilmente.

—No lo sé —dice Gita, que no está de humor para analizar nada—. Yo solo sé que está vivo.

—Cilka, ¿qué puedes hacer? ¿Cómo puedes ayudar? —suplica Dana.

—Tengo que pensarlo —responde Cilka.

—Está vivo. Mi amor está vivo —repite Gita.

* * *

Esa noche, Cilka yace en los brazos de Schwarzhuber. Advierte que aún no está dormido. Abre la boca para decir algo, pero es silenciada cuando él retira el brazo debajo de ella.

—¿Estás bien? —pregunta vacilante, temiendo que él sospeche algo raro en una pregunta tan íntima.

—Sí.

Se percibe una cierta suavidad en la voz de él, suavidad que ella no ha escuchado nunca antes y, envalentonada, Cilka continúa.

—Nunca le he pedido nada antes, ¿no? —dice ella vacilante.

—Eso es cierto —responde él.

—¿Puedo pedirle algo?

* * *

Lale soporta todo el día siguiente. Hace su parte y ayuda a llevar a uno de los hombres muertos. Se odia a sí mismo por solo pensar en el dolor corporal que eso le causa, con poca compasión por el muerto. «¿Qué me está pasando?» Con cada paso el dolor en sus hombros amenaza con arrastrarlo al suelo. «Lucha, lucha contra eso».

Cuando entran al campo, la atención de Lale es atraída por dos personas de pie justo al otro lado de la valla que separa a los prisioneros de los alojamientos de los oficiales. La pequeña Cilka está al lado del *Lagerführer* Schwarzhuber. Un guardia del lado de la cerca donde está Lale habla con ellos. Lale se detiene. Afloja la mano que sostiene el cadáver, lo que hace que el prisionero que lo sostiene por el otro extremo del cuerpo tropiece y caiga. Lale mira a Cilka, quien lo mira de reojo antes de decirle algo a Schwarzhuber.

Este asiente con la cabeza y señala a Lale. Cilka y Schwarzhuber se alejan y el guardia se acerca a Lale.

—Ven conmigo.

Lale deja en el suelo las piernas que ha estado llevando y mira por primera vez la cara del muerto. Su compasión regresa e inclina la cabeza ante ese trágico final de otra vida más. Dirige una mirada de disculpas al otro hombre que lleva el cuerpo y se apresura a seguir al guardia. Los otros reclusos del Bloque 31 fijan su mirada en él.

El guardia le dice a Lale:

—Me ordenaron llevarte a tu antigua habitación en el campamento gitano.

—Conozco el camino.

—Como quieras. —El guardia se aleja de él.

Lale se detiene fuera del campamento gitano, mirando a los niños que corretean por ahí. Varios de ellos lo miran, tratando de darle sentido a su regreso. El *Tätowierer*, les han dicho, está muerto. Uno de ellos corre hacia Lale para abrazarlo por la cintura, para abrazarlo fuerte, dándole la bienvenida al «hogar». Los otros se suman, y no pasa mucho tiempo antes de que los adultos comiencen a salir del barracón para saludarlo.

—¿Dónde has estado? —le preguntan—. ¿Estás herido?

Rechaza todas sus preguntas.

Nadya está de pie atrás del grupo. Lale hace contacto visual con ella. Se abre paso a los empujones entre los hombres, las mujeres y los niños, hasta que se detiene frente a ella. Con un dedo seca una lágrima en la mejilla de ella.

—Encantado de verte, Nadya.

—Te hemos extrañado. Yo te he echado de menos.

Lale solo puede hacer un gesto de asentimiento con la cabeza. Necesita escapar rápidamente antes de ponerse a llorar delante de todos. Se dirige veloz a su habitación, cierra la puerta al mundo y se echa sobre su vieja cama.

CAPÍTULO 21

—¿Estás seguro de que no eres un gato?

Lale escucha las palabras y se esfuerza en entender de dónde está. Abre los ojos y ve al muy sonriente Baretski junto a él.

—¿Qué?

—Debes ser un gato, porque seguro tienes más vidas que cualquiera aquí.

Lale se sienta con gran esfuerzo.

—Fue...

—Cilka. Sí, lo sé. Debe ser agradable tener amigos en los altos mandos.

—Con gusto daría mi vida para que ella no necesitara de esos amigos.

—Casi diste tu vida. Aunque eso no la hubiera ayudado mucho a ella.

—Sí, esa es una situación por la que nada puedo hacer.

Baretski se ríe.

—Realmente crees que tú manejas estos campamentos, ¿no? Demonios, tal vez es así. Todavía estás vivo y no deberías estarlo. ¿Cómo saliste del Bloque 11?

—No tengo idea. Cuando me sacaron, estaba seguro de que me llevaban al Muro Negro, pero luego me arrojaron a un camión y me trajeron aquí.

–Nunca he conocido a nadie que haya salido de la *Strafkompanie*, de modo que te felicito –dice Baretski.

–Hay una parte de la historia que no logro hacer encajar. ¿Cómo es que he recuperado mi antigua habitación?

–Muy sencillo. Te corresponde por tu trabajo.

–¿Qué?

–Tú eres el *Tätowierer*, y todo lo que puedo decir es, gracias a Dios. El eunuco que te reemplazó no era de lo mejor.

–¿Houstek me deja recuperar mi trabajo?

–Yo trataría de no acercarme a él. No te quería de vuelta; quería verte fusilado. Fue Schwarzhuber quien tuvo otros planes para ti.

–Tengo que conseguir al menos un poco de chocolate para Cilka.

–*Tätowierer*, no lo hagas. Serás vigilado muy de cerca. Ahora vamos, te llevaré al trabajo.

Cuando salen de la habitación, Lale dice:

–Lo siento, no pude conseguir las medias de nylon que usted quería. Hice arreglos pero todo se descarriló.

–Mmm, bueno, al menos lo intentaste. De todos modos, ella ya no es mi novia. Me dejó.

–Lo lamento. Espero que no haya sido por algo que yo sugerí.

–No lo creo. Simplemente conoció a alguien que vive en la misma ciudad… mejor dicho, el mismo país que ella.

Lale considera decir algo más, pero decide permanecer callado. Baretski lo conduce fuera de su bloque hasta el campo, donde ha llegado un camión de hombres y se está realizando la selección. Sonríe para sus adentros al ver a León que está trabajando, moviendo la aguja de tatuar, derramando tinta. Baretski se aleja y Lale se acerca a León por detrás.

—¿Necesitas una mano?

León se da vuelta y vuelca un frasco de tinta cuando agarra la mano de Lale para sacudirla con fuerza, feliz.

—¡Qué alegría verte! —exclama.

—Créeme, es bueno estar de vuelta. ¿Cómo estás?

—Todavía orinando sentado. Aparte de eso, estoy bien. Y mucho mejor ahora que estás aquí.

—A seguir trabajando entonces. Parece que nos están enviando un montón de gente.

—¿Gita sabe que has vuelto? —pregunta León.

—Supongo que sí. Fue su amiga Cilka quien me sacó.

—¿Es la que...?

—Sí. Trataré de verlas mañana. Dame una de esas agujas. Será mejor que no les dé ninguna excusa para que vuelvan a enviarme a ese lugar.

León le ofrece su aguja de tatuar y busca otra en el maletín de Lale. Juntos comienzan a trabajar, tatuando a los nuevos residentes de Birkenau.

* * *

A la tarde siguiente, Lale está esperando fuera del edificio de la administración cuando las chicas salen del trabajo. Dana y Gita no lo ven hasta que él se detiene justo delante de ellas, bloqueándoles el paso. Pasa un momento antes de que reaccionen. Luego ambas corren hacia él y lo abrazan con fuerza. Dana llora. No hay lágrimas en el rostro de Gita. Lale se aparta un poco y toma a ambas de la mano.

—Las dos siguen siendo hermosas —les dice.

Gita lo golpea en el brazo con su mano libre.

—Creí que estabas muerto. Otra vez. Pensé que nunca volvería a verte.

—Yo también —dice Dana.

—Pero no lo estoy. Gracias a ti, y a Cilka, no estoy muerto. Estoy aquí con ustedes dos, donde debo estar.

—Pero... —exclama Gita.

Lale se acerca a ella y la sostiene con fuerza.

Dana lo besa en la mejilla.

—Los dejo solos. Me alegra tanto verte, Lale. Pensé que Gita moriría de tristeza si no regresabas pronto.

—Gracias, Dana —dice Lale—. Eres una buena amiga para nosotros dos.

Dana se aleja y la sonrisa no abandona su rostro.

Cientos de prisioneros se mueven por el campo, mientras Lale y Gita siguen parados allí, sin saber qué hacer luego.

—Cierra los ojos —dice Lale.

—¿Qué?

—Ciérralos y cuenta hasta diez.

—Pero...

—Solo haz lo que te digo.

Un ojo a la vez, Gita hace lo que le dice. Cuenta hasta diez, y los abre.

—No entiendo.

—Todavía estoy aquí. Nunca te dejaré otra vez.

—Vamos, tenemos que seguir moviéndonos —le dice ella.

Caminan hacia el sector de mujeres. Sin sobornos para la *kapo*, Lale no puede arriesgarse a que Gita llegue tarde. Se inclinan suavemente uno hacia el otro.

—No sé cuánto tiempo más podré soportar esto.

—No puede durar para siempre, cariño. Solo resiste, por favor resiste. Tendremos el resto de nuestras vidas para estar juntos.

—Pero...

—Sin peros. Te prometí que dejaríamos este lugar y tendríamos una vida los dos juntos.

—¿Cómo podremos hacerlo? Ni siquiera sabemos lo que nos traerá el mañana. Mira lo que te acaba de pasar.

—Estoy aquí contigo ahora, ¿verdad?

—Lale...

—No digas nada, Gita.

—¿Me dirás lo que te pasó? ¿Dónde has estado?

Lale niega con la cabeza.

—No. Estoy de vuelta aquí contigo ahora. Lo que importa es lo que te he dicho muchas veces, que saldremos de este lugar y tendremos juntos una vida libre. Confía en mí, Gita.

—Sí.

A Lale le gusta el sonido de esa palabra.

—Algún día me dirás esa simple palabrita en diferentes circunstancias. Frente a un rabino, rodeados de nuestros familiares y amigos.

Gita se ríe entre dientes y pone su cabeza por un momento en el hombro de él al llegar a la entrada del sector de mujeres.

* * *

Mientras Lale regresa a su barracón, dos jóvenes se le acercan y caminan junto a él.

—¿Es usted el *Tätowierer*?

—¿Y tú quién eres? —replica Lale.

—Nos han dicho que usted podría conseguirnos algo de comida extra.

—Quien te dijo eso estaba equivocado.

—Podemos pagar —insiste uno de ellos y abre el puño para mostrar un diamante pequeño pero perfecto.

Lale aprieta los dientes.

—Vamos, tómelo. Si puede conseguirnos algo, realmente lo agradeceríamos mucho, señor.

—¿En qué bloque estás?

—Siete.

«¿Cuántas vidas tiene un gato?»

* * *

A la mañana siguiente, Lale se pasea cerca de las puertas principales, maletín en mano. Dos veces los SS se le acercan.

—*Politische Abteilung* —dice en ambas ocasiones, y lo dejan tranquilo. Pero está más aprensivo de lo que suele estar. Víctor y Yuri se separan de la fila de hombres que ingresan al campo y saludan afectuosamente a Lale.

—¿Podemos preguntarte dónde has estado? —quiere saber Víctor.

—Mejor no —responde Lale.

—¿Has vuelto al negocio?

—No como antes. Lo estoy reduciendo, ¿está bien? Solo un poco de comida extra, si puedes, no más medias de nylon.

—Por supuesto. Bienvenido otra vez —dice Víctor con entusiasmo.

Lale le da la mano, Víctor la toma, y el diamante cambia de dueño.

—Pago inicial. ¿Te veo mañana?

—Mañana.

Yuri observa.

—Me alegra verte de nuevo —dice en voz baja.

—A mí también me alegra verte, Yuri. Has crecido, ¿no?

—Sí, creo que sí.

—Por casualidad —dice Lale— ¿no tendrías algo de chocolate contigo? Realmente necesito pasar algún tiempo con mi novia.

Yuri saca una barrita de su bolso y se lo entrega a Lale con un guiño.

Lale se dirige directamente al sector de mujeres y al Bloque 29. La *kapo* está donde siempre, tomando sol. Ella ve a Lale que se acerca.

—*Tätowierer*, me alegra verte de nuevo —lo saluda.

—¿Has perdido peso? Te ves bien —le dice Lale sin el más mínimo indicio de ironía.

—Hace mucho que no andas por aquí.

—He vuelto. —Le entrega el chocolate.

—Ahora te la traigo.

Él la observa mientras ella se dirige al edificio de la administración y habla con una oficial SS en la puerta. Luego él entra al barracón y se sienta, esperando que Gita aparezca en la puerta. No tiene que esperar mucho antes de que eso ocurra. Ella cierra la puerta y camina hacia él. Lale se levanta y se apoya en el barral de la litera. Teme no poder decir las palabras que quiere decir. Adapta su rostro a una máscara de autocontrol.

—Hacer el amor cuando queramos y donde queramos. Podemos no ser libres, pero elijo ahora y elijo aquí. ¿Qué te parece?

Ella se arroja a sus brazos y le llena la cara de besos. Cuando comienzan a desvestirse, Lale se detiene y toma las manos de Gita.

—Me preguntaste si te iba a decir dónde estuve desaparecido, y te dije que no, ¿recuerdas?

—Sí.

—Bueno, todavía no quiero hablar de eso, pero hay algo que no puedo ocultar. No debes tener miedo, y yo estoy bien, pero sí recibí algunas palizas.

—Muéstrame.

Lale se quita la camisa lentamente y le da la espalda. Ella no dice nada, pero pasa sus dedos suavemente sobre las marcas. Luego siguen sus labios y él sabe que ya no hay nada más que decir. Hacen el amor lentamente, con dulzura. Él siente que las lágrimas se acumulan y las contiene. Es el amor más profundo que jamás haya sentido.

CAPÍTULO 22

Lale pasa los largos y calurosos días de verano con Gita, o pensando en ella. Pero la cantidad de trabajo no ha disminuido; todo lo contrario: miles de judíos húngaros llegan a Auschwitz y Birkenau todas las semanas. Como resultado de ello, estalla la inquietud entre los hombres y las mujeres de los campos de concentración. Lale ha descubierto por qué. Cuanto más alto es el número en el brazo de una persona, menos respeto recibe de los demás. Cada vez que otra nacionalidad llega en grandes cantidades, se producen guerras territoriales. Gita le cuenta sobre lo que ocurre en el campo de las mujeres. Las jóvenes eslovacas, que han estado allí por más tiempo, se sienten invadidas por las chicas húngaras, que se niegan a aceptar que no tienen derecho a los mismos pequeños beneficios de los que las eslovacas gozan después de haber trabajado duro para conseguirlos. Ella y sus amigas sienten que sobrevivir lo que ellas han sobrevivido debe servir para algo. Ellas, por ejemplo, han conseguido ropa informal de Canadá. Basta de pijamas de rayas azules y blancas. Y no están dispuestas a compartirla. Los SS no toman partido cuando se producen las peleas; todos los involucrados son castigados con la misma falta de misericordia: se les niegan las escasas raciones de comida; pueden ser azotadas, a veces solo el golpe con la culata de un rifle o con la fusta, otras veces son golpeadas salvajemente, mientras sus compañeras prisioneras son obligadas a mirar.

Gita y Dana se mantienen alejadas de cualquier pelea. Gita tiene ya suficientes complicaciones por los celos mezquinos en su trabajo en el edificio de la administración, por su amistad con la aparentemente protegida Cilka y, por supuesto, por las visitas de su novio, el *Tätowierer*.

Lale es en gran medida inmune a las disputas en el campo de concentración. Al trabajar con León y con solo un puñado de otros prisioneros junto a los SS, está lejos de la difícil situación de los miles de hombres hambrientos que deben trabajar, luchar, vivir y morir juntos. El hecho de vivir entre los romaníes también le da una sensación de seguridad y pertenencia. Se da cuenta de que se ha establecido en un ritmo de vida que es cómodo en relación con las condiciones de la mayoría. Él trabaja cuando tiene que hacerlo, pasa con Gita el tiempo que puede disponer, juega con los niños romaníes, habla con sus padres, principalmente con los hombres más jóvenes, pero también con las mujeres mayores. Le encanta la manera en que se preocupan por todos, no solo por su familia biológica. No se relaciona tan bien con los hombres mayores, que en su mayoría se sientan sin involucrarse con los niños, ni con los adultos jóvenes ni tampoco con las mujeres mayores. Cuando los observa, a menudo piensa en su propio padre.

* * *

Una noche, muy tarde, lo despiertan los gritos de los SS, los ladridos de los perros, los gritos de mujeres y niños. Abre su puerta y ve que los hombres, las mujeres y los niños de su barracón son sacados a la fuerza. Observa hasta que la última mujer, con un bebé en brazos, es empujada brutalmente hacia la noche. Los sigue a todos afuera y se detiene, aturdido, al ver que también los otros bloques gitanos alrededor están siendo desocupados. Miles de personas son conducidas a los camiones cercanos. El campo está iluminado y docenas de SS y sus perros acorralan a la multitud, disparándole a cualquiera que no responda de inmediato a la orden de «¡Sube al camión!»

Lale detiene a un oficial que reconoce cuando pasa por ahí.

—¿A dónde los llevan? —pregunta.

—¿Quieres unirte a ellos, *Tätowierer*? —responde el hombre, mientras sigue caminando.

Lale se sumerge en las sombras y observa a aquella gente. Ve a Nadya y corre hacia ella.

—Nadya —suplica—. No te vayas.

Ella se esfuerza y ofrece una valiente sonrisa.

—No tengo otra opción, Lale. Yo voy a donde va mi gente. Adiós, amigo mío, ha sido... —Un oficial la empuja antes de que ella pueda terminar de hablar.

Lale queda paralizado, mirando hasta que la última persona es cargada en los camiones. Los camiones se van y él lentamente regresa al barracón, en ese momento inquietantemente silencioso. Vuelve a la cama. Ya no podrá conciliar el sueño.

* * *

Por la mañana, Lale, sumido en la tristeza, se une a León y trabajan furiosamente a medida que van llegando los nuevos transportes.

Mengele recorre las filas silenciosas, dirigiéndose lentamente hacia el lugar de los tatuadores. Las manos de León tiemblan al verlo cerca. Lale trata de dirigirle una mirada tranquilizadora. Pero el bastardo que lo mutiló está a solo unos metros de distancia. Mengele se detiene y observa mientras trabajan. Cada tanto mira de cerca algún tatuaje, lo que aumenta la agitación de Lale y León. Su irónica y mortal sonrisa nunca abandona su rostro. Intenta un contacto visual con Lale, quien nunca levanta la vista por encima del nivel del brazo en el que está trabajando.

—*Tätowierer, Tätowierer* —dice Mengele, inclinándose sobre la mesa—, quizás hoy te lleve. —Curioso, inclina la cabeza. Parecía disfrutar de la incomodidad de Lale. Luego, terminada su diversión, se aleja.

Algo liviano le cae en la cabeza y Lale levanta la vista. Las cenizas provienen del crematorio cercano. Comienza a temblar y suelta la aguja de tatuar. León trata de tranquilizarlo.

—Lale, ¿qué ocurre? ¿Qué te pasa?

El grito de Lale es sofocado por un sollozo.

—¡Bastardos, malditos bastardos!

León agarra a Lale por el brazo, tratando de que se controle mientras Mengele los mira y comienza a volver hacia ellos. A Lale se le nubla la vista. Está fuera de control. «Nadya». Intenta desesperadamente controlarse cuando llega Mengele. Siente que está a punto de vomitar.

El aliento de Mengele le llega a la cara.

—¿Está todo bien por aquí?

—Sí, *Herr Doktor*, todo está bien —responde León con voz temblorosa.

León se agacha y recoge la aguja de Lale.

—Solo una aguja rota. La arreglaremos y volveremos al trabajo —continúa León.

—No te ves bien, *Tätowierer*. ¿Quieres que te revise? —pregunta Mengele.

—Estoy bien, solo una aguja rota —Lale tose. Mantiene la cabeza agachada, se da vuelta e intenta volver al trabajo.

—¡*Tätowierer*! —grita Mengele.

Lale se vuelve hacia él, con la mandíbula apretada, la cabeza siempre agachada. Mengele ha desenfundado la pistola. La sostiene floja en el costado.

—Podría hacer que te dispararan por darme vuelta la cara. —Levanta el arma, apunta a la frente de Lale—. Mírame. Podría dispararte ahora mismo. ¿Qué te parece?

Lale levanta la cabeza pero dirige su mirada hacia la frente del doctor, negándose a mirarlo a los ojos.

—Sí, *Herr Doktor*. Lo siento, no volverá a suceder, *Herr Doktor* —murmura.

—Vuelve al trabajo. Estás demorando las cosas —grita Mengele y de nuevo se marcha. Lale mira a León y señala las cenizas que en ese momento están cayendo por todos lados.

—Vaciaron el campamento gitano anoche.

León le da a Lale su aguja para tatuar, antes de volver a su trabajo, en silencio. Lale mira hacia arriba, en busca del sol para que brille sobre él, pero está tapado por las cenizas y el humo.

Esa noche regresa a su bloque, que ya está ocupado por las personas que él y León marcaron antes. Se encierra en su habitación. No quiere hacer amigos. No esta noche. Solo quiere silencio en su barracón.

CAPÍTULO 23

Durante semanas, el tiempo que Lale y Gita pasan juntos, transcurre mayormente en silencio mientras ella trata en vano de consolarlo. Él le contó lo sucedido, y aunque ella entiende la tristeza de él, no la comparte en el mismo grado. No es culpa de ella no haber llegado nunca a conocer a la «otra familia» de Lale. Ella se había deleitado al escuchar los relatos de él sobre los niños y sus intentos de jugar sin juguetes, pateando pelotas hechas de nieve o de escombros, viendo quién podía saltar más alto para tocar las tablillas de madera de su edificio, y sobre todo jugando a perseguirse unos a otros. Gita trata de hacer que él hable sobre su familia biológica, pero Lale se muestra terco y se niega a decir nada más hasta que ella comparta información sobre su propia vida. Gita no sabe cómo romper el hechizo del dolor de Lale. Ambos han soportado, durante más de dos años y medio, lo peor de la humanidad. Pero esta es la primera vez que ve a Lale hundirse en semejante profundidad de depresión.

—¿Y qué pasa con los miles de muertos entre nuestra gente? —ella le grita un día—. ¿Qué hay de lo que has visto en Auschwitz, con Mengele? ¿Sabes cuánta gente ha pasado por estos dos campos? ¿Lo sabes? —Lale no responde—.

Yo veo las fichas con los nombres y las edades... bebés, abuelos... veo sus nombres y sus números. Ni siquiera puedo contar hasta esas enormes cantidades.

Lale no necesita que Gita le recuerde el número de personas que han pasado por los campos de concentración. Él mismo les ha marcado la piel. Él la mira; ella fija sus ojos en el suelo. Advierte que si bien para él eran solo números, para Gita ellos eran nombres. El trabajo de ella significa que sabe más sobre estas personas que él. Sabe sus nombres y edades, y advierte también que ese conocimiento la perseguirá para siempre.

—Lo siento, tienes razón —se disculpa él—. Cualquier muerte es un exceso. Trataré de no estar tan triste.

—Quiero que seas tú mismo conmigo, pero esto se ha prolongado durante demasiado tiempo, Lale, y un día es mucho tiempo para nosotros.

—Inteligentes y hermosos. Nunca los olvidaré, ¿sabes?

—Yo no podría amarte si los olvidaras. Eran tu familia, lo sé. Sé que es extraño que yo te lo diga, pero los honrarás manteniéndote con vida, sobreviviendo a este lugar y diciéndole al mundo lo que sucedió aquí.

Lale se inclina para besarla, su corazón cargado de amor y de dolor.

Resuena una gran explosión que sacude el suelo donde están sentados, detrás del bloque de la administración, y los hace ponerse de pie de un salto y correr hacia el frente del edificio. Una segunda explosión los hace dirigir la mirada hacia el crematorio no lejos de ellos, donde hay mucho humo y el desorden y la confusión van en aumento. Los trabajadores *Sonderkommando* salen corriendo del edificio, la mayoría de ellos hacia la valla que rodea el campo. Se escuchan disparos que salen de lo alto del crematorio. Lale mira y ve a unos *Sonderkommando* allá arriba que disparan sin parar. Los SS responden con sus ametralladoras pesadas en represalia. En pocos minutos ponen fin a aquellos disparos.

—¿Qué está pasando? —quiere saber Gita.

—No lo sé. Mejor vamos adentro.

Las balas golpean el suelo a su alrededor ya que los SS disparan contra cualquiera que quede dentro del alcance de sus miras. Lale arrastra a Gita con fuerza contra un edificio. Otra explosión fuerte.

—Ese es el Crematorio Cuatro... alguien lo ha hecho explotar. Tenemos que irnos de aquí.

Los prisioneros huyen del edificio de la administración y son abatidos a tiros.

—Tengo que llevarte de vuelta a tu bloque. Es el único lugar donde estarás a salvo.

Se escucha un mensaje por los altoparlantes: «A todos los prisioneros: regresen a sus bloques. Nadie les va a disparar si lo hacen ahora».

—Vete rápido.

—Estoy asustada, llévame contigo —implora ella llorando.

—Estarás más segura en tu barracón esta noche. Seguro que van a pasar lista. Cariño, no puedes dejar que te atrapen fuera de tu bloque.

Ella duda.

—Ve ahora. Quédate esta noche en tu barracón, y ve a trabajar normalmente mañana. No debes darles ninguna razón para que empiecen a buscarte. Debes despertar mañana.

Gita respira profundamente y se da vuelta para correr. Al despedirse, Lale le dice:

—Mañana te buscaré. Te amo.

* * *

Esa noche, Lale rompe su regla y se reúne con los hombres de su bloque, en su mayoría húngaros, para enterarse de todo lo posible acerca de lo sucedido esa tarde. Aparentemente algunas de las mujeres que trabajan en una fábrica de municiones cercana habrían estado contrabandeando pequeñas cantidades de pólvora al volver a Birkenau, metiéndola debajo de las uñas. Se las habían estado llevando a los *Sonderkommando*, quienes hicieron toscas granadas con latas de sardinas. También habrían acumulado armas, incluidas armas pequeñas, cuchillos y hachas.

Los hombres en el barracón de Lale también hablan de rumores sobre un levantamiento general al que querían unirse, pero no creían que fuera a producirse ese día. Se han enterado de que los rusos están avanzando, y el levantamiento está planeado para coincidir con su llegada y ayudarlos a liberar el campo. Lale se enoja consigo mismo por no haber hecho antes amistad con sus compañeros de bloque. No saber esas cosas casi mata a Gita. Les hace muchas preguntas a los hombres sobre lo que saben sobre los rusos y cuándo es probable que lleguen. Las respuestas no son muy precisas, pero son suficientes como para generar un leve optimismo.

Han pasado meses desde que el avión estadounidense voló sobre ellos. Los cargamentos han seguido llegando. Lale no ha visto disminución alguna en la dedicación de la maquinaria nazi al exterminio de judíos y otros grupos. De todas maneras, estos últimos arribos tienen una conexión más reciente con el mundo exterior. «Quizás la liberación se está acercando». Está decidido a contarle a Gita la información recibida y pedirle que esté atenta en la oficina, para obtener cualquier dato que consiga.

Por fin, un rayo de esperanza.

CAPÍTULO 24

El otoño es terriblemente frío. Muchos no sobreviven. Lale y Gita se aferran a su tenue luz de esperanza. Gita transmite a sus compañeras de bloque los rumores sobre los rusos y las alienta a creer que pueden sobrevivir a Auschwitz. Cuando comienza 1945, las temperaturas descienden todavía más. Gita no puede evitar que su moral se vaya debilitando. Los tibios abrigos salidos de Canadá no pueden protegerla del frío y el miedo de otro año más cautiva en el mundo olvidado de Auschwitz-Birkenau. Los cargamentos son menos frecuentes. Esto tiene un efecto perverso en los prisioneros que trabajan para las SS, particularmente en los *Sonderkommando*. El hecho de tener menos trabajo que hacer aumenta el peligro de ser ejecutados. En cuanto a Lale, ha acumulado algunas reservas, pero su provisión de nueva moneda está muy disminuida. Y los lugareños, incluidos Víctor y Yuri, ya no entran a trabajar. Las construcciones se han interrumpido. Lale se entera de las prometedoras noticias de que dos de los crematorios dañados en las explosiones por los luchadores de la resistencia no van a ser reparados. Por primera vez en la memoria de Lale, son más las personas que están saliendo de Birkenau que las que entran. Gita y sus compañeras de trabajo se turnan para registrar a los que son enviados, supuestamente, a otros campos de concentración.

La nieve se acumula en el suelo un día de finales de enero cuando le dicen a Lale que León «se ha ido». Le pregunta a Baretski, mientras caminan juntos, si él sabe a dónde lo enviaron. Baretski no tiene respuesta y le advierte a Lale que él también podría encontrarse en un transporte fuera de Birkenau. Pero Lale todavía puede moverse casi siempre sin ser observado, sin la obligación de presentarse cuando pasan lista todas las mañanas y todas las noches. Él espera que esto lo mantenga en el campo, pero no tiene la misma confianza en cuanto a que Gita siga allí. Baretski deja escapar su risa insidiosa. La noticia de la probable muerte de León moviliza reservas de dolor que Lale no sabía que todavía tenía.

—Usted ve su mundo reflejado en un espejo, pero yo tengo otro espejo —dice Lale.

Baretski se detiene. Mira a Lale, y Lale le sostiene la mirada.

—Miro al mío —continúa Lale—, y veo un mundo que hará caer al suyo.

Baretski sonríe.

—¿Y crees que tú vivirás para verlo?

—Sí, eso creo.

Baretski coloca su mano en su pistola enfundada.

—Yo podría romper tu espejo ahora mismo.

—Usted no hará tal cosa.

—Has estado demasiado tiempo en el frío, *Tätowierer*. Ve a calentarte y recupera el sentido. —Baretski se aleja.

Lale lo mira mientras se va. Él sabe que si alguna vez llegaran a encontrarse en una noche oscura en igualdad de condiciones, sería él quien se alejaría. Lale no tendría reparos en tomar la vida de este hombre. Él tendría la última palabra.

* * *

Una mañana a fines de enero, Gita avanza con dificultad en la nieve para encontrar a Lale. Va corriendo hacia el bloque de él, un lugar al que él le ha dicho que nunca se acercara.

—Algo está sucediendo —grita.

—¿Qué quieres decir?

—Las SS están actuando de manera extraña. Parecen haber entrado en pánico.

—¿Dónde está Dana? —pregunta Lale preocupado.

—No lo sé.

—Búscala. Ve a tu bloque y quédate ahí hasta que yo llegue.

—Quiero quedarme contigo.

Lale la aparta de él, manteniéndola a distancia.

—Apúrate, Gita, busca a Dana y vayan a su bloque. Yo iré a buscarlas cuando pueda. Necesito averiguar qué está pasando. Hace semanas que no hay nuevos arribos. Esto podría ser el principio del fin.

Ella se da vuelta y desganadamente, se aleja de Lale.

Él llega al edificio de la administración y con cautela entra a la oficina, que tan bien conoce después de años de buscar sus elementos y las correspondientes instrucciones.

Adentro todo es caos. Los SS les gritan a las trabajadoras asustadas, que se aferran a sus escritorios mientras los SS les quitan libros, fichas y todo el papeleo. Una trabajadora de las SS pasa apresuradamente junto a Lale, las manos llenas de papeles y libros de registro. Choca contra ella, quien deja caer todo lo que lleva.

—Lo siento. Deja que te ayude.

Ambos se inclinan para recoger los papeles.

—¿Estás bien? —pregunta él con la mayor delicadeza posible.

—Creo que te vas a quedar sin trabajo, *Tätowierer*.

—¿Por qué? ¿Qué está pasando?

Ella se inclina hacia Lale, y susurra.

—Estamos vaciando el campo. Comenzamos mañana.

El corazón de Lale da un salto.

—¿Que me puedes decir? Por favor.

—Los rusos... ya casi están aquí.

Lale corre desde el edificio hasta el sector de mujeres. La puerta del Bloque 29 está cerrada. No hay ninguna guardia afuera. Al entrar, Lale encuentra a las mujeres acurrucadas todas juntas en el fondo. Incluso Cilka está allí. Lo rodean, asustadas y llenas de preguntas.

—Todo lo que puedo decirles es que las SS parecen estar destruyendo los registros —informa Lale—. Una de ellas me dijo que los rusos están cerca. —No les dice nada acerca de que el campo va a ser evacuado al día siguiente porque no quiere provocar más alarma admitiendo que no sabe adónde irán.

—¿Qué crees que harán las SS con nosotras? —pregunta Dana.

—No lo sé. Esperemos que huyan y dejen que los rusos liberen el campo. Trataré de averiguar más. Volveré para contarles todo lo que sepa. No salgan del bloque. Siempre puede haber algunos guardias de gatillo fácil por ahí.

Toma a Dana con ambas manos.

—Dana, no sé qué va a suceder, pero mientras tengo la oportunidad de hacerlo, quiero decirte lo mucho que siempre te voy a estar agradecido por ser amiga de Gita. Sé que la has sostenido muchas veces cuando ella ha querido rendirse.

Se abrazan. Lale la besa en la frente y luego se la entrega a Gita. Se vuelve hacia Cilka e Ivana y las envuelve a ambas en un abrazo de oso.

A Cilka, le dice:

—Eres la persona más valiente que he conocido. No debes cargar con ninguna culpa por lo que ha sucedido aquí. Eres inocente, recuérdalo.

Entre sollozos, ella responde:

—Hice lo que tenía que hacer para sobrevivir. Si no lo hubiera hecho, alguna otra habría sufrido en manos de ese cerdo.

—Te debo la vida, Cilka, y nunca lo olvidaré.

Se vuelve hacia Gita.

—No digas nada —lo detiene ella—. No te atrevas a decir una sola palabra.

—Gita...

—No. Solo dime que nos veremos mañana. Eso es todo lo que quiero que me digas.

Lale mira a las jóvenes y comprende que no hay nada más que añadir. Fueron traídas a este campo de concentración cuando eran niñas, y en ese momento —ninguna de ellas tiene todavía veintiún años de edad— ya son jóvenes mujeres quebradas y dañadas. Él sabe que nunca llegarán a ser las mujeres que podrían haber sido. Su futuro se descarriló por la fuerza y no hay modo de volver a la misma vía. Las imágenes que alguna vez tuvieron de sí mismas, como hijas, como hermanas, como esposas y madres, como trabajadoras, viajeras y amantes siempre estarán contaminadas por lo que han visto y sufrido.

Las deja para ir en busca de Baretski y de información sobre lo que ocurrirá al día siguiente. No puede encontrar por ningún lado al oficial. Lale se dirige a su bloque, donde encuentra a los húngaros ansiosos y preocupados. Les informa lo que sabe, pero eso no los tranquiliza demasiado.

* * *

Esa noche, los oficiales de las SS ingresan a cada bloque del sector de mujeres y pintan una raya roja brillante en la espalda de los abrigos de todas las chicas. Una vez más, las mujeres son marcadas para cualquiera sea el destino que les espera. Gita, Dana, Cilka e Ivana se consuelan por el hecho de que todas ellas tienen la misma marca. Suceda lo que suceda el día siguiente, les sucederá a todas; juntas vivirán o morirán.

* * *

En algún momento de la noche, Lale finalmente se duerme. Lo despierta un gran alboroto. Necesita unos momentos para que los ruidos entren en su adormecido cerebro. Los recuerdos de la noche en que se llevaron a los romaníes reaparecen. «¿Qué es este nuevo horror?» El sonido de los disparos de rifle lo sacuden para despertarlo del todo. Se pone los zapatos, se echa una manta sobre los hombros, y sale cautelosamente afuera. Miles de mujeres prisioneras están siendo acorraladas en filas. La gran confusión es obvia, como si ni guardias ni prisioneras supieran exactamente lo que se espera de ellas. Las SS no le prestan atención a Lale mientras camina rápido recorriendo las filas de mujeres que se amontonan para protegerse del frío y con miedo a lo que está por venir. La nieve sigue cayendo. Correr es imposible. Lale ve cómo un perro muerde las piernas de una de las mujeres y la derriba. Una amiga se agacha para ayudarla a ponerse de pie, pero el oficial SS que lleva al perro saca la pistola y le dispara a la mujer caída.

Lale se apresura y recorre las filas, buscando desesperado. Finalmente la ve. Gita y sus amigas están siendo empujadas hacia las puertas principales, aferradas unas a otras, pero no ve a Cilka entre ellas, ni en ningún otro lugar en ese mar de rostros. Vuelve a mirar a Gita. Su cabeza está agachada y Lale puede ver por el movimiento de sus hombros que está llorando. «Por fin está llorando, pero no puedo consolarla». Dana lo ve. Ella arrastra a Gita fuera de su fila y señala a Lale para que ella lo vea. Gita finalmente levanta la vista y lo ve. Sus ojos se encuentran, los de ella húmedos, suplicantes, los de él llenos de tristeza. Concentrado en Gita, Lale no ve al oficial SS. No puede apartarse del rifle que se balancea sobre él hasta alcanzarlo en el rostro y lo hace caer de rodillas. Gita y Dana gritan e intentan abrirse paso a la fuerza para regresar a través de la columna de mujeres. En vano. Son arrastradas por la marea de cuerpos en movimiento. Lale se pone de pie con esfuerzo, la sangre le corre por la cara desde una gran herida sobre su ojo derecho. En un estado de frenesí, se sumerge en la multitud en movimiento, buscando en cada fila de mujeres angustiadas. Cuando se acerca a las puertas de entrada al campo, la ve de nuevo a poca distancia. Un guardia se detiene ante él y empuja el cañón de su rifle sobre el pecho de Lale.

–¡Gita! –grita.

El mundo de Lale da vueltas en su cabeza. Levanta la mirada al cielo, que parece estar cada vez más oscuro a medida que se acerca la mañana. Por encima de los gritos de los guardias y de los ladridos de los perros, él escucha la voz de ella.

–Furman. ¡Mi nombre es Gita Furman!

Él cae de rodillas delante del guardia inmóvil.

–Te amo –le grita.

No hay respuesta. Lale sigue de rodillas. El guardia se aleja. Los gritos de las mujeres desaparecen. Los perros dejan de ladrar.

Las puertas de Birkenau están cerradas.

Lale está arrodillado en la nieve, que continúa cayendo densamente. La sangre de la herida en la frente le cubre el rostro. Permanece inmóvil, congelado, solo. Ha fracasado. Un oficial se le acerca.

–Te vas a morir congelado. Vamos, regresa a tu bloque.

Le da una mano y ayuda a Lale a ponerse de pie. Un acto de bondad del enemigo en el último momento.

* * *

Disparos de cañones y explosiones despiertan a Lale a la mañana siguiente. Sale rápidamente con los húngaros para ser recibido por los SS en pánico, y un caos de prisioneros y guardias yendo y viniendo, aparentemente sin prestarse atención unos a otros.

Los portones de entrada están abiertos de par en par. Cientos de prisioneros los cruzan sin ser cuestionados. Aturdidos, débiles por la desnutrición, algunos trastabillan sin rumbo hasta que deciden volver a su bloque para escapar del frío. Lale sale por esos portones que ha cruzado cientos de veces antes, camino a Auschwitz. No lejos, hay un tren detenido, lanzando humo al cielo, listo para partir. Guardias y perros comienzan a arrear a los hombres y los empujan hacia el tren. Lale queda atrapado en el tumulto y luego es empujado para subir. Las puertas de su vagón se cierran ruidosamente. Se abre camino hacia un costado y espía hacia afuera. Cientos de prisioneros todavía siguen deambulando sin rumbo. Cuando el tren se pone en movimiento, ve que los SS abren fuego contra los que han quedado.

Allí está, mirando por entre los tablones del vagón, a través de la nieve que cae densa, despiadadamente, mientras Birkenau desaparece.

CAPÍTULO 25

Gita y sus amigas avanzan con miles de otras mujeres de Birkenau y de Auschwitz por un estrecho camino con la nieve hasta los tobillos. Con sumo cuidado, Gita y Dana buscan entre las filas, muy conscientes de que cualquier desorden es solucionado con una bala. Preguntan cientos de veces:

—¿Has visto a Cilka? ¿Has visto a Ivana?

La respuesta es siempre la misma. Las mujeres tratan de apoyarse unas a otras tomándose del brazo. Cada tanto, de manera aparentemente aleatoria, se detienen y les dicen que descansen. A pesar del frío, se sientan en la nieve, cualquier cosa con tal de aliviar los pies. Muchas quedan allí cuando llega la orden de seguir adelante, muertas o moribundas, incapaces de dar otro paso.

El día se convierte en noche, y de todos modos siguen avanzando. La cantidad de mujeres va disminuyendo, lo que hace que sea más difícil escapar de los vigilantes ojos de los SS. Durante la noche, Dana cae de rodillas. No puede continuar más. Gita se detiene con ella y por un rato nadie las ve, ocultas entre las demás mujeres. Dana le sigue diciendo a Gita que la deje. Gita protesta. Prefiere morir ahí con su amiga, en campo abierto, en algún lugar de Polonia. Cuatro chicas jóvenes se ofrecen para ayudar a llevar a Dana. Dana no quiere saber nada de eso. Les dice que se lleven a Gita y se vayan. Cuando un oficial de las SS se dirige hacia ellas, las cuatro jóvenes ponen a Gita de pie y la arrastran con ellas. Gita se da vuelta para mirar al oficial, que se ha detenido junto a Dana, pero sigue adelante sin sacar su pistola. No se escucha disparo alguno. Es obvio que él cree que ya está muerta. Las muchachas siguen arrastrando a Gita. No la sueltan, aunque ella trata de liberarse para volver con Dana.

En la oscuridad, las mujeres avanzan a los tropezones, el ruido de algunos disparos ocasionales apenas si es registrado. Ya no se dan vuelta para ver quién ha caído.

Cuando llega el día, se detienen en un campo junto a unas vías de tren. Una locomotora y varios vagones de ganado están ahí esperando. «En esos vagones me trajeron aquí. Ahora esos mismos vagones me llevarán lejos», piensa Gita.

Se ha dado cuenta de que las cuatro chicas con la que está viajando son polacas y no judías. Jovencitas polacas arrancadas de sus familias por ignotas razones. Provienen de cuatro ciudades diferentes y no se conocían antes de Birkenau.

Al otro lado del campo se levanta una casa solitaria. Detrás de ella se extiende un denso bosque. Los SS gritan órdenes mientras la locomotora es alimentada con carbón. Las chicas polacas se vuelven hacia Gita. Una de ellas dice:

—Corramos hacia esa casa. Si nos disparan, entonces moriremos aquí, pero no vamos a seguir así. ¿Quieres venir con nosotras?

Gita se pone de pie.

Una vez que ellas echan a correr, no miran hacia atrás. El hecho de tener que cargar a miles de mujeres exhaustas en el tren concentra toda la atención de los guardias. La puerta de la casa se abre antes de que lleguen a ella. Una vez dentro, colapsan frente a un fuego que ruge. La adrenalina y la sensación de alivio envuelven sus cuerpos. Alguien pone bebida caliente y un pan en sus manos. Las muchachas polacas hablan frenéticamente con los dueños de casa, que sacuden la cabeza sin poder creer lo que oyen. Gita no dice nada, no quiere que su acento descubra el hecho de que ella no es polaca. Es mejor que sus salvadores piensen que es una de ellas, la más tranquila. El hombre de la casa dice que no pueden quedarse con ellos ya que los alemanes con frecuencia inspeccionan la vivienda. Les dice que se quiten los abrigos y los lleva a la parte de atrás de la casa. Cuando regresa, las marcas rojas han desaparecido y los abrigos huelen a gasolina.

Desde el exterior llegan los ruidos de varios disparos, y espiando entre las cortinas ven que todas las mujeres sobrevivientes son finalmente subidas al tren. Hay cuerpos que manchan la nieve junto a las vías. El hombre les da la dirección de un pariente en un pueblo cercano, y también un poco de pan y una manta. Salen de la casa y se dirigen al bosque, donde pasan la noche en el suelo helado, acurrucadas una junto a otra en un vano intento por mantener el calor. Los árboles desnudos no proporcionan demasiada protección ni para el clima ni para evitar ser vistas.

* * *

Pronto, antes de que lleguen al siguiente pueblo, se hace de noche. El sol se ha puesto y las débiles farolas de las calles apenas si iluminan. Se ven obligadas a pedirle ayuda a una transeúnte para encontrar la dirección que buscan. La amable mujer las lleva a la casa que buscan y se queda con ellas mientras golpean a la puerta.

—Cuídalas —dice cuando la puerta se abre, y se aleja.

La mujer en la puerta se aparta para dejar entrar a su casa a las jóvenes. Una vez cerrada la puerta, ellas explican quién las envía.

—¿Saben ustedes quién es la mujer que se acaba de ir? —balbucea la dueña de casa.

—No —responde una de las chicas.

—Ella es una SS. Una oficial superior de las SS.

—¿Crees que ella sabe quiénes somos?

—La mujer no es estúpida. Me han contado que es una de las personas más crueles en los campos de concentración.

Una anciana sale de la cocina.

—Madre, tenemos visitas. Estas pobrecitas estaban en un campo de concentración. Hay que darles algo caliente para comer.

La mujer mayor se acerca cariñosa a las chicas y las lleva a la cocina. Las sienta a la mesa. Gita no puede recordar cuándo fue la última vez que se sentó en una silla junto a una mesa de cocina.

La anciana les sirve sopa caliente tomada de una olla en la estufa mientras las llena de preguntas. Las dueñas de casa deciden que no es seguro que se queden allí. Temen que la oficial de las SS informe acerca de la presencia de las jóvenes.

La mayor de las mujeres se excusa y sale de la casa. Al rato regresa con una vecina. Su casa tiene un espacio en el techo y un sótano. Se muestra dispuesta a dejar que las cinco duerman en el techo. Gracias a que el calor de la chimenea sube, allí estarán más abrigadas que en el sótano. No podrán permanecer en la casa durante el día, ya que todas las casas pueden ser inspeccionadas en cualquier momento por los alemanes, a pesar de que parecen estar en retirada.

Gita y sus cuatro amigas polacas duermen en el techo todas las noches y pasan los días escondidas en el bosque cercano. Se corre la voz por todo el pueblito y el sacerdote del lugar hace que sus feligreses lleven comida a la dueña de casa todos los días. Después de unas pocas semanas, los alemanes que quedan son expulsados por los soldados rusos que avanzan, varios de los cuales se establecen en una casa directamente frente a donde duermen Gita y sus amigas. Una mañana, las chicas salen más tarde de lo habitual para dirigirse al bosque y son detenidas por un guardia ruso apostado fuera. Le muestran sus tatuajes y tratan de explicarle dónde han estado y por qué están en ese lugar en ese momento. El guardia se muestra comprensivo de su situación y les ofrece poner un guardia fuera de la casa. Esto significa que ya no tienen que pasar los días en el bosque. El lugar donde viven ya no es un secreto y los soldados les sonríen y las saludan cada vez que salen o entran.

Un día, uno de los soldados le hace una pregunta directa a Gita, y cuando ella responde, inmediatamente se da cuenta de que no es polaca. Le dice que es de Eslovaquia. Esa tarde el muchacho golpea a la puerta y presenta a un joven vestido con uniforme ruso, pero que en realidad es de Eslovaquia. Gita y el joven se quedan hablando hasta bien entrada la noche.

Las chicas han estado arriesgándose demasiado al quedarse junto al fuego hasta muy tarde por la noche. Se han dejado envolver por un cierto grado de complacencia. Una noche se sobresaltan cuando la puerta de calle se abre de golpe y un ruso borracho entra tambaleándose. Las muchachas pueden ver que su «guardia» yace inconsciente afuera. Pistola en mano, el intruso separa a una de las chicas e intenta arrancarle la ropa. Al mismo tiempo, se baja los pantalones. Gita y las demás gritan. Varios soldados rusos pronto irrumpen en la habitación. Al ver a su camarada encima de una de las chicas, uno de ellos saca la pistola y le dispara a la cabeza. Él y sus camaradas arrastran al frustrado violador fuera de la casa en medio de profusos pedidos de disculpas.

Traumatizadas, las jóvenes deciden que deben trasladarse a otro lugar. Una de ellas tenía una hermana que vivía en Cracovia. Tal vez todavía esté allí… A manera de una disculpa adicional por el ataque de la noche anterior, un militar ruso de mayor jerarquía dispone para ellas un chofer y una camioneta que las llevará a Cracovia.

* * *

Encuentran que la hermana aún vive en su pequeño departamento arriba de una tienda de comestibles. El lugar está lleno de gente, de amigos que habían huido de la ciudad y en ese momento están regresando, sin hogar. Nadie tiene dinero. Para salir adelante, van al mercado todos los días y cada uno roba un poco de comida. Con esos ingredientes hacen una comida nocturna.

Un día en el mercado, los oídos de Gita se sienten acariciados por el sonido de su lengua materna, en boca de un conductor de camión que descarga diversos productos. Se entera por él que varios camiones a la semana viajan desde Bratislava a Cracovia, transportando frutas y verduras frescas. Él acepta su pedido de viajar con ellos. Corre y les dice a las personas con las que ha estado viviendo que se va. Le resulta muy difícil despedirse de las cuatro amigas con las que escapó. La acompañan al mercado y la despiden cuando se aleja el camión que transporta a ella y a dos paisanos más rumbo a un montón de incógnitas. Hace mucho que ha aceptado que sus padres y sus dos hermanas menores han muerto, pero reza para que al menos uno de sus hermanos haya sobrevivido. El hecho de haberse convertido en combatientes partisanos junto a los rusos podría haberlos mantenido a salvo...

* * *

En Bratislava, al igual que en Cracovia, Gita se une a otros sobrevivientes de los campos de concentración en departamentos compartidos y llenos de gente. Registra su nombre y dirección en la Cruz Roja, pues le han dicho que todos los prisioneros que regresan lo están haciendo con la esperanza de poder encontrar familiares y amigos perdidos.

Una tarde mira por la ventana de su departamento y ve a dos jóvenes soldados rusos que saltan la valla trasera de la propiedad donde ella vive. Su reacción es de terror, pero cuando se acercan reconoce a sus dos hermanos,

Doddo y Latslo. Corre escaleras abajo, abre la puerta y los abraza con todas sus fuerzas. Le dicen que no se atreven a quedarse. Aunque los rusos liberaron la ciudad de los alemanes, los lugareños desconfían de cualquiera que use un uniforme ruso. Como no quiere estropear la breve dulzura del reencuentro, Gita calla lo que sabe sobre el resto de la familia. De todos modos pronto se van a enterar, y esto no es algo de lo que se puede hablar en unos pocos minutos robados.

Antes de separarse, Gita les dice que ella también ha usado un uniforme ruso. Esa fue la primera ropa que le dieron al llegar a Auschwitz. A ella le quedaba mejor, asegura. Todos se ríen.

CAPÍTULO 26

El tren de Lale avanza por el campo. Él está apoyado en la pared del compartimiento, jugueteando con las dos bolsitas con gemas que se ha arriesgado a llevar consigo, bien atadas dentro de los pantalones. La mayor parte de ese tesoro quedó debajo de su colchón. Quienquiera que revise su habitación puede tomarlo.

Más tarde esa noche, el tren se detiene con ruidos de freno y los SS armados con rifles les ordenan a todos bajar, tal como lo habían hecho hace casi tres años en Birkenau. Otro campo de concentración. Uno de los hombres en el vagón de Lale salta con él.

—Conozco este lugar. He estado aquí antes.

—¿Sí? —dice Lale.

—Mauthausen, en Austria. No es tan terrible como Birkenau, pero casi.

—Soy Lale.

—Joseph. Encantado de conocerte.

Una vez que todos los hombres han desembarcado, los SS les hacen señas y les dicen que vayan y busquen un lugar para dormir. Lale sigue a Joseph y entran a un barracón. Los hombres allí están hambrientos, son apenas esqueletos cubiertos de piel, pero aún tienen suficiente vida como para ser celosos guardianes de sus territorios.

—Fuera. Aquí no hay lugar.

Un hombre por litera, cada uno defiende su espacio y se muestra listo para luchar y defenderlo. En dos barracones más los reciben con la misma respuesta. Finalmente encuentran uno con más espacio y se apoderan de su propio territorio. Cuando otros entran al barracón en busca de un lugar donde dormir, ellos responden con el recibimiento correspondiente:

—Fuera. Esto está lleno.

A la mañana siguiente, Lale ve que hombres de los barracones cercanos están haciendo fila. Comprende que lo van a desnudar y revisar y le van a pedir información acerca de quién es y de dónde viene. Otra vez. De sus bolsitas de gemas toma los tres diamantes más grandes y se los pone en la boca. Corre hacia la parte de atrás del bloque, mientras que el resto de los hombres todavía se están reuniendo y dispersa las gemas restantes por allí. Comienza la inspección de la fila de hombres desnudos. Ve a los guardias que les abren la boca a los que están delante de él, así que mete los diamantes debajo de la lengua. Tiene la boca abierta antes de que el grupo de guardias que los revisa llegue a él. Después de un rápido vistazo, siguen su camino.

* * *

Durante varias semanas, Lale, junto con todos los demás prisioneros, vagan por el campo haciendo prácticamente nada. Su única ocupación real es estar atento, en particular a los SS que los vigilan, y tratar de descubrir a quién se puede acercar y a quién debe evitar. Comienza a hablar ocasionalmente con uno de ellos. El guardia se sorprende de que Lale hable alemán con fluidez. Ha oído acerca de Auschwitz y Birkenau, pero no ha estado allí y quiere saber más sobre ese lugar. Lale pinta una imagen apartada de la realidad. Nada ganaría contándole a este alemán la verdadera naturaleza del tratamiento de los prisioneros allí. Le cuenta lo que hacía y que prefiere trabajar en lugar de quedarse sentado. Unos días más tarde, el guardia le pregunta si le gustaría mudarse a un campo subsidiario de Mauthausen, en Saurer Werke, en Viena. Piensa que no puede ser peor que el lugar donde está y como el guardia le asegura que las condiciones son un poco mejores y que el comandante es demasiado viejo como para preocuparse, Lale acepta la oferta. El guardia señala que en este campo no se aceptan judíos, de modo que no debe hablar de su religión.

Al día siguiente, el guardia le dice a Lale:

—Recoge tus cosas. Te vas de aquí.

Lale mira a su alrededor.

—Tengo todo listo.

—Te vas en camión aproximadamente en una hora. Forma fila en los portones. Tu nombre está en la lista —se ríe.

—¿Mi nombre?

—Sí. Debes mantener oculto el número en el brazo, ¿de acuerdo?

—¿Tengo que responder a mi nombre?

—Sí, no lo olvides. Buena suerte.

—Antes de que te vayas, me gustaría darte algo.

El guardia parece perplejo.

Lale toma un diamante de la boca, lo limpia con la camisa y se lo da.

—Ahora no puedes decir que nunca recibiste nada de un judío.

* * *

Viena. ¿Quién no querría visitar Viena? Era un destino soñado para Lale en sus días de soltero soñador. La misma palabra tiene un sonido romántico, llena de estilo y promesas. Pero sabe que dadas las circunstancias, su vida no estará a la altura de esa percepción.

Los guardias se muestran indiferentes a Lale y a los demás cuando llegan. Los ubican en un bloque y les dicen dónde y cuándo van a recibir sus comidas. Los pensamientos de Lale están centrados en Gita y en qué hacer para llegar a ella. Es trasladado de un campo de concentración a otro, y luego a otro... No puede soportarlo mucho tiempo más.

Durante varios días, observa su entorno. Ve al comandante del campo que deambula tembloroso de un lado a otro y se pregunta cómo es que todavía sigue respirando. Conversa con los guardias más accesibles y trata de entender la dinámica entre los prisioneros. Una vez que descubre que probablemente sea el único prisionero eslovaco del lugar, decide mantenerse alejado. Polacos, rusos y unos pocos italianos pasan el día sentados charlando con sus compatriotas, lo que deja a Lale en gran parte aislado.

Un día, dos jóvenes se le acercan furtivamente.

—Dicen que tú eras el *Tätowierer* de Auschwitz.

—¿Quiénes lo dicen?

—Alguien dijo que creía haberte conocido allí y que tú tatuabas a los prisioneros.

Lale agarra la mano del joven y le levanta la manga. No hay ningún número. Se vuelve hacia el segundo hombre.

—¿Qué hay de ti, estabas allí?

—No, pero ¿es cierto lo que dicen?

—Yo era el *Tätowierer*, ¿y qué?

—Nada. Solo preguntaba.

Los muchachos se alejan. Lale vuelve a soñar despierto. No ve a los oficiales de las SS que se aproximan hasta que lo agarran y de un tirón lo ponen de pie y lo arrastran hasta un edificio cercano. Lale se encuentra delante del anciano comandante, quien hace un gesto con la cabeza a uno de los oficiales de las SS. El oficial le levanta la manga y deja a la vista su número.

—¿Estabas en Auschwitz? —pregunta el comandante.

—Sí, señor.

—¿Eras el *Tätowierer* allí?

—Sí, señor.

—Entonces, ¿eres judío?

—No, señor, soy católico.

El comandante levanta una ceja.

—¿Ah, sí? No sabía que había católicos en Auschwitz.

—Había gente de todas las religiones allí, señor, junto con criminales y políticos.

—¿Eres un criminal?

—No, señor.

—¿Y no eres judío?

—No, señor. Soy católico.

—Has respondido que no dos veces. Solo te preguntaré una vez más. ¿Eres judío?

—No, no lo soy. Mire. Déjeme demostrárselo. —Al decir esto, Lale desata la cuerda que le sostiene los pantalones que caen al suelo. Mete los dedos en los calzoncillos y comienza a bajárselos.

—Basta. No necesito ver nada. Está bien, puedes irte.

Vuelve a subirse los pantalones, tratando de controlar su respiración, que amenaza con delatarlo. Lale sale rápidamente de la oficina. En la oficina siguiente se detiene y se deja caer en una silla. El oficial detrás de un escritorio cercano lo mira.

—¿Estás bien?

—Sí, estoy bien, solo un poco mareado. ¿Sabe qué día es hoy?

—Hoy es 22, no, espera, 23 de abril. ¿Por qué?

—Nada. Gracias. Adiós.

Afuera, Lale mira a los prisioneros sentados despreocupadamente por todo el campo y los guardias que parecen aún más despreocupados. «Tres años. Ustedes me han quitado tres años de mi vida. No les daré ni un día más». En la parte de atrás de los barracones, Lale camina a lo largo de la valla, sacudiéndola, buscando un punto débil. Pronto lo encuentra. La cerca se separa de su fijación en el suelo y puede tirar de ella. Sin siquiera molestarse en ver si alguien está mirando, se arrastra por debajo y se aleja caminando tranquilamente.

El bosque le proporciona cobertura ante las patrullas de alemanes. Mientras se va adentrando en la espesura, escucha ruidos de cañones y disparos de rifle. No sabe si caminar hacia ellos o correr hacia otro lado. Durante un breve momento de suspensión de los disparos, escucha el ruido de una corriente de agua. Para llegar hasta allí, debe dirigirse hacia donde están haciendo fuego, pero siempre ha tenido una buena brújula interna y esa dirección le parece la correcta. Si son los rusos, o incluso los estadounidenses en el otro lado de la corriente, estará encantado de rendirse a ellos. Cuando la luz del día se va convirtiendo en noche, puede ver el destello de los disparos y los cañonazos a la distancia. De todos modos, es al agua adonde quiere llegar, y con suerte a un puente y a una ruta de escape. Cuando lo logra, se encuentra con un río en lugar de una corriente. Mira hacia el otro lado y escucha el fuego de los cañones. «Deben ser los rusos. Voy a encontrarme con ellos». Se mete y recibe el shock del agua helada. Nada lentamente por el río, con cuidado de no mover demasiado la superficie con sus brazadas en caso de que alguien esté mirando. Se detiene, levanta la cabeza y escucha. Los disparos están más cerca.

—Mierda —murmura.

Deja de nadar y permite que la corriente lo lleve directamente debajo del fuego cruzado, como si fuera un tronco más o un cadáver que es ignorado. Cuando calcula que ha pasado con seguridad por el lugar de los ejércitos en combate, nada frenéticamente a la otra orilla. Sale del agua y arrastra su empapado cuerpo hacia los árboles. Al llegar, cae presa de escalofríos y se desmaya.

CAPÍTULO 27

Lale se despierta con la sensación del sol en su rostro. La ropa se le ha secado un poco y puede escuchar el ruido del río que corre no muy lejos. Se arrastra boca abajo por entre los árboles que lo han escondido durante la noche y llega al recodo de un camino. Hay soldados rusos que se desplazan por allí. Observa por un rato, temeroso de posibles disparos. Pero los soldados están relajados. Decide acelerar su plan para volver al hogar.

Lale levanta las manos y sale al camino, ante la sorpresa de un grupo de soldados. Estos levantan sus rifles de inmediato.

—Soy eslovaco. He estado en un campo de concentración durante tres años.

Los soldados intercambian miradas.

—Vete a la mierda —le dice uno de ellos, y reanudan su marcha. Otro lo empuja a un lado al pasar. Se queda allí unos cuantos minutos mientras muchos soldados más siguen pasando, ignorándolo. Acepta esa indiferencia y sigue adelante. Sólo recibe alguna mirada ocasional. Decide caminar en dirección opuesta a la de ellos. Su razonamiento es que los rusos probablemente van hacia un enfrentamiento con los alemanes, por lo tanto, alejarse de eso tanto como sea posible tiene sentido.

Finalmente, se detiene un jeep. Un oficial en el asiento de atrás lo mira.

—¿Quién diablos eres tú?

—Soy eslovaco. He estado prisionero en Auschwitz durante tres años. —Se levanta la manga izquierda para mostrar su número tatuado.

—No sé qué es eso.

Lale traga con esfuerzo. Es inimaginable para él que un lugar de semejante horror no sea conocido.

—Está en Polonia. Eso es todo lo que puedo decirte.

—Hablas perfectamente ruso —dice el militar—. ¿Algún otro idioma?

—Checo, alemán, francés, húngaro y polaco.

El oficial lo mira con más cuidado.

—¿Y a dónde crees que estás yendo?

—A mi casa, de regreso a Eslovaquia.

—No. No vas allí. Tengo el trabajo justo para ti. Sube.

Lale quiere huir, pero no tendría la menor posibilidad de lograrlo, de modo que trepa al asiento del acompañante.

—Da la vuelta, regresa al cuartel general —le ordena el oficial al chofer.

El jeep salta sobre baches y zanjas, regresando por el mismo camino por el que venía. Unos kilómetros más adelante pasan por un pueblito y luego toma por un camino de tierra hacia un imponente chalet que se encuentra en la cima de una colina con vistas a un hermoso valle. Entran en un gran sendero circular donde hay estacionados varios autos de aspecto lujoso. Dos guardias están apostados a ambos lados de una impresionante puerta principal. El jeep se desliza hasta detenerse, el chofer baja de un salto y le abre la puerta al oficial en el asiento de atrás.

—Ven conmigo —le dice el oficial.

Lale lo sigue hacia el vestíbulo del chalet. Se detiene un instante, sorprendido por la opulencia que tiene ante los ojos. Una importante escalera, obras de arte; pinturas y tapices en cada pared, además de muebles de una calidad que él nunca había visto antes. Lale ha entrado en un mundo que está más allá de su comprensión. Después de lo que ha vivido, le resulta casi doloroso.

El oficial se dirige hacia una habitación junto al vestíbulo principal y le indica a Lale que lo siga. Entran a una habitación grande y exquisitamente amueblada. Un escritorio de caoba domina el lugar, al igual que la persona sentada detrás de él. A juzgar por su uniforme y la insignia que lo acompaña, Lale está en presencia de un alto funcionario ruso. El hombre levanta la vista cuando entran.

—¿A quién tenemos aquí?

—Afirma que fue prisionero de los nazis durante tres años. Sospecho que es judío, pero no creo que eso importe. Lo que sí importa es que habla tanto ruso como alemán —explica el oficial.

—¿Y?

—Pensé que podría sernos útil. Digamos que para poder hablar con los lugareños.

El oficial superior se echa hacia atrás, parece considerar el asunto.

—Póngalo a trabajar entonces. Busque a alguien que lo vigile y le dispare si trata de escapar. —Mientras Lale es escoltado para salir de la habitación, el oficial de alto rango agrega—: Y hagan que se higienice y se ponga una ropa mejor.

−Sí, señor. Creo que nos va a ser muy útil.

Lale sigue al oficial. «No sé lo qué quieren de mí, pero si eso significa un baño y ropa limpia...» Atraviesan el vestíbulo y se dirigen al rellano del primer piso; Lale observa que hay dos pisos más. Entran a un dormitorio y el ruso va al armario y lo abre. Ropa de mujer. Sin decir una palabra, sale y entra a la siguiente habitación. Esta vez, la ropa es de hombre.

−Busca algo que te quede bien y esté en buen estado. Por ahí debería haber un baño. −Señala el lugar−. Higienízate y volveré dentro de un rato.

Cierra la puerta al salir. Lale mira a su alrededor. Hay una gran cama con dosel cubierta con un pesado cubrecama y con montañas de almohadas de muchas formas y tamaños; una cómoda que a él le parece que es de ébano macizo; una pequeña mesa con una lámpara Tiffany y un diván cubierto con exquisitos bordados. Cuánto desea que Gita estuviera allí. Aparta el pensamiento. No puede permitirse el lujo de pensar en ella. No todavía.

Lale pasa las manos por los trajes y las camisas en el armario, tanto informales como formales, y todos los accesorios necesarios para resucitar al Lale de antaño. Elige un traje y lo sostiene ante el espejo, admirando su aspecto. Estará cerca de quedarle perfecto. Lo arroja a la cama. Pronto se agrega una camisa blanca. De un cajón elige calzoncillos de suave tela, calcetines inmaculados y un cinturón de cuero marrón liso. En otro armario encuentra un par de zapatos bien lustrados que combinan bien con el traje. Mete los pies desnudos en ellos. Perfecto.

Una puerta conduce al baño. Los accesorios dorados brillan sobre los azulejos blancos que cubren las paredes y el piso; una gran ventana de vitrales arroja la suave luz amarillo pálido y verde oscuro del sol de la tarde por todo el ámbito. Entra al baño y se detiene un buen rato, disfrutando anticipadamente. Luego llena la tina y se sumerge en ella, deleitándose hasta que el agua se enfría. Agrega más agua que despide vapor, sin ningún apuro en su primer baño en los tres últimos años. Finalmente sale y se seca con una toalla suave que encuentra colgada con otras en el toallero. Regresa al dormitorio y se viste lentamente, disfrutando de la sensación de suavidad del algodón y del lino, y de los calcetines de lana. Nada raspa, ni irrita, ni cuelga de su cuerpo encogido. Obviamente, el dueño de esas ropas era delgado.

Se sienta un rato en la cama, esperando el regreso de su cuidador. Luego decide explorar la habitación un poco más. Corre los grandes cortinados para dejar a la vista los ventanales hasta el suelo que dan a un balcón. Abre las puertas con gesto grandioso y sale. «Vaya. ¿Dónde estoy?» Un jardín inmaculado se muestra ante él, y el césped se extiende hasta desaparecer en un bosque. Tiene una vista perfecta sobre el sendero circular y observa mientras se detienen varios autos de los que bajan más oficiales rusos. Oye que se abre la puerta de su habitación y se da vuelta para ver a su cuidador junto a otro soldado de menor rango. Se queda en el balcón. Los dos hombres se le acercan y miran los jardines.

—Muy hermosos, ¿no te parece? —dice el cuidador de Lale.

—Qué bueno para ustedes. Todo un hallazgo.

Su guardián se ríe.

—Sí, es cierto. Este cuartel general es un poco más cómodo que el que teníamos en el frente.

—¿Me va a decir dónde encajo yo en todo esto?

—Este es Fredrich. Él va a ser tu guardián. Te va a disparar si tratas de escapar.

Lale mira al hombre. Los músculos de su brazo abultan
las mangas de su camisa y su pecho amenaza con hacer
estallar los botones que la sostienen. Sus delgados labios no
sonríen ni hacen muecas. Lale saluda con un movimiento
de cabeza, pero no es correspondido.

—Él no solo te cuidará aquí, sino que te llevará a la
aldea todos los días para hacer nuestras compras. ¿Lo
entiendes?

—¿Qué voy a comprar?

—Bueno, no se trata de vino; tenemos una bodega
llena. La comida la compran los chefs. Ellos saben lo que
quieren...

—Entonces eso deja...

—Diversión.

Lale mantiene su rostro neutral.

—Irás al pueblo todas las mañanas para buscar encan-
tadoras señoritas interesadas en pasar un tiempo aquí con
nosotros por la noche. ¿Me entiendes?

—¿Voy a ser tu proxeneta?

—Lo entiendes perfectamente.

—¿Cómo voy a persuadirlas? ¿Diciéndoles que todos
ustedes son tipos hermosos que las van a tratar bien?

—Te daremos cosas para que las tientes.

—¿Qué tipo de cosas?

—Ven conmigo.

Los tres hombres bajan las escaleras hacia otra suntuosa habitación, donde un oficial abre una gran bóveda en una pared. El cuidador de Lale entra en la bóveda y saca dos latas de metal, que pone sobre el escritorio. En una hay dinero; en la otra, joyas. Lale puede ver muchas otras latas similares guardadas en la bóveda.

—Fredrich te traerá aquí todas las mañanas y tomarás dinero y joyas para las chicas. Necesitamos entre ocho y diez cada noche. Solo muéstrales cuál será el pago y si es necesario, les das una pequeña cantidad de dinero por adelantado. Les dirás que se les pagará la totalidad cuando lleguen al chalet, y cuando termine la noche, serán devueltas a sus hogares sanas y salvas.

Lale trata de meter la mano en la lata de joyas, que es rápidamente cerrada de golpe.

—¿Ustedes ya han acordado algún precio con ellas? —pregunta.

—Eso te lo dejo a ti para que lo descubras. Solo consigue el mejor precio que puedas. ¿Me entiendes?

—Seguro, les gustaría que fuera carne de primera calidad por el precio de una salchicha. —Lale sabe perfectamente lo que tiene que decir.

El oficial se ríe.

—Ve con Fredrich; él te mostrará todo el lugar. Puedes hacer tus comidas en la cocina o en tu habitación... díselo a los cocineros.

Fredrich lleva a Lale abajo y le presenta a dos de los cocineros. Les dice que preferiría comer en su habitación. Fredrich le advierte a Lale que no debe ir más allá del primer piso y, aun allí, no debe entrar a otra habitación que no sea la suya. Él recibe el mensaje con total claridad.

Unas horas más tarde, a Lale le traen una comida de cordero con una espesa y cremosa salsa. Las zanahorias están cocidas *al dente* y chorrean mantequilla. El plato viene acompañado con sal, pimienta y perejil fresco. Se ha preguntado varias veces si podría haber perdido la capacidad de apreciar delicados sabores. Comprueba que no la perdió. Lo que sí ha perdido, sin embargo, es la capacidad de disfrutar de la comida. ¿Cómo podría hacerlo, si Gita no está allí para compartirla con él? ¿Si no sabe si ella tiene algo para comer? Si no tiene idea... pero suprime ese pensamiento. Él está aquí ahora, y debe hacer lo que tiene que hacer antes de encontrarla. Solo come la mitad de lo que hay en su plato. Siempre guarda algo; así es como ha vivido estos últimos años. Junto con la comida, Lale bebe casi toda una botella de vino. Tiene que hacer algún esfuerzo para desvestirse antes de dejarse caer sobre la cama y entrar en el sueño de los ebrios.

A la mañana siguiente lo despierta el ruido de una bandeja de desayuno que alguien deja sobre la mesa. No puede recordar si cerró su habitación con llave o no. De todos modos, es posible que el cocinero tenga una llave. La bandeja y la botella vacías de la noche anterior son retiradas sin mediar una sola palabra.

Después del desayuno se da una ducha rápida. Se está poniendo los zapatos cuando entra Fredrich.

—¿Listo?

Lale asiente con un movimiento de cabeza.

—Vamos.

Primera parada: la oficina con la bóveda. Fredrich y otro oficial observan mientras Lale toma una cantidad de efectivo, que es contado y anotado en un libro de contabilidad; luego elige una combinación de pequeños artículos de joyería y algunas gemas sueltas, que también son registrados.

—Saco más de lo que probablemente necesite porque es la primera vez y no tengo idea de cuál es la tarifa actual, ¿de acuerdo? —les explica a los dos hombres.

Estos se encogen de hombros.

—Solo asegúrate de devolver lo que no regales —dice el oficial contable.

Lale mete el dinero en un bolsillo y las joyas en otro y sigue a Fredrich hasta un gran garaje junto al chalet. Fredrich toma un jeep, Lale sube y recorren los pocos kilómetros hasta el pueblo que Lale atravesó el día anterior. «¿Fue solo ayer? ¿Cómo puedo sentirme tan diferente ya?» Durante el viaje Fredrich le dice que a la noche irán en una pequeña camioneta a recoger a las chicas. No es cómodo, pero es el único vehículo que tienen que puede llevar a doce personas. Al llegar al pueblo, Lale pregunta:

—Entonces, ¿dónde debo buscar chicas que podrían estar dispuestas a aceptar la propuesta?

—Te dejaré en el otro extremo de la calle. Entra a todas las tiendas. Trabajadoras o clientas da lo mismo, mientras sean jóvenes y preferiblemente bonitas. Encuentra el precio, muéstrales el pago y si quieren algo por adelantado, dales solo efectivo. Diles que pasaremos a buscarlas a las seis en punto frente a la panadería. Algunas ya han estado allí antes.

—¿Cómo sabré si ya están comprometidas?

—Te dirán que no, supongo. También podrían arrojarte algo, así que prepárate para agacharte. —Cuando Lale baja del jeep, le dice—: Yo estaré esperando y mirando. Tómate tu tiempo. Y no hagas estupideces.

Lale se dirige a una boutique cercana, esperando que no haya maridos o novios que hayan ido ese día de compras con sus parejas. Cuando entra, todas lo miran. Saluda en ruso, antes de recordar que está en Austria y pasa al alemán.

—Hola, señoras, ¿cómo están ustedes?

Las mujeres se miran entre ellas. Algunas dejan escapar risitas entre dientes antes de que la empleada de la tienda pregunte:

—¿Puedo ayudarlo? ¿Está buscando algo para su esposa?

—No exactamente. Quiero hablar con ustedes.

—¿Es usted ruso? —pregunta una clienta.

—No, soy eslovaco. Pero estoy aquí en nombre del ejército ruso.

—¿Se hospeda usted en el chalet?

—Sí.

Para alivio de Lale, una de las empleadas de la boutique le pregunta:

—¿Está usted aquí para ver si queremos ir a una fiesta esta noche?

—Sí, sí. Así es, en efecto. ¿Ha estado usted allí antes?

—Sí. Ya estuve. No se preocupe tanto. Todas sabemos lo que usted quiere.

Lale mira a su alrededor. Hay dos empeladas de la boutique y cuatro clientas.

—¿Entonces? —dice Lale con cautela.

—Muéstrenos lo que tiene —dice una clienta.

Lale vacía sus bolsillos en el mostrador y las chicas se reúnen alrededor.

—¿Cuánto nos van a dar?

Lale mira a la chica que ya ha estado antes en el chalet.

—¿Cuánto le pagaron la última vez?

Ella agita un anillo de diamantes y perlas casi en la nariz de él.

—Más diez marcos.

—Muy bien, ¿qué tal si te doy cinco marcos ahora, otros cinco esta noche y eliges una joya?

La joven revisa las joyas y elige una pulsera de perlas.

—Voy a elegir esta.

Lale la toma delicadamente de la mano de ella.

—Todavía no —dice—. Ve a la panadería esta tarde a las seis. ¿De acuerdo?

—De acuerdo —confirma ella.

Lale le entrega sus cinco marcos, que ella mete en el corpiño.

Las otras jóvenes examinan detenidamente las joyas y eligen la que quieren. Lale le da cinco marcos a cada una. No hay regateo.

—Gracias, señoras. Antes de irme, ¿pueden decirme dónde podría encontrar algunas bellezas bien dispuestas como ustedes?

—Podría probar en el café cerca de aquí, o en la biblioteca —sugiere una de ellas.

—Ten cuidado con las abuelas en el café —le dice una mujer riéndose.

—¿Qué quiere decir con eso de «abuelas»? —pregunta Lale.

–Bueno, mujeres viejas. ¡Algunas tienen más de treinta años! Lale sonríe.

–Mira –dice la primera voluntaria–, puedes detener a cualquier mujer que encuentres en la calle. Todas sabemos lo que buscas y somos muchas las que necesitamos buena comida y bebida, aunque tengamos que compartirlo con esos feos cerdos rusos. Ya no queda ningún hombre aquí para ayudarnos. Hacemos lo que haya que hacer.

–Yo también –replica Lale–. Muchas gracias a todas. Espero verlas esta noche.

Lale sale de la tienda y se apoya en una pared para darse un respiro. Una tienda, y la mitad de las chicas requeridas. Mira al otro lado de la calle. Fredrich lo está observando. Le hace una seña con el pulgar hacia arriba.

«Veamos, ¿dónde está ese café?» Mientras va caminando, Lale detiene a tres mujeres jóvenes, dos de las cuales aceptan acudir a la fiesta. En el café, encuentra tres más. Calcula que tienen unos treinta y pocos años, pero de todos modos siguen siendo mujeres bellas a las que cualquiera querría tener como acompañante.

Esa noche, Lale y Fredrich recogen a las mujeres, que están esperando en la panadería tal como se les dijo. Están vestidas y maquilladas con elegancia. La transacción acordada en joyas y dinero en efectivo se lleva a cabo con un mínimo de escrutinio por parte de Fredrich.

Las observa cuando entran al chalet. Van de la mano, con expresión decidida y ocasionales risas.

–Tomaré lo que queda –informa Fredrich, de pie cerca de Lale.

Lale saca varios billetes y un par de joyas de sus bolsillos y se los entrega a Fredrich, quien se muestra satisfecho de que las transacciones se hayan llevado a cabo correctamente. Fredrich guarda los artículos, luego revisa a Lale y le mete las manos a fondo en sus bolsillos.

—Eh, cuidado —reacciona Lale—. ¡No somos tan amigos!

—No eres mi tipo.

* * *

Seguramente alguien le avisó a la cocina sobre su regreso ya que su cena llega poco después de que Lale ingrese a su habitación. Come y luego sale al balcón. Apoyado en la balaustrada, observa las entradas y salidas de los vehículos. De vez en cuando, los sonidos de la fiesta debajo se filtran hasta él y se alegra de que solo se oigan risas y conversaciones. De vuelta en su habitación, comienza a desvestirse para ir a la cama. Revisa el bajo de los pantalones y retira el pequeño diamante que ha puesto allí. Saca un calcetín suelto del cajón y mete el diamante en él antes de irse a dormir.

Se despierta unas horas más tarde con las risas y las charlas que entran por las puertas de su balcón. Sale y observa a las chicas que suben al camión para el viaje de regreso. La mayoría parecen estar borrachas, pero ninguna parece angustiada. Vuelve a su cama.

* * *

Durante las siguientes semanas, Lale y Fredrich hacen sus viajes al pueblo dos veces al día. Pronto todos lo conocen por allí, incluso las mujeres que nunca van al chalet saben quién es y lo saludan cuando pasa. La boutique y el café son sus dos lugares favoritos, y pronto las chicas se reúnen allí a la hora en que saben que llegará. A menudo sus clientas habituales lo saludan con un beso en la mejilla y el pedido de que él participe de la fiesta esa noche. Parecen realmente molestas por el hecho de que nunca lo hace.

Un día en el café, Serena, una mesera del lugar, dice en voz alta:

—Lale, ¿te casarás conmigo cuando termine la guerra?

—Las otras chicas se ríen, y las mujeres mayores chasquean la lengua en señal de desagrado.

—Está enamorada de ti, Lale. No quiere a ninguno de esos cerdos rusos por mucho dinero que tengan —agrega una de las clientas.

—Eres una chica muy hermosa, Serena, pero me temo que mi corazón pertenece a otra persona.

—¿Quién es? ¿Cómo se llama? —pregunta Serena indignada.

—Su nombre es Gita y estoy comprometido con ella. La amo.

—¿Te está esperando? ¿Donde está ella?

—No sé dónde está ahora, pero la encontraré.

—¿Cómo sabes si está viva?

—Oh, ella está viva. ¿Alguna vez has sabido algo simplemente porque lo sabes?

—No estoy segura.

—Entonces nunca has estado enamorada. Las veo más tarde, chicas. Seis en punto. No lleguen tarde.

Un coro de despedidas lo sigue hasta la puerta.

* * *

Esa noche, mientras Lale agrega un gran rubí a su botín de reserva, una terrible nostalgia se apodera de él. Se queda un largo rato sentado en la cama. Sus recuerdos del hogar están contaminados por sus recuerdos de la guerra. Todo y todos los que eran importantes para él solo le resultan visibles en ese momento a través de lentes oscurecidas por el sufrimiento y la pérdida. Cuando logra recuperarse, vacía la media sobre la cama y cuenta las gemas que ha logrado pasar de contrabando a lo largo de las semanas. Luego se dirige al balcón. Las noches son ya más cálidas y varias de las invitadas a la fiesta están afuera, en los jardines; algunas se pasean por ahí, otras juegan una especie de juego persiguiéndose unas a otras. Un golpe en la puerta de su habitación lo sobresalta. Desde la primera noche, Lale cierra su puerta con llave, esté o no esté en la habitación. Antes de abrir, Lale ve las gemas en su cama y rápidamente echa el cubrecama sobre ellas. No se da cuenta de que el último rubí cae al suelo.

—¿Por qué cierras tu puerta con llave? —pregunta Fredrich.

—No quiero encontrarme compartiendo la cama con alguno de tus colegas, especialmente algunos que no tienen interés en las chicas que les traemos.

—Ya veo. Eres un hombre apuesto. Sabes que te recompensarían con generosidad si así lo quisieras.

—No es eso lo que quiero.

—¿Te gustaría una de las chicas? A ellas ya les han pagado.

—No, gracias.

La mirada de Fredrich es atraída por un destello en la alfombra. Se inclina y recoge el rubí.

—¿Y esto qué es?

Lale mira la gema, sorprendido.

—¿Puedes explicar por qué tienes esto, Lale?

—Debe haber quedado atascado en el forro de mi bolsillo.

—¿De verdad?

—¿Crees que si lo hubiera tomado lo habría dejado allí para que tú lo encontraras?

Fredrich lo piensa.

—Supongo que no. —Se lo guarda en el bolsillo—. Lo llevaré de vuelta a la bóveda.

—¿Para qué querías verme? —pregunta Lale, cambiando de tema.

—Mañana me transfieren, así que a partir de ahora estarás haciendo el recorrido de la mañana y el de la tarde para ir a buscarlas tú solo.

—¿Quieres decir que iré con otra persona? —pregunta Lale.

—No. Has demostrado que se puede confiar en ti; el general está muy impresionado contigo. Solo sigue como hasta ahora, y cuando llegue el momento en que todos nos vayamos de aquí, puede que incluso haya una pequeña bonificación para ti.

—Lamento que te vayas. He disfrutado de nuestras conversaciones en el camión. Cuídate; todavía hay una guerra en curso por ahí.

Se dan la mano.

Una vez que Lale está solo, con la puerta bien cerrada, en su habitación, recoge las gemas en su cama y las vuelve a poner en la media. Del armario elige el traje más elegante y lo separa. Pone una camisa y varios pares de calzoncillos y medias en la mesa, y un par de zapatos debajo.

* * *

A la mañana siguiente, Lale se ducha y se viste con la ropa elegida, incluidos cuatro pares de calzoncillos y tres pares de medias. Pone la media con las gemas en el bolsillo interior de su cazadora. Echa una última mirada a su habitación y luego se dirige a la bóveda. Allí toma la cantidad normal de dinero y joyas y está a punto de irse cuando el oficial de contaduría lo detiene.

—Espera. Toma algo más hoy. Esta tarde llegan de Moscú dos oficiales de muy alto rango. Cómprales lo mejor.

Lale toma el dinero extra y las joyas.

—Podría regresar un poco más tarde esta mañana. Voy a la biblioteca también a ver si puedo tomar prestado un libro.

—Aquí tenemos una muy buena biblioteca.

—Gracias, pero siempre hay oficiales allí, y… bueno, todavía me resultan intimidantes. Me entiendes, ¿no?

—Ah. Está bien. Como quieras.

Lale entra al garaje y saluda con un movimiento de cabeza al asistente, que está ocupado lavando un auto.

—Precioso día, Lale. Las llaves están en el jeep. Me han dicho que hoy vas solo.

—Sí, Fredrich ha sido transferido. Espero que no sea al frente.

El asistente se ríe.

—Eso sería mucha mala suerte.

—Ah, tengo permiso para volver más tarde de lo habitual hoy.

—Quieres un poco de acción para ti, ¿verdad?

—Algo así. Nos vemos más tarde.

—Bien, que tengas un buen día.

Lale sube al jeep con un despreocupado salto y se aleja del chalet sin mirar atrás. En el pueblo, estaciona al final de la calle principal, deja las llaves puestas y se aleja. Ve una bicicleta apoyada delante de una tienda y tranquilamente se la lleva. Luego la monta y pedalea para salir del pueblo.

A pocos kilómetros de distancia es detenido por una patrulla rusa.

—¿Adónde vas? —le pregunta un joven oficial.

—He sido prisionero de los alemanes durante tres años. Soy de Eslovaquia y me voy a casa.

El ruso le agarra el manubrio, y obliga a Lale a desmontar. Se aleja de él y recibe una fuerte patada en el culo.

—La caminata te hará bien. Ahora vete.

Lale sigue caminando. «No vale la pena discutir.»

Llega la noche y él no deja de caminar. Puede ver las luces de un pueblito adelante y acelera el paso.

El lugar está lleno de soldados rusos, y aunque estos lo ignoran, siente que debe seguir adelante. En las afueras del pueblo se encuentra con una estación de ferrocarril y se apresura a llegar hasta allí, pensando que podría encontrar un banco para recostar la cabeza por unas pocas horas. Al llegar a un andén, encuentra un tren detenido, pero no hay señales de vida. El tren lo llena de temores, pero reprime el miedo, y camina por el costado mirando el interior. Vagones. Vagones diseñados para personas. Una luz en la oficina de la estación cercana atrae su atención y camina hacia ella. En el interior, un jefe de estación se mece en una silla, con la cabeza cayendo hacia adelante mientras lucha contra la necesidad de dormir. Lale se aparta de la ventana y simula un ataque de tos antes de acercarse con una confianza que realmente no siente. El jefe de estación, ya despierto, se acerca a la ventana y la abre lo suficiente como para una conversación.

—¿Puedo ayudarlo en algo?

—El tren, ¿hacia dónde se dirige?

—Bratislava.

—¿Puedo subir?

—¿Puede pagar?

Lale saca la media de su cazadora, extrae dos diamantes y se los da. Al hacerlo, la manga de su brazo izquierdo se sube y deja a la vista su tatuaje. El jefe de estación toma las gemas.

—El vagón del final, nadie lo va a molestar allí. Pero no sale hasta las seis de la mañana.

Lale echa un vistazo al reloj dentro de la estación. «Faltan ocho horas».

—Puedo esperar. ¿Cuánto dura el viaje?

—Alrededor de una hora y media.

—Gracias. Muchas gracias.

Cuando Lale se dirige hacia el último vagón, lo detiene un grito del jefe de estación, que lo alcanza y le entrega comida y un termo.

—Es solo un sándwich hecho por mi esposa, pero el café está caliente y es fuerte.

Cuando recibe la comida y el café, los hombros de Lale se hunden y no puede contener las lágrimas. Levanta la vista y ve que el jefe de estación también tiene lágrimas en los ojos mientras se da vuelta y regresa a su oficina.

–Gracias. –Apenas puede pronunciar las palabras.

* * *

Amanece cuando llegan a la frontera con Eslovaquia. Un oficial se acerca a Lale y le pide sus papeles. Lale recoge la manga y muestra su única forma de identificación: 32407.

–Soy eslovaco –dice.

–Bienvenido a casa.

CAPÍTULO 28

Bratislava. Lale baja del tren en la ciudad donde había vivido y donde había sido feliz, donde debió haber transcurrido su vida los últimos tres años. Recorre barrios que alguna vez conoció muy bien. Muchos resultan apenas reconocibles debido a los bombardeos. No hay nada allí para él. Tiene que encontrar un modo de regresar a Krompachy, a unos cuatrocientos kilómetros: será un largo viaje de regreso a casa. Necesita cuatro días de caminata, combinada con ocasionales tramos en carros tirados por caballos, o a caballo montado a pelo y en una oportunidad en un carro tirado por un tractor. Paga, cuando debe hacerlo, de la única forma en que puede: un diamante aquí, una esmeralda allá. Finalmente, recorre la calle en la que creció hasta encontrarse frente a la casa familiar. La cerca del frente ha desaparecido y solo quedan algunos postes torcidos. Las flores, antes orgullo y alegría de su madre, han sido ahogadas por las malas hierbas y el césped crecido sin control. Una ventana rota está clausurada con algunas rústicas maderas clavadas.

Una anciana sale de la casa de enfrente y corre hacia él.

—¿Qué está haciendo por acá? ¡Fuera de aquí! —le grita, blandiendo una cuchara de madera.

−Disculpe. Es que... yo alguna vez viví aquí.

La anciana lo mira. Empieza a reconocerlo.

−¿Lale? ¿Eres tú?

−Sí. Oh, señora Molnar, ¿es usted? Usted... se la ve...

−Vieja. Lo sé. Oh, Dios mío, Lale, ¿eres realmente tú?

Se abrazan. Con voces ahogadas, se preguntan cómo están, sin dejar que el otro responda apropiadamente. Al fin, su vecina se aparta de él.

−¿Qué estás haciendo parado aquí? Entra, vuelve a tu hogar.

−¿Hay alguien viviendo allí?

−Tu hermana, por supuesto. Santo cielo... ¿ella no sabe que estás vivo?

−¡Mi hermana! ¿Goldie está viva?

Lale cruza la calle corriendo y golpea ruidosamente la puerta. Como nadie responde inmediatamente, golpea de nuevo. Desde adentro se oye:

−Ya voy, ya voy.

Goldie abre la puerta. Al ver a su hermano, se desmaya. La señora Molnar lo sigue adentro mientras él lleva a su hermana en brazos hasta dejarla en un sofá. La señora Molnar trae un vaso de agua. Con la cabeza de Goldie cariñosamente sostenida en sus brazos, Lale espera que abra los ojos. Cuando la joven vuelve en sí, le da un poco de agua. Ella llora y derrama la mayor parte. La señora Molnar se retira discretamente mientras Lale acuna a su hermana, dejando que sus propias lágrimas también fluyan. Pasa un buen rato antes de que él pueda hablar y hacerle las preguntas a las que tan desesperadamente busca respuestas.

Las noticias son sombrías. Se llevaron a sus padres apenas unos días después de que él se fuera. Goldie no tiene idea de adónde fueron, ni de si todavía están vivos. Max se fue para unirse a los partisanos y murió luchando contra los alemanes. La esposa de Max y sus dos hijos pequeños fueron detenidos, y ella tampoco sabe adónde los llevaron. La única noticia positiva que Goldie puede darle es sobre sí misma. Se enamoró de un ruso y están casados. Ahora es la señora Sokolov. Su esposo está de viaje y debe regresar en unos días.

Lale la sigue a la cocina. No quiere dejar de mirarla mientras ella prepara una comida para ambos. Después de comer, hablan hasta altas horas de la noche. Por mucho que Goldie le insiste en saber dónde ha estado en los últimos tres años, él solo responde que estuvo en un campo de trabajo en Polonia y que ya está de vuelta en casa.

Al día siguiente abre su corazón ante su hermana y la señora Molnar y habla de su amor por Gita y de la certeza que tiene de que ella sigue con vida.

—Tienes que encontrarla —dice Goldie—. Debes buscarla.

—No sé por dónde empezar a buscar.

—Bueno, ¿de dónde era ella? —pregunta la señora Molnar.

—No lo sé. Nunca me lo dijo.

—Ayúdame a entender esto. ¿La conociste hace tres años y todo ese tiempo ella no te dijo nada sobre sus orígenes?

—No quería decírmelo. Tenía la intención de decírmelo el día en que saliéramos del campo de concentración, pero todo pasó demasiado rápido. Lo único que sé es que su apellido es Furman.

—Bueno, eso es algo, pero no mucho —le reprocha su hermana.

—Me han dicho que la gente está empezando a regresar de los campos de concentración —aporta la señora Molnar—. Todos están llegando a Bratislava. Quizás ella esté allí.

—Si voy a volver a Bratislava, necesito transporte.

Goldie sonríe.

—Entonces, ¿qué haces aquí sentado?

En la ciudad, Lale les pregunta a todos los que ve con un caballo, una bicicleta, un auto o un camión, si quieren vendérselo. Pero todos se niegan.

Cuando comienza a desesperarse, un viejo se le acerca en un pequeño carro tirado por un solo caballo. Lale se planta delante del animal, obligando al hombre a frenarlo.

—Quiero comprarte el caballo y el carro —espeta.

—¿Cuánto pagas?

Lale saca varias gemas de su bolsillo.

—Son auténticas. Y valen mucho dinero.

Después de inspeccionar el tesoro, el anciano dice:

—Con una condición.

—¿Cuál? Cualquier cosa.

—Tienes que llevarme a casa primero.

Poco después, Lale se detiene frente a la casa de su hermana y muestra orgulloso su nuevo medio de transporte.

—No tengo nada para darle de comer al caballo —exclama ella.

Él señala el pasto crecido.

—Tu jardín delantero necesita un corte.

Esa noche, con el caballo atado en el jardín delantero, la señora Molnar y Goldie se ponen a preparar las comidas para que Lale lleve en su viaje. Odia tener que despedirse tan poco tiempo después de haber regresado, pero ellas no quieren saber nada y lo instan a partir.

—No vuelvas sin Gita —son las últimas palabras que Goldie le dice cuando Lale sube a la parte de atrás del carro y casi es arrojado al suelo cuando el caballo se pone en movimiento. Mira hacia atrás, a los dos mujeres en la puerta de su hogar familiar, abrazadas una a la otra, sonriendo, saludando con la mano libre.

* * *

Durante tres días y sus noches, Lale y su nuevo compañero viajan por caminos rotos y ciudades bombardeadas. Vadean arroyos donde los puentes han sido destruidos. Recogen a varias personas en el camino para acercarlas a sus destinos. Lale apenas come parte de sus raciones. Siente una profunda pena por su familia dispersa.

Al mismo tiempo, ansía ver a Gita, y esto le da la motivación que necesita para continuar. Debe encontrarla. Se lo prometió.

Cuando finalmente llega a Bratislava, se dirige de inmediato a la estación del ferrocarril.

—¿Es cierto que los sobrevivientes de los campos de concentración están regresando? —pregunta. Le dicen que así es y le dan los horarios de los trenes. Sin la menor idea de dónde podría haber ido a parar Gita, sin siquiera saber a qué país, decide que lo único que puede hacer es esperar todos los trenes. Piensa en encontrar un lugar para quedarse, pero un hombre extraño y un caballo no es una propuesta atractiva como huésped, de modo que duerme en su carro en cualquier espacio vacío que pueda encontrar, por el tiempo que el caballo demore en comer el pasto o hasta que alguien los eche del lugar. A menudo recuerda a sus amigos gitanos en el campo y las historias que le contaban sobre su modo de vida. Está llegando al final del verano. La lluvia es frecuente, pero eso no lo detiene.

Durante dos semanas, Lale pasa el tiempo en la estación del ferrocarril atento a cada tren que llega. Camina de un lado a otro del andén y se acerca a cada mujer que desciende allí para preguntarle si ha estado en Birkenau.

En las pocas ocasiones en que recibe un sí, pregunta:

—¿Conoce a Gita Furman? Estaba en el Bloque 29.

Nadie la conoce.

Un día, el jefe de estación le pregunta si ha registrado a Gita en la Cruz Roja. Ahí toman los nombres de los desaparecidos y de aquellos que han regresado y están buscando a sus seres queridos. Sin nada que perder, se dirige al centro de la ciudad, a la dirección que le dieron.

* * *

Gita está caminando por la calle principal con dos amigas cuando ve un carro de aspecto raro tirado por un caballo. Un joven va de pie relajadamente en la parte de atrás.

Ella baja a la calle.

El tiempo se detiene cuando el caballo para por su propia voluntad ante la joven mujer.

Lale baja del carro.

Gita da un paso hacia él. Él no se mueve. Ella da otro paso.

—Hola —saluda ella.

Lale cae de rodillas. Gita se vuelve hacia sus dos amigas, que miran asombradas.

—¿Es él? —grita una de ellas.

—Sí —confirma Gita—. Es él.

Claramente, Lale no va a moverse, o no puede hacerlo, de modo que Gita se le acerca. Se arrodilla frente a él y le dice:

—En caso de que no me hayas escuchado cuando salimos de Birkenau, te amo.

—¿Te casarás conmigo? —dice él.

—Sí, nos casaremos.

—¿Me harás el hombre más feliz del mundo?

—Sí.

Lale toma a Gita en sus brazos y la besa. Una de las amigas de Gita se acerca y se lleva el caballo. Luego, con los brazos de Gita alrededor de la cintura de Lale y su cabeza apoyada en el hombro de él, se alejan para mezclarse con los demás en la calle llena de gente, una pareja joven entre muchas otras en una ciudad devastada por la guerra.

Epílogo

Lale cambió su nombre por el de Sokolov, el apellido ruso de su hermana casada, un apellido mejor aceptado que Eisenberg en la Eslovaquia controlada por los soviéticos. Él y Gita se casaron en octubre de 1945 y establecieron su hogar en Bratislava. Lale comenzó a importar telas finas –lino, seda, algodón– de toda Europa y Asia. Se las vendía a los fabricantes desesperados por reconstruir y volver a vestir a su país. Con Checoslovaquia bajo el control de la Unión Soviética, según Lale, el suyo fue el único negocio que no fue nacionalizado de inmediato por los gobernantes comunistas. Él era, después de todo, quien proporcionaba precisamente las telas que los jerarcas del gobierno deseaban para su uso personal.

El negocio creció; tomó un socio y las ganancias aumentaron. Una vez más, Lale comenzó a usar ropa elegante. Él y Gita cenaban en los mejores restaurantes y pasaban las vacaciones en diferentes complejos turísticos de la Unión Soviética. Eran fervientes partidarios del movimiento para establecer un estado judío en Israel. Gita, en particular, trabajó en silencio detrás de escena para obtener dinero de los más ricos de la zona y organizar las cosas como para poder sacarlo de contrabando del país. Cuando el matrimonio del socio comercial de Lale se terminó, su ex esposa informó a las autoridades acerca de las actividades de Lale y Gita. El 20 de abril de 1948, Lale fue arrestado y acusado de «exportar joyas y otros objetos de valor fuera de Checoslovaquia». La orden de arresto continuaba diciendo: «Como resultado, Checoslovaquia habría sufrido pérdidas económicas incalculables y Sokolov habría adquirido con su acción ilegal y de saqueo valores significativos en dinero o propiedades». Si bien Lale había estado exportando joyas y dinero, no había ningún beneficio económico para él. Él había estado regalando dinero.

Dos días después, su negocio fue nacionalizado y él fue condenado a dos años en la prisión de Ilava, un lugar famoso por sus prisioneros políticos y alemanes después de la guerra. Lale y Gita habían tenido la astucia de esconder parte de su fortuna. Con buenos contactos en el gobierno local y el poder judicial, Gita pudo sobornar a los funcionarios para que la ayudaran. Un día Lale recibió en prisión la visita de un sacerdote católico. Después de un rato, el sacerdote pidió a los funcionarios de la prisión que salieran de la habitación para poder escuchar la confesión de Lale, algo sacrosanto y solo para sus oídos. Una vez solos, le dijo a Lale que comenzara a actuar como si se estuviera volviendo loco. Si hacía una buena actuación, iban a tener que llamar a un psiquiatra para que se ocupara de él. Al poco tiempo Lale estaba siendo atendido por un psiquiatra, quien le dijo que iba a hacer arreglos para que se le autorizara un permiso para irse a su casa por unos días antes de que «atravesara un cierto límite y no pudiera ser recuperado».

Una semana más tarde fue conducido al departamento donde vivía con Gita. Le dijeron que pasarían a buscarlo a los dos días para que terminara de cumplir su condena. Esa noche, con la ayuda de amigos, salieron por la puerta trasera de su edificio de departamentos llevando una maleta cada uno con algunas pertenencias y un cuadro del cual Gita no estaba dispuesta a desprenderse. El cuadro mostraba a una gitana. También llevaban una gran cantidad de dinero para entregar a un contacto en Viena que lo enviaría a Israel. Luego se escondieron detrás de una falsa pared en un camión con productos que iba de Bratislava a Austria.

En un momento y en un día acordado caminaron por el andén de la estación de ferrocarril de Viena en busca de un contacto al que jamás habían visto. Lale lo describió como alguien salido de una novela de Le Carré. Murmuraron una contraseña dirigida a varios caballeros solitarios hasta que finalmente dieron con la respuesta adecuada. Lale entregó discretamente al hombre un pequeño maletín con dinero, y el hombre desapareció de inmediato.

Desde Viena viajaron a París, donde alquilaron un departamento y durante varios meses disfrutaron de los cafés y los bares de la ciudad, donde recuperaron su propio yo anterior a la guerra. Ver actuar en un cabaret a Josephine Baker, la brillante cantante y bailarina negra estadounidense, fue un recuerdo que Lale siempre iba a guardar consigo. Él la describía como dueña de unas «piernas hasta aquí», y se señalaba la cintura.

Sin trabajo disponible para ciudadanos no franceses, Lale y Gita decidieron abandonar Francia. Querían alejarse de Europa tanto como fuera posible. Así pues, compraron pasaportes falsos y zarparon rumbo a Sidney, donde desembarcaron el 29 de julio de 1949.

En el viaje en barco, se hicieron amigos de una pareja que les contó acerca de sus familiares en Melbourne, con quienes tenían la intención de vivir. Eso fue suficiente para convencer a Lale y a Gita de establecerse en Melbourne ellos también. Una vez más, Lale ingresó al comercio de telas. Compró un pequeño depósito y se puso a buscar telas para vender tanto en el país como en el extranjero. Gita decidió que ella quería ser parte del negocio también y se inscribió en un curso de diseño de ropas. Más adelante, comenzó a diseñar ropa de mujer, lo que agregó otra dimensión a su negocio.

El mayor deseo de la pareja era tener un hijo, pero aquello no llegaba a concretarse. Finalmente, abandonaron la esperanza. Hasta que, para su gran sorpresa y alegría, Gita quedó embarazada. Su hijo Gary nació en 1961, cuando Gita tenía 36 años y Lale, 44. Su vida era plena, con un hijo, amigos, un negocio exitoso y vacaciones en la Gold Coast, todo ello sostenido por un amor que ninguna dificultad pudo quebrar.

El cuadro de la gitana que Gita llevó con ellos desde Eslovaquia todavía está colgado en la casa de Gary.

Nota de la autora

Estoy en la sala de estar de la casa de un anciano. Todavía no lo conozco bien, pero rápidamente he llegado a conocer a sus perros, Tootsie y Bam Bam, uno del tamaño de un poni, el otro más pequeño que mi gato. Afortunadamente pude conquistarlos y ahora están dormidos.

Aparto la mirada por un momento. Tengo que decírselo.

—¿Sabe usted que no soy judía?

Ha pasado una hora desde que nos conocimos. El anciano en el sillón frente a mí exhala un bufido de impaciencia, pero no de desagrado. Mira hacia otro lado, dobla los dedos. Tiene las piernas cruzadas, y el pie libre golpetea con un ritmo silencioso. Sus ojos miran hacia la ventana y el espacio abierto.

—Sí —dice finalmente, volviéndose hacia mí con una sonrisa—. Es por eso que la busqué a usted.

Me relajo un poco. Tal vez estoy en el lugar correcto después de todo.

—Entonces —dice, como si estuviera a punto de compartir un chiste— dígame qué sabe acerca de los judíos.

Me vienen a la mente los candelabros de siete brazos, mientras busco algo que decir.

—¿Conoce a algún judío?

Se me ocurre uno.

–Trabajo con una chica llamada Bella. Es judía, creo.

Espero algún desdén, pero en cambio recibo entusiasmo.

–¡Qué bueno! –dice.

Pasé otra prueba.

Luego viene el primer requisito.

–No incluirá ninguna idea preconcebida acerca de lo que yo le diga. –Hace una pausa, como si estuviera buscando las palabras–. No quiero que ninguna carga personal se agregue a mi historia.

Me muevo incómoda.

–Tal vez haya alguna.

Él se inclina hacia adelante, tiembla un poco. Toma la mesa con una mano. La mesa es inestable y su pata desigual choca contra el suelo y produce un eco. Los perros se despiertan, sorprendidos.

Trago saliva.

–El apellido de soltera de mi madre era Schwartfeger –le informo–. Su familia era alemana.

Él se relaja.

–Todos venimos de algún lado –dice.

–Sí, pero yo soy una kiwi. La familia de mi madre vive en Nueva Zelanda desde hace más de cien años.

–Inmigrantes.

–Sí.

Él se reclina un poco, ya más relajado.

–¿Con qué rapidez puede escribir? –quiere saber.

Eso me desequilibra un tanto. ¿Qué es lo que me está preguntando realmente?

–Bueno, depende de lo que estoy escribiendo.

—Necesito que trabaje rápido. No tengo mucho tiempo.

Pánico. Deliberadamente no traje ningún grabador ni elementos para escribir para este primer encuentro. Yo había sido convocada para escuchar y considerar la posibilidad de escribir su historia de vida. Por ahora, solo quería escuchar.

—¿Cuánto tiempo tiene? —le pregunto.

—Solo un momentito.

Me siento confundida.

—¿Tiene que ir a algún lugar pronto?

—Sí —dice, volviendo a mirar por la ventana abierta—. Tengo que estar con Gita.

* * *

Nunca conocí a Gita. Fue su muerte y la necesidad de Lale de unirse a ella lo que lo impulsó a contar su historia. Él quería que quedara registrada para que, según sus palabras, «nunca volviera a suceder».

Después de esa primera reunión, visité a Lale dos o tres veces por semana. La historia tardó tres años en desenredarse. Tuve que ganarme su confianza, y pasó un tiempo antes de que estuviera dispuesto a embarcarse en el profundo autoanálisis que requerían ciertas partes de su historia. Nos hicimos amigos. No, más que amigos; nuestras vidas se entrelazaron cuando él se libró de la carga de culpa que había llevado por más de cincuenta años, el temor de que él y Gita pudieran ser vistos como colaboradores de los nazis. Parte de la carga de Lale cayó sobre mí mientras estuve sentada con él junto a la mesa de su cocina, este hombre querible con manos temblorosas y voz oscilante, cuyos ojos todavía se humedecían sesenta años después de experimentar aquellos hechos tan horripilantes de la historia humana.

Contó su historia poco a poco, a veces lentamente, a veces al ritmo de una bala y sin conexiones claras entre los muchos, muchos episodios. Pero no importaba. Fue fascinante estar sentada con él y sus dos perros, y escuchar lo que para algún oído desinteresado podría haber sonado como las divagaciones de un viejo. ¿Era el encantador acento de Europa oriental? ¿El encanto de este viejo pícaro? ¿Era la historia retorcida que comenzaba a tener sentido para mí? Fue todo esto y más.

Como narradora de la historia de Lale, fue importante para mí identificar de qué manera la memoria y la historia a veces bailan al mismo ritmo y a veces se esfuerzan por separarse, para presentar no una lección de historia, como tantas otras, sino una lección única de humanidad. Los recuerdos de Lale eran, en general, notablemente claros y precisos. Coincidían con mi investigación sobre personas, fechas y lugares. ¿Era esto un reaseguro para mí? El hecho de conocer a una persona para la que hechos tan terribles como estos habían sido una realidad vivida, los hacía todavía más horrorosos. No hubo separación de la memoria y la historia para este hermoso anciano… ambas bailaban perfectamente al mismo compás.

El tatuador de Auschwitz es una historia de dos personas comunes que vivieron en un tiempo extraordinario, privadas no solo de su libertad, sino también de su dignidad, de sus nombres y de sus identidades, y es el relato de Lale acerca de lo que tuvieron que hacer para sobrevivir. Lale vivió su vida según el lema: «Si te despiertas por la mañana, ya es un buen día». La mañana de su funeral, me desperté sabiendo que no era un buen día para mí, pero que lo habría sido para él. Él estaba ahora con Gita.

Información adicional

Lale nació como Ludwig Eisenberg el 28 de octubre de 1916 en Krompachy, Eslovaquia. Fue llevado a Auschwitz el 23 de abril de 1942 y tatuado con el número 32407.

Gita nació como Gisela Fuhrmannova (Furman) el 11 de marzo de 1925 en Vranov nad Topl'ou, Eslovaquia. Fue llevada a Auschwitz el 13 de abril de 1942 y fue tatuada con el número 34902, y Lale la volvió a tatuar en julio cuando pasó de Auschwitz a Birkenau.

Los padres de Lale, Jozef y Serena Eisenberg, fueron llevados a Auschwitz el 26 de marzo de 1942 (mientras Lale todavía estaba en Praga). La investigación ha descubierto que fueron asesinados apenas llegaron a Auschwitz. Lale nunca se enteró ya que esto fue descubierto después de su muerte.

Lale estuvo encarcelado en la *Strafkompanie* (unidad penal) desde el 16 de junio hasta el 10 de julio de 1944, donde fue torturado por Jakub. No se esperaba que nadie sobreviviera o fuera liberado de esa unidad.

La vecina de Gita, la señora Goldstein, sobrevivió y regresó a su casa en Vranov nad Topl'ou.

Cilka fue acusada de ser una colaboradora de los nazis y sentenciada a quince años de trabajos forzados, que cumplió en Siberia. Luego regresó a Bratislava. Ella y Gita se encontraron solo una vez, a mediados de la década de 1970, cuando Gita fue a visitar a sus dos hermanos.

En 1961 Stefan Baretski fue juzgado en Frankfurt y condenado a cadena perpetua por crímenes de guerra. El 21 de junio de 1988 se suicidó en el Hospital Konitzky-Sift, en Bad Nauheim, Alemania.

Gita murió el 3 de octubre de 2003.

Lale murió el 31 de octubre de 2006.

Post scriptum

Cuando me pidieron que escribiera algo para este libro, la idea me resultó abrumadora. Los recuerdos acudían sin cesar a mi mente desde tantos niveles diferentes que me impedían empezar.

¿Debía hablar sobre la comida, un asunto central para mis padres, y especialmente para mi madre, orgullosa de tener un refrigerador lleno de escalopes de pollo, fiambres y grandes cantidades de tartas y frutas? Recuerdo su desolación cuando en el último año del colegio secundario comencé una estricta dieta. Un viernes por la noche ella me sirvió mis tres escalopes habituales y nunca olvidaré la expresión de su cara cuando devolví dos de ellos a la fuente.

«¿Qué ocurre? ¿Ya no te gusta lo que cocino?», preguntó. Le resultaba difícil registrar que yo ya no podía comer la misma cantidad que comía antes. Para compensar esto, llegó un amigo quien, después de saludarme, fue directamente al refrigerador. Aquello la hizo muy feliz. Nuestra casa siempre estaba lista para recibir invitados.

Tanto mamá como papá se mostraban en todo momento bien dispuestos a brindar su apoyo a todos los pasatiempos y actividades que yo quisiera probar, o que ellos me hicieran conocer: esquí, viajes, equitación, parapente y muchos más. Sentían que a ellos les habían robado la juventud y no querían que yo me privara de nada.

Crecí en medio de una vida familiar muy llena de amor. La devoción que mis padres sentían el uno por el otro era total e incondicional. Cuando muchos en su círculo de amigos comenzaron a divorciarse, le pregunté a mi madre cómo era que ella y mi padre habían logrado permanecer juntos durante tantos años. Su respuesta fue muy simple: «Nadie es perfecto. Tu padre siempre me cuidó desde el primer día en que nos vimos en Birkenau. Yo sé que él no es perfecto; pero también sé que él siempre me pondrá a mí en primer lugar». La casa siempre estaba llena de amor y de afecto, especialmente hacia mí, y creo que el hecho de ver que seguían acariciándose, tomándose de la mano y besándose después de cincuenta años de matrimonio fue lo que me ayudó a ser un esposo y un padre abiertamente afectuoso y protector.

Mis padres tenían muy claro que yo debía saber por lo que ellos habían pasado. Cuando comenzó la serie de televisión *El mundo en guerra*, yo tenía trece años y ellos hicieron que cada semana la viera, pero solo. Les resultaba demasiado insoportable verla conmigo. Recuerdo que cuando mostraban imágenes reales de los campos de concentración, yo trataba de encontrar en ellas a mis padres. Esas imágenes quedaron grabadas en mi mente hasta el día de hoy.

A mi padre no le molestaba hablar de sus aventuras en el campo de concentración, pero solo en ocasión de las fiestas judías cuando él y otros hombres, sentados alrededor de la mesa, hablaban sobre sus experiencias... todas muy impresionantes. Mamá, en cambio, no hablaba en absoluto de los detalles. Solo lo hizo una vez. Fue para contarme que en el campo de concentración, estando muy enferma, su madre se le apareció en una visión y le dijo: «Sanarás. Ve a una tierra lejana y ten un hijo».

Trataré de dar una idea de cómo aquellos años los afectaron a ambos. Cuando mi padre se vio obligado a cerrar su negocio —yo tenía dieciséis años—, llegué a casa de la escuela justo en el momento en que nuestro automóvil era remolcado y un cartel de subasta estaba siendo colocado en el frente de la casa. Adentro, mi mamá estaba empacando todas nuestras pertenencias. Cantaba mientras lo hacía. «Vaya», pensé para mí, «acaban de perderlo todo, ¿y mamá está cantando?» Ella me hizo sentar para explicarme lo que estaba ocurriendo y le pregunté:

—¿Cómo puedes sencillamente empacar y cantar?

Con una gran sonrisa en el rostro, me explicó que cuando uno pasa años sin saber si en cinco minutos estarás muerto o no, «no hay muchas cosas con las que no puedas lidiar».

—Mientras estemos vivos y sanos —me dijo—, todo será para mejor.

Algunas marcas les quedaron para siempre. Cuando caminábamos por la calle, mamá solía agacharse para arrancar del suelo un trébol de cuatro o cinco hojas, porque cuando estaba en el campo de concentración, si encontraba uno, se lo daba a los soldados alemanes, que creían que traían buena suerte, y así recibía una ración extra de sopa y pan. Para papá fue la falta de emoción y el muy desarrollado instinto de supervivencia lo que permaneció con él, hasta el punto de que ni siquiera cuando falleció su hermana derramó una lágrima. Cuando le pregunté sobre esto, me dijo que después de ver la muerte en una escala tan gigantesca durante tantos años, y después de perder a sus padres y a su hermano, descubrió que no podía llorar... es decir no pudo hasta que mamá falleció. Fue la primera vez que lo vi llorar.

Lo que recuerdo, sobre todo, es la calidez que reinaba en mi hogar, un lugar siempre lleno de amor, sonrisas, cariño, comida y el agudo y seco ingenio de mi padre. Fue realmente un ambiente magnífico en el cual crecer y siempre estaré agradecido a mis padres por mostrarme esta forma de vivir.

Gary Sokolov

Agradecimientos

Durante 12 años, la historia de Lale existió como un guion. Mi visión siempre fue pensada para una pantalla, grande o pequeña, daba lo mismo. Ahora existe en forma de novela, y tengo que agradecer y reconocer la importancia de todos los que me acompañaron en partes de este viaje, y a aquellos que permanecieron a la distancia.

A Gary Sokolov: tienes para siempre mi gratitud y amor por permitirme entrar en la vida de tu padre y apoyarme cien por ciento en mi relato de la increíble historia de tus padres. Nunca dejaste de confiar en que yo iba a llegar a este punto.

A Glenda Bawden, mi jefa de veintiún años, que hizo la vista gorda cuando yo me escabullía para encontrarme con Lale y otros que me ayudaron a desarrollar el guion. Y a mis colegas, pasados y presentes en el Departamento de Trabajo Social en el Centro Médico Monash.

A David Redman, Shana Levine, Dean Murphy, Ralph Moser en Instinct Entertainment, con quienes me encontraba cuando me «escabullía». Gracias por su pasión y compromiso con este proyecto durante muchos años.

A Lisa Savage y Fabian Delussu por sus brillantes condiciones para la investigación al buscar los «datos» que aseguraran que la historia y la memoria bailaban perfectamente al mismo ritmo. Muchas gracias.

Gracias a Film Victoria por su apoyo financiero a la investigación realizada para la versión original del guion cinematográfico de la historia de Lale.

A Lotte Weiss, sobreviviente, gracias por su apoyo y por compartir sus recuerdos de Lale y Gita conmigo.

A Shaun Miller, mi abogado. Tú sabes cómo hacer un contrato. Gracias.

A mis patrocinadores de Kickstarter. Muchas gracias por ser los primeros en apoyar la idea de contar esta historia en forma de novela. Su apoyo es muy apreciado. Ellos son: Bella Zefira, Thomas Rice, Liz Attrill, Bruce Williamson, Evan Hammond, David Codron, Natalie Wester, Angela Meyer, Suzie Squire, George Vlamakis, Ahren Morris, Ilana Hornung, Michelle Tweedale, Lydia Regan, Daniel Vanderlinde, Azure-Dea Hammond, Stephanie Chen, Snowgum Films, Kathie Fong Yoneda, Rene Barten, Jared Morris, Gloria Winstone, Simon Altman, Greg Deacon, Steve Morris, Suzie Eisfelder, Tristan Nieto, Yvonne Durbridge, Aaron K., Lizzie Huxley-Jones, Kerry Hughes, Marcy Downes, Jen Sumner, Chany Klein, Chris Key.

Este libro y todo lo que fluye de él no existirían sin la increíble, la maravillosa, la talentosa Angela Meyer, editora de proyectos de Echo en Bonnier Publishing, Australia. Estaré siempre en deuda contigo, y como Lale, siento que tú también estás bajo mi piel todo el tiempo. Abrazaste esta historia con una pasión y un deseo comparables con los míos. Has llorado y reído conmigo a medida que la historia se desarrollaba. Vi en ti a alguien capaz de ponerse en el lugar de Lale y de Gita. Sentiste su dolor, su amor, y me inspiraste a escribir lo mejor que puedo. Darte las gracias no parece suficiente, pero te doy las gracias.

Angela no estaba sola en Echo para hacer que este libro se convirtiera en una realidad. Kay Scarlett, Sandy Cull se ocuparon de su sorprendente diseño de portada, Shaun Jury del diseño del interior. Ned Pennant-Rae y Talya Baker, extraordinarios correctores de texto y Ana Vucic, encargada de la corrección de las pruebas para presentar el producto final. También mi reconocimiento por su asistencia editorial adicional a Cath Ferla y Kate Goldsworthy. A Clive Hebard por gestionar las etapas finales del proceso de publicación. Muchas gracias a todos.

Hay un equipo en Londres en Bonnier Zaffre encabezado por Kate Parkin, cuya defensa de este libro y su dedicación para hacerlo llegar a tantos rincones del mundo como fuera posible hace que siempre estaré en deuda con ellos. Gracias, Kate. Gracias a Mark Smith y Ruth Logan. Y a Richard Johnson y Julian Shaw de Bonnier Publishing por ver de inmediato el valor de esta historia.

A mi hermano Ian Williamson y a mi cuñada Peggi Shea, quienes me prestaron su casa en Big Bear, California, en medio del invierno de ellos durante un mes para escribir el primer borrador. Gracias a ustedes y a ese alojamiento, parafraseando a Sir Edmund Hillary, pude «derrotar al bastardo».

Un agradecimiento especial a mi yerno Evan y a mi cuñada Peggi por el pequeño pero no insignificante papel que cada uno tuvo en mi decisión de convertir mi guion en una novela. ¡Ustedes saben lo que hicieron!

Gracias a mis hermanos John, Bruce y Stuart que me apoyaron sin reservas y me confirmaron que mamá y papá se habrían sentido muy orgullosos.

A mis queridas amigas Kathie Fong-Yoneda y Pamela Wallace cuyo amor y apoyo a través de los años para contar esta historia, cualquiera fuera su formato, les agradezco más allá de las palabras.

A mi amigo Harry Blutstein, por tu interés y consejos sobre la escritura a lo largo de los años, que espero haber tomado en cuenta y hacer que te sintieras orgulloso.

Al Museo del Holocausto en Melbourne, donde Lale me llevó en varias ocasiones, actuando como mi guía turístico «viviente». Ustedes me abrieron los ojos al mundo en el que Lale y Gita sobrevivieron.

A mis hijos Ahren y Jared, que le abrieron sus corazones y sus mentes a Lale y le permitieron entrar en nuestra vida familiar con amor y reverencia.

A mi hija Azure-Dea. Lale te conoció cuando tenías dieciocho años, la misma edad que Gita tenía cuando él la conoció. Él me dijo que se enamoró un poco de ti ese primer día. Durante los siguientes tres años, cada vez que lo veía sus primeras palabras eran: «¿Cómo estás tú y cómo está tu hermosa hija?» Gracias por dejarlo flirtear contigo un poco y por la sonrisa que pusiste en su cara.

A las parejas de mis hijos: gracias Bronwyn, Rebecca y Evan.

A Steve, mi querido esposo de cuarenta y tantos años. Recuerdo una vez que me preguntaste si deberías estar celoso de Lale ya que yo estaba pasando tanto tiempo con él. Sí y no. Tú estabas allí esperándome cuando yo volvía a casa sombría y deprimida después de haber asimilado el horror que Lale me contaba. Tú le abriste nuestro hogar y lo dejaste entrar a nuestra familia con honor y respeto. Sé que continuarás este viaje a mi lado.

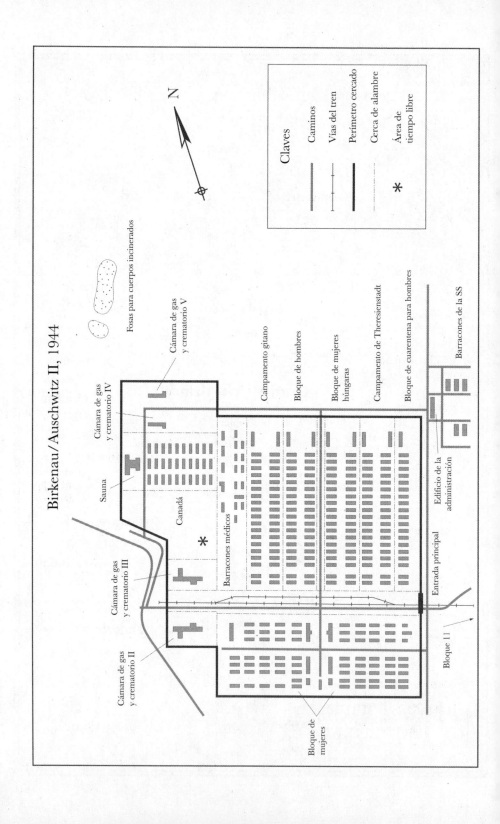

Birkenau/Auschwitz II, 1944

N

Fosas para cuerpos incinerados

Cámara de gas y crematorio V

Cámara de gas y crematorio IV

Sauna

Cámara de gas y crematorio III

Cámara de gas y crematorio II

Canadá

*

Barracones médicos

Campamento gitano

Bloque de hombres

Bloque de mujeres húngaras

Campamento de Theresienstadt

Bloque de cuarentena para hombres

Barracones de la SS

Edificio de la administración

Entrada principal

Bloque 11

Bloque de mujeres

Claves

___	Caminos
—+—	Vías del tren
▬	Perímetro cercado
----	Cerca de alambre
*	Área de tiempo libre